前田俊彦

百姓は米をつくらず田をつくる

海鳥社

装幀　上村　誠

三里塚瓢鰻亭前で。「瓢鰻亭」の字は戸村一作書
（1980年頃。「ひろば」編集部提供）

ドブロク裁判最高裁判決前，豊津瓢鰻亭にて
「瓢鰻亭」の字は谷川徹三書（1989年12月，平子義紀撮影）

百姓は米をつくらず田をつくる◉目次

百姓は米をつくらず田をつくる

底流の声

ヒューマニズム尊重

六〇年安保のころ、私は自分の言うことが世間には通用しないことに非常ないらだちを感じていた。そしてそのいらだちは主として私自身の文章力不足にたいしてであったと言うことができる。つまり、私は言わねばならぬことを言っているはずなのに、それが通じないとすれば、表現の仕方としての文章がまずいにちがいないと思わぬわけにいかなかった。しかし、すでに数十年も本格的な文章を書くことから遠ざかっていた私であってみれば、人並みの文章でものを言おうとすることを断念せざるをえなかった。

けれども、日米安保条約が強行批准された以後の世の中はまことに恐るべきことばかりで、言わねばならぬことが言えぬ悔やしさに居ても立ってもおれなくなり、その鬱憤《うっぷん》を私はときおりある一人の新聞記者に手紙で書き送り、またそれと同文の手紙をある作家にも送って自らを慰めていたのであった。ところがしばらくしてその新聞記者から「君の手紙はちょっとおもしろいところがあるから、もすこし送り先をふやしてみたらどうか」という勧めを受け、ではということで印刷五〇部、発送三〇部のプリント版「瓢鰻亭通信」を一九六二年五月に発刊。その後しばらく休刊したこともあったが、いまではだいたい毎月発行で第五期が続いている。発行部数も大変ふえて、昨年末には発送が一〇〇〇部を超えるようになった。ついでにいえば「瓢鰻亭」とはヒューマニティーをもじったもので、また、つかまえどころのないことを瓢箪鯰《ひようたんなまず》というが鰻《まん＝うなぎ》となるとさらにつかまえがたく、ヒューマニティーの何たるかを把握することは容易でないから「瓢鰻亭」なのである。

天下国家は論ぜず

さて、かつてはどうしても世間に通用しなかった私の言葉が「瓢鰻亭通信」でいくらか通じるようになったについては、私たちは多少のさとるところがあったと言える。それは、以前の私は自分の文章力不足を嘆いていたけれども、ほんとうはそういうことではなく、私が言葉を吐く姿勢に根本的な問題点があったのである。つまりかつての私は、自分を一段と高い位置に置いて大局から国家社会を論ずるという姿勢であった。けれども、それは私が心底から排撃しなければならぬと考えるマスコミに登場するジャーナリストの言論姿勢にほかならぬのであってみれば、どうして私は同じ姿勢によって彼らの姿勢を土台から突きくずすことができるだろうか。のちに私が新聞記者にあてた手紙は、天下国家の論であるよりも、むしろその天下国家における私自身の生きざまを問うということだったので、もしもその新聞記者が読んでおもしろかったというならば、私のそういう陳述の姿勢が興味をひいたにちがいない。

マスコミは天下国家を客観的に叙述するけれども、ミニコミは天下国家にたいする主体的な陳述を行なうのだと思う。マスコミは批判をするが、ミニコミは志を述べる。だからミニコミは、その言葉が世間に通用しないことをかならずしも苦にしないのである。ということは、ミニコミは商品ではないということである。

〈喜捨〉また楽し

いわば乞食坊主が戸ごとの門前で経文を読んで回るようなものがミニコミで、その言葉は志を述べるのであるから、読者から受けるのもまた志としての喜捨でなければならぬだろう。喜捨のあるなしによって、読者を差別してはなるまい。けれどもそれでは食えぬだろうと人からしばしば言われるが、もちろんミニコミでは食えぬのであって食えなければ食わぬというまでである。もともと志は、食えなければ食わぬというところがあって志と言えると思う。

「瓢鰻亭通信」は一〇〇〇円以上の喜捨を受けないことにしているが、なかには、四〇円を振替で送ってくれた人があって私はそれを受け取るのに二〇円の手数料を払わなければならなかった。また、現金封筒をあけてみたら一〇〇円札が一枚はいっていたが、送った人は七五円の料金を払っているはずである。茶目気は茶目気としても、こういう喜捨を受ける楽しさは互いに志が通じ合うことを知るからである。

しかし「瓢鰻亭通信」は、政治家と役人の門前には立たないことを原則にして、彼らを人民から区別している。いままでに何人かの政治家から読みたいといわれたことがあるけれども「これは君たちの読むべきものではない」と断わっている。どんなに進歩的な身振りをしても政治家と役人は、人民と志を同じくすることはできないと私は思っている。

わがこころざし

1

六〇年をこえる自分の過去をふりかえってみて、私が心からよかったとかんがえることが二つある。一つは、大学というところへいかなかったために現代学問の魔毒におかされずにすんだこと。いま一つは、ながらく刑務所というところにいたため戦争にひっぱりだされず、いまだに生きのびることができたこと。大学へはいきたくていきたくてしようがなかったのに家が貧乏でいけなかったのだし、刑務所へはいきたくなくてどれだけにげかくれしたかしれないのに、結局はつかまってほうりこまれたのだけれども、とにかくこの二つのことは、いまかんがえてみて私にとっては最大の幸運であった。

大学のことはともかく刑務所にいれられたのを幸運というのはどうかしている、という人はきっとあるだろう。しかし私は、ほんとうにそうおもっているので、それはなぜかといえば、戦前の法律には「懲役五年以上の刑に処せられた者は軍人になることができない」という名誉剝奪の意味の条文があって、戦争がどんなに苛烈になっても私は絶対に兵隊にとられないと安心していることができた。もちろん七年間の刑務所生活はくるしかったけれども、戦争にいけば私のような男は九分九厘戦死していただろうし、戦死しないまでも五年、六年と戦場をたらいまわしにされていた兵士はざらで、そういう人たちのくるしみは刑務所でのそれとの比ではなかったことを私はしっているつもりである。戦争末期になって、私はよく人から「どうしてあんたは兵隊にとられないのか」ときかれて、そのたびごとに説明ができなくてこまったけれども、内心では「ざまあみやがれ」とおもわないわけにはいかなかった。しかし、私が刑務所にいってよかったとおもうのは、それだけではなくてほかにも重要な理由があるのである。

いまはどうかしらないけれども、むかしの受刑者は自費で本を買う場合年間に二、三冊しか許可されなかった。それも刑期をかなりこなしてからでなければ駄目で、選択の自由ももちろんなかった。そうなると、できるだけ分厚で、しかも一日に何ページもよめないようなむずかしい本を選ばなければならない。私が最初に自費で買った本は、岩波文庫本のカント『純粋理性批判』で、期待していたとおりとほうもなく難解なこの本をよむのに再読、三読ではあったが三年くらいかかり、しまいには本がバラバラになったのをおぼえている。

はじめ私はこの難解をきわめる本をよんでいて、自分の脳味噌があまり上等でないうえに無学だから難解だとおもっていたが、だんだんよんでいるうちに、難解なのはじつはカントの思想ではなくてこういう訳文をかいた人の脳味噌があまり上等でなかったからだとさとったのである。

これは非常に大事なことで、もしも私が刑務所にいれられることがなかったならば、おそらくこのさとりに達することはなかったにちがいない。

たとえば「思考の対象」という言葉が、『純粋理性批判』の訳本のなかでは随所にでてくる。しかしながら、いったい〈思考する〉とはどういうことをするのか、私にはどうしても理解することができなかった。学者ともなった人の脳味噌は、凡人の脳味噌とはちがったはたらきをするのかもしれないとおもったりしたけれども、そんなことがあろうはずがないし、よくよくかんがえてみれば、それは日本人ならだれでもいう〈おもう〉と〈かんがえる〉をいっしょくたにしたのでしかないのである。「何をおもい、何をかんがえるか」といえば子どもでもわかるが、「何を思考するか」といってわかったような顔をする人の脳味噌は、そのほうがほんとうはどうかなっている。

かつて私は初期の「瓢鰻亭通信」にかいたのであるが、わかい恋人同士のつぎのような会話、「あんた、ほんとにわたしをおもってくれてるの」「おもっているとも」「だったら、すこしはかんがえてよ」と、こういう素朴な会話のなかの〈おもう〉と〈かんがえる〉はけっして同義語ではなく、また、この二つの言葉をいっしょにして〈思考する〉といって、あたらしくべつの精神のはたらきとすることもできないのである。このことをさとっただけでも、私の七年間の刑務所くらしはその甲斐があったとおもっている。

2

人間の精神は、〈おもう〉と〈かんがえる〉の二とおりのはたらきをする。人間の精神はハートとブレインとのくみあわせである、といっていいかもしれない。たとえば愛国心というばあい、「日本の将来をおもう」ということと「日本の将来をかんがえる」ということとは、日本人として全然異質な精神のはたらきだとおもう。私が刑務所にいれられたのは国家にたいする反逆の罪によってであったが、それにもかかわらず私は「日本の将来をおもう」心をおさえることができなかったし、ただ「日本の将来をかんがえる」という、そのかんがえかたが権力者の気にいらなかったということである。当時、ほとんど狂気としかいえない形でおこなわれた権力者による愛国心の強調は、せんじつめれば「国をおもえ」、そして「国のことをかんがえるな」であった。

しかしながら、人間の〈おもう〉ハートには、〈かんがえる〉ブレインがさけがたく同伴するのである。だからといって、〈思考する〉というあたらしい理性がうまれるのではなく、人間はかつおもい、かつかんがえるというのがその姿であるといえよう。そして、〈おもう〉こころは一つでも、〈かんがえる〉あたまはさまざまであるらしい。

われわれは人間の平等と自由をいうが、私はその根拠を、人間には〈おもう〉こころと〈かんがえる〉あたまがある、ということにおいてかんがえてみる。すなわち、万人はその〈おもう〉

こころにおいて一つでなければならぬから平等であり、その〈かんがえる〉あたまにおいてさまざまでなければならぬから自由であるのである。具体的にいえば、万人は平和でありたいとおもい、みちたりていたいとおもい、長命でありたいとおもうのであって、その〈おもい〉はみなおなじであるというかぎりで万人は平等でなければならない。しかし、何を平和とし、何を満足とし、何を長命とするかについての〈かんがえ〉は、人によってさまざまであるというかぎりで万人は自由でなければならぬのである。

私がこういうふうにかんがえだしたのは、やはり刑務所で紀平正美の『行の哲学』をよんでからであった。この本にはそんなことがかいてあったわけではないけれども、すくなくとも私はこの本に触発されてそうかんがえるようになったといえる。それで私は一九三八年（昭和一三年）に刑務所をでて半年くらいのちに、当時は東京の国民精神文化研究所というところにいた紀平正美をたずねて、いろいろとおしえをこうたことがある。そのまえにも何回かの書簡の往復があったので、研究所の応接室での何時間かの彼との話は、〈おもう〉と〈かんがえる〉とのちがいについてがおもな内容であった。現代では彼にたいする一般の評価はかならずしもかんばしくはないといえるようだが、そのときの彼は、軍部を中心とする権力者があたかも独占的に国を〈おもう〉ものであるかのごとくふるまいながら、そのじついかに〈おもわぬ〉ことはなはだしいものであるかと、ほとんど涙をながさんばかりに憤懣《ふんまん》をぶちまけていた。そして、もっとはなしたいから自宅にくるようにといわれたけれども、どういうわけだったか私はたずねなかった。

その後、いまは標題をわすれてしまったけれども、「百姓は〈米をつくる〉とはいわなくて〈田をつくる〉という」ということについて一文をかき、彼にみてもらったことがある。それは、人間の精神のはたらきに〈おもう〉と〈かんがえる〉があるように、人間の手の生産的なはたらきに〈つくる〉と〈こしらえる〉があるという内容のものであった。彼はその文章を彼の弟子である田中忠雄にみせたらしく、田中はそれに非常な手をくわえてある雑誌にのせ、それを機縁に田中と私とのあいだに書簡によるしばらくの接触がはじまった。

しかし、やがて彼は保田與重郎らとくんで例の大芝居をうちはじめ、これはもうどうしようもないとおもった私は、「いずれが真の愛国者であるかは、やがてあきらかになるときがあろう」とかきおくって、彼との接触をたった。そのとき私は彼に、「君がほんとうに国をおもっているのなら、もうすこしかんがえねばならぬ」といいたかったのである。

そして、おなじことは現代の権力者にもいえるので、権力をにぎっている政治家たちに国を〈おもう〉ほんとうのこころがあるのなら、すこしは〈かんがえ〉てもらわねばならぬのである。

3

二度目に私が刑務所にひっぱられたのは、いわゆる大東亜共栄圏の発想はイギリス帝国主義のコンモン・ウェールスのやきなおしにすぎぬ、ということを友人への手紙にかいて、その手紙がある事件で露見したからであった。当時の陸軍刑法第九九条に「流言《りゅうげん》蜚語《ひご》の罪」というのがあって、私のその手紙の内容がそれに該当するということであった。そしてこの刑期中に真珠湾攻撃があった。

一〇カ月という短期で二度目の刑務所をでた私は、ある知人のお世話で、行橋市にあった福岡県農業会の農産品加工場に勤務することになった。やがて戦況がしだいに悪化してきて、その加工場は電波探知機製作に必要だという酒石酸をとる目的で葡萄酒醸造をはじめ、私はにわか仕込みの知識でその主任技師になった。そうなると農産品加工場でもれっきとした軍需工場なので、ちかくの農学校の生徒多数がこの工場に学徒動員という形ではたらきにきた。

ある日、それは本土決戦という言葉がつかわれだしたころであったが、休憩時間を利用して私は生徒たちを一つところにあつめ、「戦況はいよいよ不利であるが、ついに政府が敵に降伏したばあい君たちはどうするか」ときいてみた。すると、なかには竹槍をもって上陸してくる敵に抵抗するといういさましい少年もいたが、ほとんどはだまってこたえがなかった。それで私は、「そうなったらもう日本国にはみきりをつけて、少人数でもいいから俺たちは俺たちでこのあたりに独立国をつくって、アメリカへの抵抗をつづけようではないか」といったところ、およそ三分の一くらいが「よかろう」といってくれたようであった。

そしてまもなく敗戦となったが、同時に付近の山などにかくしてあったさまざまな軍需品、いわゆる隠匿物資にたいする略奪がはじまった。これもある日、少年たちが私のところにやってきて、県立中学校の武道場にいいものがあるそうだからとりにいこうという。私は「そんなケチなものより、戦車が何台もあるそうだからそれをとりにいこう」というと、少年たちは「そんなものを何にしますか」と神妙な顔をした。それで私は「俺たちの独立国をつくるのだ。東京にしりあいの豆腐屋がいるから、そこの二階を大使館にして日本政府と外交折衝をはじめよう。それにはわが国は軍備が必要なのだ」といったところ、少年たちは顔をみあわせてかえってしまった。

もちろんこれは馬鹿げた話ではあるけれども、ここで私がこの話をもちだしたのにはすこしばかりわけがある。

というのは、それから数年して私はおもいもかけず村長という職についたのであるが、もしも私がほんとうに日本国に絶望し、しかもアメリカ帝国主義にはあくまでも抵抗するという気があったのなら、村長になったのは絶好の舞台をめぐまれたことでなければならず、漫画的な一村独立の夢はすてても、ほんとうの意味の完全自治への道はさがしえたはずである。その当時、占領米軍と政府との二重の圧力により、百姓は明日くう米まで供出させられ、柿の木一本、鶏一羽にまで課税されており、半面では戦後の解放感をいやというほどあじわっていた彼らは、げんにしばしば筵旗《むしろばた》をたてていたのである。これにたいして村長たるものは、その筵旗の先頭にたたねばならなかった。そうしてはじめて、一村の完全自治は出発点にたつということができる。にもかかわらず私は、はずべきことには百姓にたいする弾圧者になりさがってしまった。

たとえば供出米について、あるときは官憲による家宅捜査が直接百姓におよびかねまじき事態にまで達したが、そういうときの私のやりかたはどうであったかというと、あたかも強硬な抗議を官憲にたたきつけるかのごとく、じつは村長の名によっての妥協をはかることでしかなく、村にかえっては百姓たちをなだめすかしてできるだけおおくの米を供出させていたのである。このやりかたを弾圧だといった百姓はなく、むしろ私は善政者だと評されはしたけれども、いまかんがえてみれば、巧妙きわまる弾圧者でしかなかった。

野にあるときは理想にもえる救世主のようにおもわれていた人が、いったん権力の座につくと掌《たなごころ》をかえすように反民主的な権力者になる例がおおいのはなぜか。善政が民主主義ではないとさとることができたのは、私が村長をやめて三日目ごろだった。

4

戦後まもなく、最初私が村長に当選したとき、議席一八の村議会のなかで、いわゆる与党議員は五人にまで達していなかった。それで私は議会で「村会議員というものは村長にたいしては、つねに全員が野党でなければならない。村長のおとこぶりがわるいということまで、村会議員は非難する権利をもっている。議員が村長に攻撃の矛先をすこしでもゆるめると、そのときから村政は腐敗をはじめる」という意味のことをいってひらきなおった。

ところが、ものの半年もたたないうちに全議員が与党になってしまい、私は議長から「いいから村長、あんたのおもうとおりやってみなされ」といわれたのである。そして、このときから私の堕落がはじまり、村の民主主義は息の根をとめられたといっていいとおもう。

浦和の市会議員小沢遼子は「あなたならばと言われたときくらい、自分の無力を知ることはない」とかいているが、まことにりっぱである。それなのに私は「あなたならば」といわれて、反対に「よし、そんならやったるか」という気になってしまった。善政がすなわち民主主義であるという、錯覚におちいってしまったのである。

「東ニ病気ノコドモアレバ行ツテ看病シテヤリ、西ニツカレタ母アレバ行ツテソノ稲ノ束ヲ負ヒ、南ニ死ニサウナ人アレバ行ツテコハガラナクテモイイトイヒ、北ニケンクワヤソショウガアレバツマラナイカラヤメロトイヒ、ヒデリノトキハ……、サムサノナツハ……、サウイフモノニワタシハナリタイ」と宮沢賢治がいった「サウイフモノ」になったのが、じつは村長になったということでなければならず、まして「病気ノコドモ」「ツカレタ母」「死ニサウナ人」があれば、村長は自分でいかなくても職員をやることができ、たまに「ケンクワヤソショウ」があって村長が自分で仲裁をすればほかの人ではむずかしくても、村長のいうことならばとまるくおさまるのである。

そのうえ、学校の運動会などで胸に巨大な造花をつけ、校長をしたがえて村長の席につくときはわるい気色でないし、町の飲み屋にいって銭がなくても、歌はへたでもけっこうもてるのである。弁解するのではないけれども、そういう権力の座についていい気になるのは私にかぎったことではないのではあるまいか。まして県知事になりいわんや総理大臣ともなると、うれしくてたまらなくなるのは人情であるようにみえる。

中国の文化大革命のとき、高級自動車をのりまわす官僚を追放した紅衛兵が、その自動車にのって「おれもいっぺんこの自動車にのってみたかった」といったという話がある。野にあるときは民主主義の神様みたいな人が、いったん権力の座につくとたちまち専制の鬼となるのは、権力に執着する人間の原罪であろうか、それとも、権力そのものに内在する原罪であろうか、私は後者だとおもうのである。だから、この人ならば権力の座につけても大丈夫だろうとおもうのは、いつのばあいでもかならず幻想にすぎない。権力によるいかなる善政も民主政治ではありえなくて、権力はつねに反民主主義である。退治しなければならぬのは、権力亡者ではなくて、権力そのものである。

しかし、いかなるばあいでも権力はかならず存在する、ということもまたさけがたいというべきであろう。とすれば、権力をいかにして不断に否定しつづけるかということ、それこそが人間にせおわされた永遠の業《ごう》のごときものではあるまいか。そして、ここで私は、少数派の存在の意味ということをかんがえる。すなわち少数派の存在が、具体的に権力に原罪の意識を強制することができる。

たとえば、最近自民党は党内少数派にたいする断罪をおこなったが、それは権力には原罪がないという宣言である。しかし、かりに自民党が両院での議決に際して党員の議決権に干渉しないとすれば、内閣はつねに崩壊の危機にさらされ、その危機意識はすなわち権力の原罪意識にほかならず、権力にそのような意識があるときにのみ、議会政治はかろうじて民主的であるといえるだろう。

党内少数派を断罪する政党は自民党だけでなく、また、労働組合などの少数派もいまはずいぶんひどい目にあっている。中国文化大革命は、この少数派の意味をみとめるという運動だったのではないだろうか。

5

いわゆる六〇年安保の前後のころ、私は一人の小説家と一人の新聞記者あてにときおり同文の手紙をかきおくっていた。内容はおもに時事についての感想をのべたもので、ときには詩のようなものまでかいたおぼえがある。しばらくするうちにその新聞記者から、「手紙の送付先をすこしふやしてみたらどうか、費用については僕が負担してもよい」といわれて、いろいろかんがえたすえ私は「瓢鰻亭通信」という個人誌をだすことをおもいたち、創刊は六二年五月であった。

初号は「核戦争について博徒と語る」という題で、内容は「核戦争がおこるかおこらないかは一種の賭けであるが、われわれの生活は核戦争はおこらないということを前提にしている。しかし、賭博の原則はまけたときには支払いの用意があるということでなければならないが、われわれはどのような支払いの用意があるといえるだろうか」という意味のことを対話体でかいたものだった。以降、私の文章はほとんど対話体でかいているが、この初号の文章に最初に注目してくれたのが谷川徹三で、彼は親切にもおおくの仮名づかいのあやまりや引用のまちがいを訂正してくれてそれを雑誌『心』に転載した。そして、その翌月号の『心』で辰野隆が、私の文章をプラトンの「対話篇」になぞらえてほめちぎってくれた。

私が自分の文章を対話体でおしとおしているのは、はじめ個人誌発刊をすすめてくれた新聞記者の勧告によるものだが、もちろんプラトンの「対話篇」などを念頭においているのではさらさらなく、むしろ目標は「上方漫才」のあの鄙《ひな》びに達したいということでしかない。つまり、私がめざしているのは俗ではなくて鄙である。

鄙語と俗語とは、厳密に区別する必要がある。たとえば、〈おもう〉は鄙語であるけれども〈愛する〉は俗語である。だから「ほんとにおもってくれてるの」「おもっているとも」「だったらすこしかんがえてよ」という鄙語による会話は俗語では「ほんとに愛してくれてるの」「愛しているとも」「だったらどうかしてよ」ということになってしまう。〈愛する〉という俗語は猫や犬を相手にいう言葉で、なでたりさすったりすることである。そういうわけで、現代の〈愛〉の文学は、なでたりさすったりねぶったりの文学でしかなくなっている。

昨年の秋、近所のおばさんが私のところの畑をみて「まあまあ、お宅の大根はほんとにうるわしゅうできて」とほめてくれたが、このとき私は〈うるわしい〉という言葉についてふかくかんがえさせられた。普通には〈うるわしい〉は〈うつくしい〉と同義語にされるか、あるいは雅語か死語になりかかっているけれども、百姓のおばさんたちのあいだではりっぱにいきている言葉である。子どもがすくすくとそだっているのは、〈うつくしい〉のではなく〈うるわしい〉のである。そして、現代のいわゆる美学では〈うつくしさ〉を論ずるけれども〈うるわしさ〉を論じない、というところに問題があるとおもう。私は麗学という言葉をつかいたくはないが、美学があるならば麗学がなければならぬのではあるまいか。さらにいうならば、三島由紀夫には俗な美学はあったけれども鄙なる麗学がなかったので、あのように卑俗な〈うつくしさ〉としての割腹自殺しかなかった。

さて「瓢鰻亭通信」の発行というささやかな仕事を一〇年つづけて私がめざしてきたことは、発想の基盤を俗なるものではなく鄙なるものにおくということであった。鄙は雛《ひな》に通ずるとすれば、それをそだてることだったといってもいい。そして、単なる言葉の問題にとどまらず生産ということを問題にし、さらには集落する生産的な人間のもっとも鄙なるものをおもうと、それは結局百姓でしかないとかんがえられる。たとえば、日本の百姓は〈米をつくる〉といわずに〈田をつくる〉というのであるが、それは機織工が〈反物を織る〉といわずに〈機を織る〉という生産のしかたの原型にちがいない。あるいは、小田実は〈社会〉という俗語から〈世の中〉という鄙語への転換をこころみているが、それはそれで意味はありながら、〈世の中〉はべつの言葉では〈浮世〉といい、それは生産から遊離しているということである。生産からうきあがっていない人間の集落を、日本人は〈里〉という。だからいま私の「瓢鰻亭通信」は、まだ卵をだいている段階かもしれないけれども、〈里〉という雛をそだてている。

森恭三の死を悼む

森恭三が亡くなりました。いま日本の良心は急速にやせおとろえつつあるなかで、さらに大切な良心をうしなったとなげかれるのですが、私個人にとっても、どこか心の一個所に空洞ができたようでおおきな悲しみであります。

おもえば、森恭三と私が最初に対面したのは半世紀まえの一九三一年の初夏、朝日新聞大阪本社の応接室で、そのとき平井己之助も同席でした。私にとって運命的なこの初対面はどういう経緯によってであったかといいますと、当時日本共産党はほとんど壊滅の状態で、とりわけ関西地方では「第二無産者新聞」の配布さえなかった有様で、これを憂慮したのはたぶん平井己之助で、彼は高校から大学時代を通じての親友で朝日新聞に入社二年目の経済部記者であった森恭三に相談し、「第二無産者新聞」関西地方オルグの派遣を東京にしたらしく、そのころ脚気をわずらってしばらく戦線からとおざかっていた私がその任にあたることになったからでした。そして、まだ新米社員でおそらく薄給であったはずの森恭三が、私の生活を全面的にささえてくれることになりました。しかし、これは森恭三の人となりをしるうえで大事なことですが、ほんとうは彼は共産主義に親近感はもっていてもそれを信条としてはいなかったという点で、そういう彼が平井己之助や私と危険きわまりない関係を維持するには相当な覚悟が必要だったといえます。だから彼は非常に用心ぶかく、たとえば私が新聞社に受付を通じて金をもらいにいきますと、彼は受付嬢に「いやな奴がまたきたか」といっていたそうで、彼はそのことを私にあかして「わるくおもわないでほしい」といったものでした。

でも一度だけ、あぶない目にあったことがあります。それは中ノ島の路上で彼と会ったときのこと、私は彼の姿をみたので念のため周囲をみわたしたところ後方から尾行がついてきているのに気がつき、これは危険だと彼とすれちがいさま「だめだ」と小声でいっていきすぎようとしましたが、彼はとっさにはなぜ「だめだ」かわからず私をよびとめようとしました。このとき私は心臓がとまるおもいでしたが、とにかく私はふりむかずその場をおおいそぎでさりましたので無事でした。一度はこういうことがありましたものの、日常の彼は抜群に用心ぶかい人で、晩年にほとんど視力をうしなった彼が板橋の自宅から丸ノ内のプレスセンターまで毎日電車でかよっていたのも、彼に人並はずれた用心ぶかさがあったればこそとおもわれます。

平井己之助はまもなく大阪で検挙され、翌年には私も京都で逮捕されました。そして、未決拘留期間を通じて森恭三から彼の選択による多数の本の差入れをうけ、それによって私は未知の世界をみる目をおおきくひらかれたものでした。

七年間の私の受刑中に彼はニューヨーク特派員となり、日米開戦で彼が抑留されたときには私は反戦活動の件で二度目の受刑中でした。戦争がおわって何年かのちに私が東京の朝日新聞社に彼をたずねたとき、おそらく争議による過労がもとでの肺結核で療養中で、二度目にたずねたときはヨーロッパ総局長としてロンドンに滞在中でした。その間に私は郷里で村長という仕事を六年間やり、その村長をやめたときには彼は東京にかえって論説委員をしていたようです。

何度もかきましたが村長をやめたときが私の思想上の大転換のときでして、ときあたかも六〇年安保で世は騒然たる時代で、私は激動する世相についての感想を森恭三と堀田善衛の二人に同文の手紙にしてときおりおくっていました。ところが何回かおくっていますうちに、森恭三が「なかなかおもしろいから、謄写版で印刷してめぼしい人におくってみてはどうか。謄写版を買う費用は負担してもよい」といってくれました。彼のそういうはげましでうまれたのがこの「瓢鰻亭通信」で、一九六二年の発刊です。ちなみに、最初の発送部数は五〇部でした。

「瓢鰻亭通信」が発刊されてまもなく、谷川徹三が注目してくれて雑誌『心』に転載され、それを辰野隆がたいへんほめてくれるなどのことがあって読者はすこしずつふえましたが、とりわけ森恭三が朝日新聞のコラムで再三にわたって紹介してくれたのがおおいに読者増加の推進力となりました。また、たえず資金援助もしてくれまして、おもえば私の一生は森恭三からの物心両面にわたる援助によってささえられてきたということができます。

はじめにかきましたように、森恭三は自分でもいっているように共産主義者ではけっしてなかったのです。にもかかわらず平井己之助や私にたいして危険をかえりみず一貫して援助してくれたということは、人間の良心を擁護することにおいて彼はすこしも妥協しない人であることをしめしているといえます。例の朝日新聞争議で彼がはたした役割も、理屈で云々よりもまず良心にしたがうということだったにちがいありません。そしてまた、彼は朝日新聞に在職中に行政的な仕事はすこしもしなかったということ、これもやはり新聞記者としての良心にかかわる問題であります。ちかごろ私が「義によらず徳による統治を」といっておりますのも、森恭三の徳をひそかにたたえる心が私にあるからだといえなくもありません。

森恭三についての私のわすれがたい思い出は、たとえば私のかいた原稿を『朝日ジャーナル』の小南裕一郎に紹介してくれたとき、小南が原稿をよんでくれているあいだ、応接室でまるで我子の入試の成否にはらはらする母親のようにしていた彼、そういう思い出はかずかずあります。

でも、森恭三は逝ってしまいました。

＊森恭三　一九〇七年九月二四日～一九八四年二月一五日

天下に大乱の兆あり

思弁の自由と変革の思想

「最近ニューヨーク・タイムスがベトナム戦争に関するアメリカ政府の秘密文書をすっぱぬき、つづいてまたワシントン・ポストがおなじことをやり、それで当然のことながら政府と言論界はまっこうから対立して裁判沙汰になるなどたいへんなさわぎになっている。非常におもしろい事件だとおもうが、君はどういうふうにかんがえるか」

ちいさな田舎新聞の記者を戦前からやっている男があそびにきたので、私はこんなふうに話をもちかけてみた。

「おもしろいどころか、アメリカという国はさすがに強国であると、つくづく感心させられています」

「さすがにアメリカは強国だとは、どういう意味だろう。僕の目からみれば、あれほど強大にみえたアメリカもついに内部からガタがきたとしかおもえない」

「それは皮相なみかたというものです」

「だって、そうではないか。なんといっても現在のアメリカは戦争をしている国で、その戦争に勝たんがためには国内の結束ほど重要なことはないだろう。にもかかわらず、こともあろうに戦争にからむ政策立案や外交関係の秘密文書をあばきだされてしまったんでは、それが国の内外におよぼす影響にははかりしれないものがあり、アメリカ政府はどれほど窮地にたたされるかわからない。ということは、アメリカという国の全体の弱体化でしかないだろうではないか」

「明らかにアメリカの政府は弱体ぶりを曝けだした、ということはいえましょう。しかし、だからといってアメリカという国の全体が弱体化したことにはなりますまい。いやむしろ、アメリカ政府の弱体ぶりは暴露されると同時にアメリカ人民の健全ぶりを立証したのが、ニューヨーク・タイムスを先頭とする今回のアメリカ言論界の勇気ある行動だとおもいます」

「政府の秘密文書をすっぱぬいたのが、どうして人民の健全さを立証することになるのだろう」

「一口にいえば、アメリカの人民にはまだ思弁の自由があるということが立証されたからです」

「ふむ、表現の自由とはよくきくけれども、思弁の自由とはききなれぬ言葉だ。こんどの事件でアメリカの言論界は、人民はしる権利があるということをつよく主張しているが、そのしる権利ということを君は思弁の自由というのだな」

「もとより万人に表現の自由はなければならぬのですが、表現をする自由にさきだつ思弁の自由こそが大切なのではありますまいか。アメリカの人民はベトナム戦争の是非について論をする表現の自由はありますものの、その是非の論はなにを根拠にすることができるのでしょう。人民が正鵠を射た論をすることができるためには、ある種の事実を記録した秘密文書はおおやけにされねばならぬのです。たとえていえば、万人は饅頭をくうてみる自由をうばわれていてその味を論ずる自由だけがあるとしたばあいの、いうところの表現の自由になんの意味があるでしょうか。ニューヨーク・タイムスの勇気あるすっぱぬきは、それまでには饅頭の味だけしか論ずる自由がなかったアメリカ人民に、饅頭をくうてみる自由をあたえたものということができ、したがってアメリカ人民がベトナム戦争の是非を健全に論ずることができるようになったということなのです」

「なるほど。思弁の自由の大切なことがよくわかった。だがしかし、そういう思弁の自由は、むしろアメリカ人民の日常的な生活自体のなかにもとむべきではないだろうか。具体的にいうと、たとえば戦費のために税金がおもくなって生活が圧迫されるとか、あるいは身近から徴兵される者がでたり戦死者がでたりするとか、それらがなんのためであるかをふかく思弁する自由はあるはずで、そういう自由こそが第一義的な思弁の自由でなければなるまい」

「たしかにそのとおり、しかしながら、そういう思弁の自由の根本をもうばわんがために、まさに支配者はある種の事実について人民を盲目にする必要があるのです」

「万人が自分自身の日常的生活について思弁する自由は、たとえ支配者といえどもうばいさることはできぬだろう」

「ところが人間には、ある目的のためには一時のつらさはしのぶという美徳があるでしょう。いわば人民のなきどころであるこの美徳をとらえて、支配者は情報操作によって人民のまっとうな思弁の自由を封殺することができます」

「そういえば、僕らにもおもいあたることがすくなからずある。かつての戦争中には精神的にも物質的にもずいぶんつらいおもいをしたが、すべてそれらは大目的のためだとしのびにしのんだものだ」

「つらいことをしのぶということが、それ自体で不健全といえぬのはもちろんです。いま世界でいちばんつらいおもいをしているのは、ベトナムの人民であるかもしれません。けれどもベトナムの人民は、彼らがなぜつらい日常生活をしなければならぬかを思弁する自由があるから健全な人民なのです。そして、そういう健全な人民によってささえられている国は、たとえ軍事力の面では極端に劣勢であってもアメリカより強国でありえているのです」

「なるほど。ある国が強国であるという条件は、軍事力などではけっしてなくて、その国の人民が思弁の自由を保証されて健全であるということなのだな。ということは、ニューヨーク・タイムスなどの勇気ある行動は、アメリカに国家的なつよさを回復せしめたという意味をもっている」

「わたしもそうおもいます」

「かんがえてみれば、ちかごろ情報化時代という言葉をしばしばきくが、それは情報操作によって人民の思弁の自由を封殺するメカニズムのますます発達する時代、という意味かもしれんな。もしもそうだとすれば、思弁の自由は一段と声をおおきくしてさけばれねばなるまい」

「そこで、アメリカの勇気あるニューヨーク・タイムスにひきくらべて、日本の新聞、いや言論界一般の傾向をあなたはどうごらんになりますか」

「いやはや、まことにお粗末の一言につきるといってよい。たとえば、せんだって最高裁判所がある地方裁判所の判事を再任しなかったという事件があって、それはゴウゴウたる世論の非難をあびた。そして、その世論がわいている最中にある大新聞社の発行する週刊誌が、件の判事を再任しなかった最高裁判所の会議の模様をすっぱぬいてしまった。最高裁は無根の事実として記事の撤回をもとめたのに、はじめ新聞社はそれを拒否していたが、のちに腰くだけとなって謝罪文を発表するにいたった。その週刊誌の編集記者たちはおおいに憤激して、何人かの記者は転勤願までだしたということをきいた。ニューヨーク・タイムスやワシントン・ポストの勇気ある行動にくらべて、なんと日本の新聞の不甲斐ないことか」

「たしかにいまの日本のマスコミは、おしなべて不甲斐ないです。それはいまあなたが指摘された事実にもよくあらわれていますが、現在日本の特殊な政治状況とかんがえあわせてみますと、それを単に不甲斐ないとのみいってすごすには、あまりにもおおきな問題をふくんでいるようにおもえてなりません」

「それはまあ僕だって、マスコミの不甲斐なさに腹をたてるばかりではしょうがないくらいはしっている。だが、現代日本の特殊な政治状況とはどういうことか」

「政治そのものにたいする不信感が、ひろく人民のあいだにみなぎっているとおもいませんか」

「うむ、いろいろな徴候をあげてそういうことがいえるだろうが、その点を僕はむしろ統治一般への不信といったほうがいいとおもう。たとえば、先般の地方選挙で巨大都市にいわゆる革新市長が出現し、それらの市長が口をそろえて市政への市民の直接参加ということをうたっているが、それは統治にたいする不信の傾向をあらわしはじめた市民への宣撫工作にすぎぬ、と僕はみているのだ。なぜそういうかというと、現在日本の各地でおこっている市民運動、あるいは地域住民活動はほとんど例外なく、つよく政党指導を拒否する傾向をしめしておることに注目するからだ。つまり、どれほど急進的な政党といえども、その変革思想は統治者意識から一歩もでていないことを人民はするどくみやぶるにいたっておるのに、もともと統治者としてしか登場しえなかった革新市長たちはその立場をくらますために、市民参加という耳ざわりのいい言葉をもちだすほかはなかったのだ。もしも本気で市民参加をいうならば、市長は統治者であることをやめねばならない」

「あなたのいわれることに、わたしもまったく賛成です。そこで、人民が統治そのものにたいして拒否の姿勢をしめしはじめたときに、依然として一般的な思弁の自由が封殺されているとしたら、事態はいったいどうなるとおもわれますか」

「しかし、思弁の自由を支配者が封殺するといっても、ころされてしまわないかぎり人間はやはり思弁するとおもう。いわゆる大状況についての思弁を封殺されれば、日常的な小状況にとじこもった思弁を、たとえ不健全であろうともせざるをえないではないか」

「わたしがいいたいのは、おおくの人民がそういう小状況にとじこもった思弁にもとづいて行動をおこしたばあい、それはどういう行動になるだろうかということです」

「おそらくそれは、〈乱〉でしかないだろうな」

「いまや天下に大乱の兆あり、ということですか」

「たしかにそういっていいだろう」

「しかし、なんとしても〈乱〉にいたらしめてはなりません。そこで、わたしどもはもいちどアメリカのさわぎをおもいだす必要があるのですが、ベトナム戦争についてアメリカは〈乱〉にいたる寸前にあったのではありますまいか。毎年周期的にくりかえされる反戦デモは回をかさねるたびにはげしさの度をつよめ、最近のデモにはベトナム戦争に直接従軍した兵士までが多数くわわり、その行動にはきわめて激烈なものがありました。このつぎの反戦デモはさらに激化するとすれば、おそらくそれは〈乱〉といって過言ではないものになるでしょう。なぜかといえば、アメリカの人民の反戦運動は日常的に単純な小状況での思弁に発しており、大状況については盲目にされているにひとしいからなのです。思弁の封殺によって人間の健全さがうしなわれると、その行動は〈乱〉にいたるのが自然でなければなりません。ところがその〈乱〉にいたる寸前にいたってニューヨーク・タイムスは、アメリカ人民に重大な思弁の自由をひらく勇断をおこなったのでありまして、このことは、やがてまたおこなわれるにちがいないつぎの反戦デモが、〈乱〉にいたることをうたがいなくくいとめたといえます。おそらくこれは、アメリカ史上に特筆さるべき事件なのです」

「それにひきかえ日本の新聞は、最高裁事件以後の方向転換を史上にのこされるかもしれん」

「かなたは国をおこし、こなたは国をほろぼす、という意味で東西の双璧ですね」

「しかし、かなたの新聞は国をおこすというのも、じつはこまったことではないか。というのは、それはアジアへの侵略をやめようとしない政権を、まだまだ安泰におくということになるだろうからだ。かえって望ましいのは、いっそのこと〈乱〉がおこって現政権がたおれてしまうことではないだろうか」

「それは浅はかなかんがえというものです。もとより侵略をつづける政権はたおさねばならぬのですけれども、ふたたび戦争をする政権の成立をゆるさぬような、徹底したたおしかたをしなければなりません。それをつきつめれば、万民の徹底した思弁の自由のもとで統治者の存在をゆるさぬという変革の実現なのです。具体的にいえば、ニューヨーク・タイムスによる政府秘密文書のすっぱぬきは、政府の統治力を根底からゆるがす性質をもち、それだけ人民の思弁の自由を拡大して人民主権の確立に貢献しているのです。これは、〈乱〉によらずしてあたらしい変革への道をひらいたものとみることができます」

「しかし君、〈乱〉をおそれる必要はないとおもう。内乱を革命にみちびいた例は世界史にめずらしくなく、ほんとうはそこをねらうべきではないか」

「いけません。いまわたしどもがもとめている変革とはどういうことであるか、この際はふかくかんがえてみる必要がありましょう。さきほどあなたは、現在いたるところでたたかわれている地域住民運動の性格をするどく指摘していましたが、おおくの人民はあきらかに統治者的な行政にねづよく反発しています。このような住民運動に、不毛な統治者的変革の思想の政党はなんら指導力を発揮しえていません。このことは、きたるべき変革をになう者は人民そのものにほかならず、不毛な政党者流ではありえないことをしめしています。〈乱〉によって統治者的変革の思想者に、変革をかすめとられてはなりません。したがってわたしどものねがうのは、人民の全体があくまで健全であることをのみ、そのためには、万民の思弁の自由を、徹底して追求するほかはありません」

「だが、それにもかかわらず人民による〈乱〉は、いまや必至だとおもう。たとえば三里塚空港反対同盟の百姓たちには、もはや国旗も国歌も通用しなくなっているのだ。この春におこなわれた強制代執行の際、反対同盟の砦には黒枠の日章旗がたてられているのを僕はみたが、あれは三里塚では日章旗を拒否するということの意志表示なのだ。また、沖縄が政府のいうとおりに返還されたとするとき、日章旗がどの程度沖縄にうけいれられるか、僕はすこぶる疑問におもっている。そのかぎりでは、それらはいずれも〈乱〉といってさしつかえあるまい。そして、そういう〈乱〉はこれから日本国中のいたるところで頻発する可能性があるのだ。それなのに君は、やはり〈乱〉を否定するつもりなのか」

「誤解をしないでください。もっとも激烈で執拗な地域住民闘争をやっているある住民団体の中心人物が、あるときわたしにつぎのようなことをいったことがあります。『われわれの闘争を第二の三里塚にしようという者がいますけれども、わたしはどこも第二の三里塚にするなとさけんでいるのです。それはわたしは三里塚を手本とおもっているからであり、また、ここを第二の三里塚にするなということによってのみ、われわれは三里塚をうわまわる闘争ができると確信するからです』と。この言やきくべきではありませんか」

「なるほど。なかなかえらいことをいう男がいるものだな。それを敷衍していえば、われわれはロシア革命のレーニンを尊敬するゆえに、あの十月革命を日本ではくりかえすな、ということになるか」

「それは、すこし飛躍しすぎましょう。が、それはともかく、ここらで話は一応うちきって、わたしは自分が新聞記者であるという立場から、これからの自分自身の覚悟のほどをのべねばなりません」

「大新聞のつまらぬ記者のまねはしないようにな」

「自分の新聞社が小さいからいうのではありませんけれども、わたしはわたしの運命を社とともにではなく、人民とともにしようと思う」

百姓は田をつくる　百姓の生活の論理と関連して

心やさしい百姓

先日、わたしはある友人を筑豊の炭坑住宅にたずねた。ひさしぶりにはればれとした半日をすごしてかえるとき、友人夫妻はわたしをわざわざ駅までおくってくれたのだが、そのみちみち友人は荒涼とあれはてていく炭坑風景をながめながらいった。「炭坑労働者のやさしさには心にしみるものがあるが、そのやさしさのゆえだろうか。炭坑労働者はじつにあきらめのはやいところがある。あいつぐ炭坑閉山にいくらかの抵抗はしたものの、一〇〇万にちかかった炭坑労働者の大部分はまことにあっさりと山をあきらめてしまった」と。

友人のこの言葉をきいたとき、わたしはわが身のこととして、日本の百姓のことをかんがえないわけにはいかなかったのである。

戦後、政府が百姓にむかって最初に「つくるな」といったものはドブロクであった。やがて子供を「つくるな」といった。桑も「つくるな」といった。麦も「つくるな」といった。そして、まさかとおもっていた米まで、とうとう「つくるな」といいだしたのである。もちろんそのあいだに政府は甜菜などの例があるように「つくれ」といったものがないわけではない。

けれども、政府が「つくれ」といったものをつくった百姓でひどい目にあわなかったものはまれであるといってよい。このように政府からふんだりけったりの目にあわされても、百姓はその心があまりにもやさしいゆえに、ただ黙々と政府のいうなりになっているようにみえる。あきらめがいいという点では、百姓は炭坑労働者にけっしておとるものではない。

友人はまた、「なにごとも運命だとあきらめてしまう傾向が、日本人にはつよいのではあるまいか。炭坑は斜陽産業だなどといわれても、そうなった責任は炭坑労働者にあるのではけっしてなく、また、大手炭坑でそのため破産した会社は一社もないのに、それでも石炭が不用な時世となればしようがないではないかと、炭坑労働者は自分がわるいことをしてバチでもあたったような気になって山をさっていく」といっていた。

おなじように百姓の場合でも、米がだぶつくようになったのは事実としても、そのことについては百姓に毛ほどの責任があるのではない。なぜなら、百姓には自分の都合で田を畑にしたり牧野にしたりする自由がなかったうえに、収穫した米は政府がきめた値段で政府がきめた集荷業者にわたすほかはなかった。稲の品種選定も政府まかせだといってよく、農薬や肥料設計もほとんど政府の指図どおりにやってきた。だから、その結果として食管会計の赤字が累積し、まずい米がだぶつくようになったとしても、いっさいの責任は政府にあって百姓や消費者はあきらかに被害者なのである。本来ならば何人かの大臣は、切腹して国民にわびねばならぬところである。にもかかわらず、累積した食管会計の赤字が巨額に達したことをしめして、政府が被害者であるかのように宣伝すると、あまりにも心やさしい百姓は自分がわるいことをしたようにおもいこみ、あるいは、いつの世にもうかぶ瀬のない百姓にうまれた身の運のわるさとあきらめるのである。

農業は生活である

しかしだからといってわたしの友人は、炭坑労働者に絶望しているのではけっしてなかった。彼がなぜ絶望しないかの理由をいうのは他の機会にゆずるけれども、わたしもまたわたし自身が百姓であるゆえに、百姓に絶望することはできない。むしろ、ふまれてもけられても百姓をやめないという徹底したあきらめは、半面では百姓であることのしたたかなつよさに対する確信だともいえる。三里塚の百姓たちはあれほどの迫害をうけているにもかかわらず、単に百姓を絶対にやめないといっているだけでなく、ころされても三里塚の土地をはなれないといっているが、百姓であることによほどの力づよさを確信するのでなければできないことである。

しかしまた、きわめて消極的な言葉で「俺たちには百姓しかできないのだ」という人がいる。が、かんがえてみれば、かりにそれを言葉どおりにうけとるにしても、ほかに何をやらせてもできない人に百姓だけができるとするならば、その人にとって百姓であるほど力づよいことはないというべきだろう。そして、たとえば「俺には絵しかかけない」という画家がいて、じつはそういう画家こそが真にすぐれた画家であることがおおいのをおもえば、「俺には百姓しかできない」

という百姓が、じつはほんとうの百姓だということもできるので、これをわたしは大事なことだとおもう。

というのは、「俺には絵しかかけない」という画家の言葉には、あるなにものかにたいするあきらめの意がふくまれているが、それは画家であるということへの絶望ではなく、彼のかいた絵への風あたりのようなものにたいするあきらめというべきだろう。ところが、何をやらせても適当にやりこなす人がたまたま絵をかいていて、その絵に風あたりがよくないとすれば、彼は簡単に画家であることをあきらめることができる。つまりわたしは、百姓への風あたりのわるさにあきらめる人と、百姓であることにあきらめをつける人とのちがいを非常に重要な問題だとかんがえるのである。

「絵しかかけない」から絵にたいする風あたりがどんなにわるくても画家であることをやめられないという人は、おそらく画家を職業とはかんがえていないのである。おなじことを三里塚の百姓についていえば、風あたりとしてあらゆる迫害にもかかわらず断乎として百姓をやめないという彼らは、農業を職業としてはかんがえていないということである。

かりに彼らにとって農業が職業であるならば、巨額の退職金をもらえば転職を承諾しなければならない。世間の人たちは農業もまた職業だとみなしているために、あれほど頑強な抵抗をする三里塚の百姓たちの心境を、どうしても理解することができない。そして、農業を職業だとかんがえていないのは、三里塚の百姓たちだけでなく、ふんだりけったりの仕打ちをうけてもなお農業をやめないという、日本の百姓のすべてがそうだということができる。

だが、農業は職業ではないというとき、それでは何だという問題がおこる。このばあいわたしは、農業は生活であるといっていいとおもう。もっとも農業は生活であるとか職業であるとかいうことがおかしいので、本来ならば両者は分離できないはずのものである。けれども、現代の文明体制が両者を不自然にひきさいてしまっているということがあり、この現状に即していえば、どうしても農業は生活であって職業ではないといわざるをえない。

百姓は明日のために田をつくる

この事情を少しくわしく説明すると、いわゆる職業人としてのサラリーマンは、〈暮らし〉をささえるための手段として職についているといえるが、その職業が生活そのものであるとはいえないだろう。しかし、これは人間の自然な状態ではなくて、現代の文明体制によって強制的に分裂せしめられているにすぎない。だから、「百姓しかできない」という百姓や「絵しかかけない」という画家は、そういう意味では生活と職業との強制的分裂をあくまでも拒否するものということができる。

生活と職業とのこういう分裂関係は、たとえば季節と天候のようなものであろう。あるいは、歴史と風雲のようなものでもあろう。季節は春だというのに天候は吹雪だということもあるのであって、ある人の生活実体は子供も成長して十分に春の条件をそなえているにもかかわらず、その〈暮らし〉をささえる職業に風あたりのきびしいときもありうる。そういうときに人は、春を確信するがゆえに吹雪にあきらめをつけることができる。三里塚の百姓たちのことをいえば、彼らのたたかいはいかなる風雲の急にもうごかされないというあきらめであり、百代の歴史としての生活は何者にもうばわれないということである。

生活は季節であって天候ではないといい、あるいは歴史であって風雲ではないというのは、生活は〈暮らし〉ではないということにほかならない。当節の殺し文句に〈豊かな暮らし〉〈明るい暮らし〉〈平和な暮らし〉という言葉があるけれども、それは生活ではない。たとえその日その日は豊かではなく、また明るくも平和でもなく暮れてよい。しかし明日は豊かで明るくまた平和でなければならない、そのため今日はしなければならぬことがある、というのが生活なのである。さらにいうならば、この俺はどんなにみじめであってもよい、しかし子や孫はみじめであってはならないというたたかいといとなみが生活なのである。

たしかに生活は、たたかいといとなみである。そして、それはたたかいであるゆえに、その日その日は豊かさも明るさも平和もなく暮れてよいというあきらめにたつことができ、また、それはいとなみであるゆえに、明日は、あるいは子や孫はかならず豊かで明るく平和であるにちがいないという確信をうむことができる。

百姓の生活はこのようなものだというのは、言葉をかえれば農業は生活であって〈暮らし〉の手段ではないということである。というのは、かりに日本の百姓がその日その日の〈暮らし〉の手段として農業をしているとすれば、百姓は〈田をつくる〉といわずに〈米をつくる〉といわねばならぬだろう。〈田植えをする〉といわずに〈稲植えをする〉といわねばならぬだろう。なぜならば、〈暮らし〉に必要なものは〈田〉ではなくて〈米〉であるはずだからである。にもかかわらず、農業をするということをみずから表現していう日本の百姓の言葉は、かならず〈田をつくる〉である。

望まれる田をつくる自由

しかし、かんがえてみれば、これまでの農業政策の基本にある思想は、百姓の本来である〈田をつくる〉農業を否定して、〈米をつくる〉非農業の強制だったといえるだろう。つまり、百姓の〈暮らし〉をよくするという甘言によって、生活を破壊するのが農業政策であった。そして、その農業政策が最終的にいきづまったところで、あからさまに〈田をつくるな〉と本音をはくにいたったのである。われわれ百姓が自分のする農業を、〈米をつくる〉のではなくて〈田をつくる〉のであるといって表現するのは、〈つくった田〉にできるものが米であるか麦であるか、あるいは豆であるか野菜であるか、その選択は百姓の自由であるとの宣言にほかならない。したがってもし農業政策というものがあるとするなら、百姓のこの自由をうばわないことを唯一の前提にしなければならない。三里塚の百姓たちの主張はまさにそれであり、百姓のすべての声を代表するものということができる。

三里塚の百姓があきらめているのは、政府の施策に期待をもたないということであり、心やさしい日本の百姓がおとなしいのは、政府の農業政策にあきらめをつけているのであって、農業そのものに絶望しているのではない。われわれ百姓は「百姓しかできない」というけれども、それはわれわれが〈田をつくる〉ことができるからである。

だから、われわれの望むことは、ただ〈田をつくる〉自由をあたえよである。それがじつは百姓の解放であり、そういう百姓の解放があってのみ、農業は進歩するのである。

都市変革の可能性

「このちいさなわれわれの村でさえ、ちかごろはゴミの処理が厄介な問題となっているが、大都会ではたいへんだそうだ。東京都では二三区から排出されるゴミの量が一日で一万数千トンにも達し、これまではその莫大なゴミの大部分は東京湾の埋立てにつかわれていた。ところがさしも広大な埋立予定地区も、とおからず満杯となるそうで、それだけでなく、埋立地へのゴミ輸送はさまざまな公害をもたらしており、これ以上長期にわたってゴミを埋立てで処理することは不可能であるらしい。が、さらばといって他にいい方法もみつからず、この事態を美濃部知事は〈ゴミ戦争〉だといって長嘆息したとか。とにかくゴミをどう処理するかは、どこでも頭をかかえる問題らしいな」

最近は村営のゴミ焼却場設置が論議されている折でもあるので、私は村会議員がどういう対策をもっているかさぐりをいれてみた。

都市と糞尿

「すこしかんぐった見方をしますと、その問題でわざわざ〈ゴミ戦争〉などというショッキングな言葉をつかった美濃部知事の腹のそこには、責任を都民の全体におわせようとする心算があるのではありますまいか」

「なぜそんな意地わるい見方をするのだ」

「いいえ、かならずしも意地わるい見方ではないのでして。といいますのは、近年になってにわかにさまざまな企業公害が問題となってきましたが、その責任はすべて発生源である企業がおわねばならぬとするのが一般の世論でしょう。もちろんそれは正論だとおもいますが、そのばあい企業がだすゴミの一種であるヘドロなどは企業の責任で処理させて、個々の市民がだすゴミは個人が責任をもたなくてもいいというのは片手おちではありませんか。だから美濃部知事は〈ゴミ戦争〉という言葉をつかって、暗に都民の一人ひとりがゴミ処理に責任をもつようにとうったえたのだとおもいます」

「理屈はそうかもしれぬが、そんな無理なことをいってもどうなるものではない」

「逆にいえば、ゴミ処理についてはそれをだす個人が責任をもてといわなければ、企業が排出するヘドロやガスは企業が責任をもって処理せよとはいえないので、美濃部知事のほんとうのねらいはそこにあったのかもしれません」

「しかし現実の問題としては、それはできぬ相談というものだ」

「なぜですか」

「だって、かんがえてみたまえ。われわれのような農村ではどこの家庭でも、もえるものはもやし、くさるものはくさらせる場所と設備がある。しかし現代の都市住宅の実態というものは、いや住宅にかぎらず各種の都市営業の建物にしても、自分のところでたまったゴミを自分で処理できるようには、立地条件も建物構造もととのっていないのだ」

「それはそのとおり。しかもそのうえ、ちかごろのゴミときたら腐敗もしなければ焼却もできないものがおおくて、われわれの村でさえゴミ処理の設備問題で頭をなやましています」

「だとすれば、まして東京みたいな大都会の市民に自分でゴミを処理せよというのが無理なことがわかるだろう」

「それが無理だというのでしたら、工場に煙をだすなというのはもっと無理でしょう」

「いや、工場は煙をだすなではなく、有害な煙をだしてはならぬということだ」

「そんな中途半端なことではなく、企業であろうと個人であろうと、また営業であろうと生活であろうと、そこから排出されるゴミ的なるものは糞尿までふくめて、すべて他人に迷惑をかけぬよう排出者が自分の責任で始末しなければなりません。おそらく美濃部知事はそれがいいたかったので、わたしもこの原則の確立されることがいまほど必要なときはないとおもっています」

「いやに君は美濃部知事の肩をもつけれども、東京みたいな大都会ではそれができないようになっているではないか。いやむしろ、大都市の市民は自分でゴミや糞尿の始末をしてはならぬことになっているので、あえてそれをする者があれば罰せられるはずだ」

「ところが企業にたいしてだけは、排出するゴミや煙を自分で始末しなければ罰するといっています。これは不合理、不公平ではありませんか」

「いや、それが人間優先ということで、企業は人間に従属しなければならぬ」

「そういうインチキ人間優先論で企業公害を告発するから、すこしも実効があがらず、都市のゴミ問題も解決しません」

「僕のいう人間優先論がインチキだとはひどい」

「気にさわったらごめんなさい。でも、たとえば交通政策で歩行者優先というばあい、それは歩行者と非歩行者、つまり人間と非人間との両者のうち人間に恩寵をあたえるという意味で、ややもすればわたしどもはこの言葉にごまかされますけれども、じつはこの思想は人間と非人間との両者に超越する存在者があることを前提にしているので、恩寵の内容は超越者の匙加減ひとつということになります。つまり、一切に適用されるはずの原則を恩寵として人間だけは除外するというのが、あなたのいわれる人間優先です。そういう恩寵をあたえうる者は超越者でしかなく、現代ではそれが権力者なのです」

「なるほど、そういえば歩行者優先というのは、権力表現としての交通政策の匙加減でしかない」

「わたしどものいう人間尊重とは、人間の尊厳がすべてに優先するということなのです。そのことを公害にからめて具体的に説明しますと、人類が最初におこした公害はいうまでもなく人間の糞尿排泄ですが、それを公害とならないよう自分で始末するのが人間の尊厳というものでしょう。ですから、この人間の尊厳がひろく敷衍されねばならぬという人間尊重の意味で、わたしどもは企業が排出する煙やヘドロは公害とならぬよう企業の責任で始末せよと主張するのです」

〈しなくてもいい自由〉

「その説はいかにももっともらしくきこえるけれども、なんといっても君は田舎の山猿村会議員なのだ。ほとんど野蛮人にちかいわれわれ山村の住民は、自分の糞尿はもとよりゴミの類も一切自分で始末しているけれども、いわばそれは原始生活だといっていい。都会の市民のようにそういうことは自分でやらなくてもいいような生活、それが文明人の生活ではないのか。だから人間の尊厳とは、むしろ糞尿などは自分で始末しなくてもいいような人にある」

「それは人間の尊厳ではなくて、驕慢というものです。現代は人が尊厳をわすれて驕慢にはしる傾向がつよく、それがきわめて重大な問題だとおもいますけれども、いまはそのことにはふれないことにしまして、もちろんわたしは水洗便所や下水道の完備をけっして無用だというのではありません。しかしながら、そういう設備の完備によって可能となったのは何であるかといえば、糞尿を自分で始末しなくてもいいということではなくて、自分での始末がよりよくできるようになったことだと、そうかんがえるのが人間の尊厳ある所以だといわねばなりません」

「そんなややこしいことをいわなくても、われわれが自分の糞尿を自分で始末するとは、それが土にかえって消滅するまでの始末をいうので、排泄したらサッと水でながしてしまうことではないだろう。とすれば、大都市の市民は水洗便所のペダルをふみさえすればいいので、そのあと糞尿が下水道をとおってとおくの浄化装置で処理されるまでは、知ったことではないのだ。だから、彼らは自分で始末しているとはいえない。そして、それが文明というものであり、進歩であり、そういう進歩した文明に浴するのをよしとすることを、どうして人間の驕慢といわねばならぬのだ」

「それではここで、人間にとって文明とは何か、進歩とは何かということについて、すこしばかりたちいってかんがえてみようではありませんか」

「いいだろう。しかしことわっておくが、ちかごろ流行の『原始にかえれ』というふうな論はやめてもらいたい。たしかに現代の文明なり進歩なりにはゆがみがあって、そのゆがみに嫌気がさして情緒的に『原始にかえれ』という分ならわかるけれども、自動車事故がやたらにおおいからといって自動車をすててしまえという類の、中学生の討論会風の議論はききたくない」

「さきほどからもいうとおり、わたしだって文明も進歩もこばむものではありません。しかし、もしかすればあなたは文明や進歩を、人間が〈何かをしなくてもいい〉ようになることだとかんがえているのではあるまいかと、それが心配でなりません」

「その点をいえば、たとえば人間が自分の排泄物を最後まで始末しなければならぬとすれば、それはあきらかに不自由なことだ。ところが文明がそういうことを〈しなくてもいい〉ようにしたとすれば、それだけ人間は自由になったのであり、進歩したといえるだろう」

「あなたはいま自由という言葉をつかわれましたが、〈何かをしなくてもいい〉ということが、はたして人間にとって真の自由でありましょうか。そうではなくて、〈何かをすることができる〉ということが解放こそが、ほんとうに人間がもとめている自由ではありますまいか。いつまでも糞尿談義でおそれいりますけれども、水洗便所が文明であります所以は、それによって糞尿の始末を〈しなくてもいい〉ことになったからではなく、始末を〈することができる〉ようになったからでなければなりません」

「〈何かをすることができる〉と〈何かをしなくてもいい〉と、いずれが人間にとって自由であるかには問題があろう。が、現実には大都市の市民は水洗便所によって、すくなくとも〈何かをしなくてもいい〉ようになっている。もしも君の説によるとすれば、市民は下水道から浄化装置まで、自分で管理しなければならぬことになってしまう」

「そうです。一切を自分で管理する自由があるのです」

「阿呆なことを」

「これを阿呆だというのは、あなたが民主政治の何たるかを理解なさらぬからです」

「なんだって、この問題が民主政治とどういう関係があるのか」

「市民は自分で下水道や浄化装置などを〈管理することができる〉自由があり、その自由をみたすために市会議員をえらびます。市会議員はおなじ自由を行使するために、市長以下の吏員をおきます。そして、それが主権在民の民主政治ということなのです」

「なるほど、そういうふうに民主政治と関係するというのだな。よろしい、だが、僕はそうではないとおもうのだ。つまり、一人ひとりの市民はいちいちそんなことにかまっておれないから、そういうことを〈しなくてもいい〉自由のために市会議員をえらび、市会議員はまた自分で管理を〈しなくてもいい〉ように、市長以下の吏員をおくのだ。それが民主政治だとおもう」

商品の魔性

「まことにこまったことには、いまのあなたのようなかんがえで民主政治をいう者が、現代では圧倒的におおいということです」

「それはそうだよ。僕のようなかんがえの者が現代では多数派なので、そのことがとりもなおさず正論だということだ」

「断じてそうではありません。しかしそれにしても、人民に〈何かをしなくてもいい〉という自由ではない自由を保証するものとして、いわゆる議会制民主政治があるという思想が、なぜ現代では圧倒的に優勢であるのか。それには理由がなければならぬのでして、わたしはそれを現代文明の特殊な性格のせいだとかんがえます」

「現代文明の特殊な性格というと」

「一口にいえば、現代文明は商品文明だという特色があるとおもいます」

「ふむ、資本主義文明はすなわち商品文明だともいえる。だが、それだからどうだというのだ」

「商品がそれ自体でそうだというのではありませんけれども、資本主義はその性格上から商品を生産するのに、それによって〈何かをしなくてもいい〉ような面を強調します」

「具体的に説明しないとわからぬ」

「たとえば電気洗濯機という商品がありまして、それが改良されていく過程をみてもわかりますように、もまなくてもいい、すすがなくてもいい、しぼらなくてもいい、ほさなくてもいい、といった工合で、その他なんであれすべての現代商品は、ひたすら人々が〈何かをしなくてもいい〉ようにするということをめざしています」

「たしかに君のいうとおりだ。しかし、それはかんがえようで、たとえば、あたためさえすればいいライスカレー、湯でとかしさえすればいい味噌汁など、〈何かをしさえすれば何から何までしなくてもいい〉という便利さ、それが現代商品ではないのか。電気洗濯機にしたところで、よごれたものをなげこみさえすればいいのだ」

「ところが、〈何かをしさえすればいい〉という便利さこそがじつは商品の魔性で、たとえば電機鉛筆削り器という便利な商品がありまして、わたしの孫も小学校へ入学のときにかわされました。ところがこの道具は、鉛筆をさしこみさえすればいいという便利さで、子供から〈小刀をつかうことのできる〉器用さをうばってしまいました」

「あれはいかん。ああいう道具は事務所などにおくと便利だけれども、子供につかわせることには僕も反対だ」

「そこが大事なところでして、資本主義的商品は〈何かをしさえすれば何から何までしなくてもいい〉という魔性の便利さによって、〈何かをすることができる〉という人間の基本的な尊厳をうばってしまいます」

「でも、電気洗濯機はよごれたものをなげこみさえすればいいという形で、〈洗濯をすることができる〉自由を主婦に保証する」

「そういう自由は、人間の驕慢を助長します」

「それはそれでもいいではないか。〈何かをしなくてもいい〉なら、それがレジャーとなりバカンスとなるのだから。万人はそれぞれにたのしめばいい。もっとも、そういうたのしみは君の目からみれば、人間の尊厳としてではなく驕慢としかみえないかもしれぬが」

「人間の尊厳として〈たのしみをすることができる〉自由も、現代人はうばわれているのではありませんか」

「周遊券を〈かいさえすればいい〉、馬券を〈かいさえすればいい〉」

「それが人間の尊厳でしょうか」

「………」

自分で管理する

「さて、話をもとへもどしますが、大都市の市民は自分の排泄した糞尿を始末するのにペダルをふみさえすればいいということを、あたかも文明の進歩によってかちえた自由であるかのように錯覚していますけれども、ほんとうは自由なる人間の尊厳がうばわれているのです。ですから、そのうばわれたものをとりかえすために、大都市の市民はペダルをふんだあとのことまで、自分で管理するべくたちあがらねばなりません。最初にでたゴミの問題も同様で、そうしてはじめて〈ゴミ戦争〉も解決をみることとなるのです」

「おなじことをいうけれども、東京都民の一人ひとりがそういうことをしないでもいいように東京都庁があり都会議員がいるのではないか」

「ここは大事なところなのでわたしもくりかえしますけれども、自由で尊厳ある東京都民は、自分で一切を〈管理することができる〉ように、都知事をえらび、都会議員をえらんだのでなければなりません。にもかかわらず資本主義的商品文明の所産である議会制民主政治は、〈投票しさえすればいい〉という魔性の政治的便利さで、都民が自分の問題を自分で処理する自由と尊厳をうばいとってしまいました」

「なるほど、議会制民主政治の本来は、選挙民が〈投票しさえすればいい〉というようなことではなかったはずなんだ。ところがいつのまにか〈選挙で投票しさえすればいい〉、あとは〈なんにもしなくてもいい〉、それどころか、あとで〈あれこれしてはならない〉ということになってしまった」

「たとえば、デモによって議会を牽制してはならないなどということが、あたかも民主政治の原則であるかのごとくいわれます」

「そうか、すこしずつ君のいうことがわかってきたわい。たとえ沖縄返還協定が国会で強行採決されたあとでも、国民はそれを破棄するよう政府に要求する権利がある。それが、自分の排泄した糞尿はペダルをふんだあとあとまで自分で始末するという、人間としての国民に自由と尊厳がある所以なのだ」

「わかってくれましたか」

「そうだというのに、いったい政府のあのやりかたはなんだというのだろう。外道めが。まるで国民に糞もたれるなといっているようなものだ」

「まあまあ、そう逆上しないでください」

「逆上のひとつもしたくなるではないか。火焔ビンをなげる学生たちの気持がわかってきた」

「よしてください。ここでそんな物騒なことをいってもはじまりません」

「それもそうだ」

「そこで、とりあえず東京都のゴミをどうするかという問題ですが、これが美濃部知事をして〈ゴミ戦争〉といわしめたほどの重大事態になったのはなぜか、まずそこからかんがえてみなければなりません」

「君の伝でいくと、もともとゴミはめいめいの個人が自分で始末すべきはずのところ、現代資本主義的商品文明の魔性の便利さによって、自分で〈始末しなくてもいい〉という制度を確立し、それが議会制民主政治の体制とよばれている。だから、ゴミの問題を重大化せしめた一切の責任は、かかって都民の自由と尊厳をうばいとった東京都の自治行政のありかたにあるということになる」

「そのとおり」

「だが、そこのところを美濃部知事はどうかんがえているのか。彼が〈ゴミ戦争〉といったのは問題の責任を都民の全体におわせようとしているのだと君はいったが、いいかえれば、ゴミは都民一人ひとりが自分で〈始末しなくてもいい〉という建前がとおせなくなったので、これからは自分で始末するようにしてほしいということだろうか」

「ほんとうはそういいたいのだけれども、建前があるからそうはいえず、中途半端なことをいったのだとおもいます。ですから、この際おもいきって東京都民は、以後はゴミの処理では都のお世話にならなくて自分で始末をする、という宣言をしたらいいとおもいます」

「ちょっとまて、それは君たいへんなことになるだろう。だって、東京都の住宅事情などは自分でゴミの〈始末をすることができる〉ようには絶対になっていないのだから」

「だから、おもしろいのです。つまり、きわめて瑣末な問題のようでもゴミ処理は、ただちに都市変革という根本的な問題につながることがあきらかになるからです」

「どうやらそうらしい」

「ゴミは、それを排出する者が個人であろうと集団であろうと、排出する者が他人に迷惑をかけないよう自分で始末することができねばならないし、また、始末しなければなりません。これは、人間の自由と尊厳にもとづくうごかしがたい鉄則なのです。ついては、東京都民がこのような人間の自由と尊厳をどうしたならば保持できるか。一つには、住宅事情がそれぞれに自分でゴミを〈始末することができる〉ようにあらたまらねばなりません」

「それは君、とうていできることではない」

「なぜできないでしょうか。ちかごろは未来都市の設計などということがずいぶん流行しているようですが、いずれの設計をみましても、そこの住民は〈何かをしなくてもいい〉ようになることに意をそそいで、〈何かをすることができる〉自由をうばいとっています。問題は、こういう発想の打破にあるのです」

「そのことはよくわかる。だが、いますぐに都市住宅を理想的にあらためるわけにいかぬではないか」

ゴミの山から都民の権力を

「いますぐにできることは、かまいませんから都民の全部が、そこらへんの道路にでも空地にでもゴミをもちだして、腐敗するものは腐敗させ、焼却できるものは焼却することです」

「無茶なことを」

「そうです。それは無茶です。しかし、東京都民がそういう無茶をやりだしたときに、わたしは美濃部知事がどうでるかに興味があります」

「美濃部知事はきっと、どうかそんな無茶はしないでください、というだろう」

「弾圧ではなくてそういうでかたをするとすれば、美濃部知事はみあげた自治体首長だということになります」

「でも、知事としては男振りのわるい話だよ。だっていままでは都民からの請願、陳情をうけていた知事が、あべこべに都民に頭をさげて請願、陳情をするのだからな」

「その請願・陳情の転倒こそが、まさに主権在民の民主政治復活でなければなりません。そして、これが二つめで、そのようにして真の民主政治が復活したときに、ただにゴミの問題にかぎらず、近代都市が直面しているもろもろの困難がおのずから解決にむかいはじめるのです」

「なんとなくわかるような気もするが、そこをもうすこし具体的に説明してもらいたい」

「都民が無茶なことをやりだすまえに、知事はことをわけて都民に陳情をしなければなりません。都民との対話ということを美濃部知事はしばしばいうようですけれども、その対話の内容は知事が都民に請願、陳情をするというものでなければならぬのです。たとえば歩道橋をつくるという都の計画に都民の反対があるばあい、これまでの知事がそれを対話によって解決しようとしたやりかたは、住民の側からの請願、陳情をきくという姿勢でした。しかし、そういう請願、陳情は、被治者が統治者に恩寵をもとむるという形でしかありえないのです。だから、それは俺だけへの恩寵の要求であり、そのかぎりでは、エゴイズムだけしかでてこないのはあたりまえといわねばなりません。ところがこれが逆になって、歩道橋をつくらねばならぬ事情をことわけて都が住民に陳情するという姿勢では、歩道橋をつくるかつくらぬかの決定は、住民の自由にして尊厳ある判断にまつということが前提となります。したがってこのばあいには、エゴイズムをいかにして否定するかの課題が住民におわされます。知事と都民との対話とは、そういうものでなければならぬのではありますまいか」

「しかし、それは、権力の否定だな」

「権力が否定されて、なぜこまるでしょうか。無権力の状態は無秩序だといわれますけれども、都庁はあるのです、知事はいるのです、都会議員もいるのです。にもかかわらず、権力は都民にあるのです」

「すべての権力を人民へとは、もしかすればそういうことかもしれん」

主《ぬし》の思想

1

鹿児島県の吐噶喇《トカラ》列島に諏訪之瀬島というちいさな活火山島がある。島の総面積は一八〇〇ヘクタール内外だけれども、その三分の一以上は熔岩砂漠でまったくの不毛地帯になっており、砂漠でない地帯も火山灰がたえずふってくるし、水も非常に不足しているため農耕はきわめて困難である。が、この困難にもかかわらず、島にはいま七世帯の農家が生活をしている。農家とはいっても平均耕作面積は五〇アールから六〇アール程度で、どの家も牛を飼っているが最高飼育頭数は一〇頭までならない。ほとんどの婦人は内職として大島紬を織っている。そういう農家のなかの一戸に園山貞次夫妻がいて、息子や娘たちはみな内地にわたって生活をしており、夫妻はもう老境にちかいのに絶対に島をはなれないといっている。

いまから十数年まえのことだが、園山氏が牡一頭、牝六頭の山羊を島の原野におっぱなした。気候その他島の自然条件がよほど適していたとみえて、山羊はおどろくほど急速な自然繁殖をはじめ、すでに一〇〇〇頭以上も捕獲されたというから、いまでは年間に一〇〇頭以上はとれている計算になる。しかし、その山羊を捕獲するのは園山氏だけではなく、島民のだれでもがし、島民以外の者でも、たとえば森林の伐採などでやってきた人たちでも捕獲していいことになっている。園山氏がだれでも捕獲していいと宣言しているからである。

園山氏のその宣言の趣旨については、私は直接に本人からきいたことがあって、それによると、山羊が放牧されている土地は公のものだから、というのが主たる理由のようであった。また、放牧とはいっても阿蘇あたりでの牛の放牧とはまるでちがっていて、いまではまったくの野生状態で繁殖しており、それを最初にはなったのが園山氏であるというにすぎないから、ともいっていた。ところが島民のあいだでは、園山氏のそういう宣言にもかかわらず、山羊は園山氏のものであるとかたくかんがえられているようである。もちろん島民も山羊を捕獲するけれども、山で兎《ウサギ》をとったばあいとちがって園山氏の山羊を捕獲したとかんがえるらしい。だから島民が山羊を捕獲したときには、たとえば片股を園山氏にとどけるというようなことをするのである。森林の伐採などにきた島民以外の者のばあいでも、おなじことである。

2

野生状態に放牧されている山羊の所有権についての、この南海の孤島の人たちの観念は私におおくのことをかんがえさせる。

まず、園山氏は山羊を、やはり自分のものだとかんがえているようである。だが、だれが捕獲してもかまわないというのは、自分のものだけれどもくれてやるというのではなく、島民のものとしてとってよいという意味でいっているとしかかんがえられない。つまり園山氏にとっての山羊は、自分のものであると同時に他人のものなのである。また島民のほうでも、園山氏の許可をえてではなくて勝手に山羊を捕獲するのだから、そのかぎりでは山羊を自分のものとかんがえているといってよく、しかし、捕獲したときには片股を園山氏のところになぜとどけるかといえば、それはやはり山羊を園山氏のものとかんがえているからにちがいない。だから島民にとっての山羊は、他人のものであると同時に自分のものでもあるのである。つまり諏訪之瀬島では、こういう形で私有財産の否定がおこなわれているのである。

普通に私有財産の否定をいうばあい、財産をなにびとの所有でもないとすることがおおい。財産の国有化を私有財産否定とすることがあるけれども、それは過渡的なやりかたであって、究極的な私有財産否定の理想はだれのものでもないとすることだ、というかんがえかたがおおいのではあるまいか。私もわかいころはそうかんがえていた。ところが諏訪之瀬島では、おれのものはひとのもの、ひとのものはおれのもの、という形での秩序ある私有財産の否定があったのである。これは、だれのものでもないとするのとは全然異質の私有財産否定で、私にとってはおどろくべきことであった。

だれのものでもなくてみんなのものである、という表現で私有財産の否定をいうばあいがある。たとえば都市公園などについて、みんなのものであるからだれも花や木をおってはならない、とはよくいわれることである。しかし、公園はみんなのものであるからだれがきて花や木をおってもかまわない、というべきがほんとうであるのに、そういうことがいえないのはなぜだろうか。かりに、だれがきて花や木をおってもかまわない、といったとすれば、おそらく公園はたちまち裸になってしまうにちがいないが、諏訪之瀬島ではだれがきて山羊を捕獲してもかまわない、といっているのに、けっして山羊はなくならなくて適当に繁殖している。このちがいは、公園の花や木はすくないがおる人間はおおすぎるのに対し、島の山羊はおおくて捕獲する人間はすくないとか、花や木はおりやすいのに島の山羊は捕獲しにくいとか、あるいは公衆道徳に都会人はうすいが島のひとびとはあついとか、そういうことではけっして説明できなくて、問題の根源はもっとふかいところにあるとかんがえられる。

3

『ピグミーの世界』(朝日新聞社刊)は、新聞記者の酒井傳六がアフリカの奥地で数千年の歴史をもってすんでいる民族ピグミーの生活と生活思想を、非常にいきいきととらえて報告した貴重な本である。ごく短期間の滞在だったにもかかわらず、酒井は自分が文明人であることをはじる謙虚さでピグミーたちと接しているために、これまでの西欧人による報告にはみられない見事なとらえかたがある。たとえば、彼は酋長ヌヘからピグミーたちの神についての観念をしろうとするのだが、彼はそれを問答によってこころみる。

「森には善い神と悪い神がいます」と、これは神について酒井の最初の問いへの酋長ヌヘへの答えであるが、問答はつぎのようにつづく。「その名は何といいますか」「善い神はベフェギといい、悪い神はロティといいます……ベフェギは、森の中で、ピグミーに道を教えてくれます。ロティはピグミーが森の中へはいっていくと、森から出ていきます」「ベフェギとロティはどこに、どんな姿でいますか」「森の中にいます。姿をみることはできません」「ベフェギはつねにピグミーを守ってくれますか」「ベフェギはときどき不機嫌になります」「それはどんなときですか」「ピグミーがベフェギの機嫌を損じたときです」「それはどんなときですか」「ピグミーが身勝手なことをしたときです」「身勝手なこととはどんなことですか」「ピグミーは森の主ではなくて客です。ピグミーはその分を越えてはなりません」「ロティはピグミーにどんな悪いことをしますか」「ベフェギが不機嫌になったとき、ロティが森へ帰って来ます。森も動物もピグミーも不幸になります」

ピグミーたちにとって森は世界であるかもしれない。それで酒井はさらにつぎのように問う、「森をつくったのはだれですか」と。おそらくこの問いは、ピグミーたちをたずねた西欧文明人のだれもがだした質問だったにちがいない。だから、この問いにたいしてピグミーたちは一斉にわらいだすのであるが、それは「そら、おいでなすった」ということだったのだろう。しかし、そのわらいがしずまってからの、酋長の答えこそはおどろくべきものであった。すなわち「森はだれがつくったのでもありません。森は、だれも来ない前から、そこにあったのです」「だれよりも先にですか」「そうです」「神よりも先にですか」「そうです。ベフェギもロティも、森よりあとに生れ、森へ来たのです」と。

ピグミー神話が私をおどろかすのは、一切が森の〈客〉であるという発想である。何者といえども森の〈主〉であることはできなくて、ピグミーをはじめ、動物たちから草木にいたるまで、そして神でさえも森の〈客〉であるというのは、万物はその場の〈客〉であることによって全体に秩序をあらしむることができる、という思想だろう。

4

諏訪之瀬島の園山氏が、山羊が放牧されている土地は公のものだから私が山羊の〈主〉であることはできない、といったのは、山羊は島の〈客〉であると同時に私もまた〈客〉である、ということであろう。そして、島の住民たちもやはり〈客〉であるという平等性によって、山羊を捕獲する権利があたえられるのである。しかも、島の住民たちは〈客である〉ことを保証されているが、島民以外の者でも〈客になる〉ことができる。森林の伐採などでやってくる外来者にも園山氏は、山羊を自由にとってかまわないといっているのである。

イツーリの森のピグミーたちが森の客であるといっており、おなじその思想が諏訪之瀬島の島民たちにいきているというのは、おどろくべきことであると同時に、またあたりまえのことであるかもしれない。なぜなら、複数の人間が地上で秩序ある生活をいとなむにあたっては、万物は地上の客であるということを原則にする以外にみちはないとかんがえられるからである。芭蕉は〈月日〉をさえも、〈百代の過客〉としてかんがえていた。

しかし、ひとびとがその土地の〈客〉として秩序ある生活をいとなんでいても、侵略者はそこの〈主〉となることをねらっている。諏訪之瀬島に最初の侵略者があらわれたのは、いまから六年くらいまえであった。

ある観光業者が園山氏に、島の山羊全部を一〇〇万円で売ってくれともちかけてきた。だが、これにたいする園山氏の応答がすばらしかった。「よからぬことをかんがえないで、銭はいらんから、山羊がほしかったらいつでもとりにいらっしゃい。一〇〇万円もの大金をだして、とても島の山羊はみんなとれるものではない」と。だからそのときは、最初の侵略者である観光業者は撃退された。

アメリカ・インディアンもやはり、万物はすべてその土地の〈客〉である、とかんがえていたようである。だからはじめ白人たちがアメリカ大陸に侵入してきたとき、インディアンたちは彼らを〈客〉としてむかえいれた。藤永茂のかいた『アメリカ・インディアン悲史』（朝日新聞社刊）には、つぎのような記述がある。

一六二一年一一月、アメリカで最初の感謝祭がマサチューセッツ州プリマスで祝われた。一年前の一六二〇年一一月にメイフラワー号でアメリカ大陸に着いたイギリスからの移民の一団は、プリマスの地をえらんで新世界での開拓生活をはじめたが、その冬はことのほか厳しいものとなり、疾病、食糧欠乏にさいなまれ、総員一〇一人のうち、その半数が春をまたずに死んで行った。大部分が野外農耕生活の経験をもたぬ都市生活者であったことも致命的だった。春の到来とともに、生残りの人々は、森をひらき、畑をととのえて、農作物の種子をおろした。苦難の労働にあけくれた夏もすぎ、やがて豊穣の秋を迎えた。わずか数十人の開拓民たちにとって、その最初の感謝祭は感無量のものがあったであろう。祝宴には、近くから多数のインディアンが加わった。当時の記録によれば「多数のインディアンがやって来たが、なかでも、かれらの偉大な王、マサソイトは部下九〇人を率いて祝宴に加わり、我々はかれらを三日間にわたって歓待した」。インディアンたちは、森から五匹の鹿や野生の七面鳥などをたずさえて野外の宴に参加し、白人たちとともに、みのりの秋の好日をたのしんだのであった。

農耕にほとんど経験のない白人たちに、とうもろこし、じゃがいも、かぼちゃ等の栽培法を教えたのはインディアンであった。魚のとり方、さらには、あまった魚や海草を肥料にすることを教えてくれたのもインディアンであった。

＊　＊　＊

当時、マサソイトの直接の影響下にあったインディアンは、優に一〇〇〇人をこえ、プリマスの一握りの開拓民達の命運は、まさにマサソイトの手中にあった。ピルグリム・ファーザーズとよばれるこの白人の一群が、あとにつづく侵入者の尖兵として辛くも橋頭堡を確保したのだという認識にマサソイトは欠けていたといえよう。ともあれ餓えた旅人には、自らの食をさいてもてなすというインディアン古来の慣習にしたがって、彼はピルグリムを遇した。しかし、ピルグリムたちの「感謝」は、インディアンの親切に対してではなく、「天なる神」へのみ向けられていたことが、やがて痛々しいまでに明らかになる。

たしかにインディアンたちは白人を〈客〉としてむかえいれたのであるが、〈客〉である白人たちが感謝したのは天なる〈主〉にたいしてであったという。とすれば、〈主〉とはいったい何であろうか。

5

〈主〉という字を日本語では、〈あるじ〉あるいは〈ぬし〉とよむ。このばあい私は、〈ぬし〉

という言葉にひかれるのである。

池に鯰がすんでいて、その鯰は池の〈ぬし〉であるという。だが、その〈ぬし〉という意味は、鯰は池の所有者であるとか、鯰は池の支配者であるとか、そういうことではないのである。鯰はやはり池の〈客〉であることにかわりはないけれども、同時に〈ぬし〉なのである。このことは、家主《ぬし》という言葉についてもあてはめてかんがえることができるだろう。落語などにあらわれてくる家主は、長屋の住民にたいしてはけっして支配者であったり、また長屋の所有者であるという権力をふりまわすようなことはしない。あるいは地主《ぬし》、名主《ぬし》という言葉も、本来は落語での家主がもっていたような意味でいわれていたものとおもわれる。さらにいえば、大国主《ぬし》命の国主《ぬし》という意味も、おそらく落語的家主を国の規模でいったものにちがいない。だから大国主命の「国ゆずり神話」は、〈ぬし〉による統治が〈あるじ〉による支配へ屈服させられた、という歴史的事実をしめすものとかんがえられる。

アメリカ大陸への白人たちの侵略も、それまでは平和な〈ぬし〉の統治がおこなわれていたアメリカ・インディアン社会を、〈あるじ〉の支配によって抹殺しようとしたものであった。白人たちがアメリカ大陸での三〇〇年間になにがしかの得るところがあったとするなら、そのことへの感謝は天にましますく〈あるじ〉の神にではなく、もともとアメリカ大陸の〈ぬし〉であったアメリカ・インディアンたちにささげるのでなければならない。しかも、それはいまからでもけっしておそくはないのであって、現代のアメリカ・インディアンたちの生活と思想のありようは、まさにそのことをいっているのである。

諏訪之瀬島の園山氏は、山羊に関するかぎりその〈ぬし〉であって、島民たちが勝手に山羊を捕獲しても、そのときはかならず片股くらいは園山氏のところにさげていくというのは、園山氏が山羊の所有者としての〈あるじ〉であるからではなく、所有・被所有の観念をこえた〈ぬし〉であるからである。ということは、山羊に関する私有財産の否定が、〈だれのものでもない〉というのではなく〈おれのものはひとのもの、ひとのものはおれのもの〉という形でおこなわれ、その秩序が〈ぬし〉の存在によってたもたれているということである。そして、このような〈ぬし〉の思想は、ひとびとはその土地の〈客〉であることを前提にしなければうまれてこないにちがいない。

ところが、かつて園山氏から山羊を買いとってその〈あるじ〉になろうとして失敗した観光資本は、こんどは土地としての島をそっくり買収して島の〈あるじ〉になる計画をすすめている。島の土地は村有地であるため、計画は成功する可能性がきわめてつよいとみていいが、それはもはや侵略以外のなにものでもないのである。

6

しかし、侵略はあくまで阻止するとはいっても、島そのものの環境条件は住民が生活をしやすいように改善されねばならない。いわゆる文明というものからあまりにも隔絶されている現代の島民の生活状態は、その島をたずねる都会人にはなつかしいものであるかもしれないけれども、島民自身にとってはけっして快適なということはできず、一日もはやく脱却しなければならぬ状態であることに疑問の余地はない。とすれば、産業資本であれ観光資本であれともかくある巨大資本が上陸して島の開発をはかることは島民にとっても利益となるはずである、というかんがえかたがなりたつようにおもえる。事実、ほんとうは侵略にほかならないさまざまな形のいわゆる地域開発は、その土地にすむ住民をまるめこむのにつねにこの理屈でおしているのである。

しかしながら、いったい開発とはどういうことであろうか。たとえば筑後川総合開発計画というものがあるが、その開発計画の内容はどういうものであるかというと、気象統計によってしられる数十億トンの平均年間流水量を、農業用水・都市飲料用水・工業用水等に合理的に分配するようにダム建設を計画するということである。つまり、筑後川の流水は資源とみなされる。資源とみなすということは、誰かがその〈あるじ〉となるのでなければならない。〈あるじ〉となる者が、その水をひとびとに〈わけてやる〉という発想である。

しかし、古来からの日本人の、あるいはアジア人の土地にたいするかんがえかたは開発ではなくて、治山治水ということであった。山をおさめる、川をおさめるという思想は開発の思想と全然ちがう、ということをかんがえなければならない。ピグミーたちが自分たちを森の〈客〉であるとかんがえるように、われわれはその土地の〈客〉であるとかんがえるときに、そこを開発するのではなくて〈おさめる〉のだという発想がうかぶのである。筑後川の水を資源とみなして開発するのでなく、その水を〈おさめる〉ことをすれば、無限におおくの人が〈客〉としてめぐみにあずかることができるのである。

諏訪之瀬島に資本が上陸するのはよい。そして、上陸した資本は〈客〉として島を〈おさめる〉用をはたさなければならぬのであって、島の〈あるじ〉となることをゆるしてはならない。もしも政府が土地に対する私権を制限するというならば、たとえば諏訪之瀬島のようなばあい、観光資本が島の土地を買いしめて〈あるじ〉となることを禁じなければならぬのである。

〈里〉を守る権利

海の私物化は許されるか

記・紀神話のことはともかく、氏神、産土神についての日本人の考え方というものは非常におもしろい。日頃、神さまはお宮にしずまっていますけれども、その神さまが人間社会に現れるとき、人々はそれをお客様として迎えるわけです。どこでもお宮がありますと、その近くにかならず御旅所というところがありまして、祭のときには御神体を御輿にうつしてそこへ移動させます。それは神さまを客として人々が迎えるということです。これには非常にふかい意味があると思います。

しかし、こういう考え方は日本人だけにあるのではないのでして、たとえば最近私が読んでたいへん感動した『ピグミーの世界』(酒井傳六著、朝日新聞社刊)という本によりますと、ピグミーはアフリカの奥地のイツーリの森に住んでいる非常に背のひくい狩猟民族ですが、彼らにもわれわれ日本人と同じ考え方があるのです。彼らはもっと徹底していて、ピグミーたちがイツーリの森の〈客〉であるだけでなく、カモシカや家、その他もろもろの動物たち、さらに樹木から蔓草に至るまですべてが森の〈客〉であるのです。そして、森にはよい神とわるい神とがいるのですが、いずれも森の客であるというわけです。

あるいはまた、今の白人たちが侵入してくる以前のアメリカ大陸に住んでいたアメリカ・インディアンたちの考え方も、自分たちは地上の〈客〉であって〈主人〉ではないと考えていました。なに人《びと》も地上の主人であることはできなくて、神でさえも〈客〉でなければならぬというわけです。だから一六〇〇年代に白人たちがアメリカ大陸に侵入をはじめたとき、インディアンたちは白人もやはり〈客〉として迎えましたが、白人たちは新大陸の〈主人〉になろうとしてインディアンの殺戮をはじめました。

〈客〉であるということ

人々はその土地の〈客〉であるとすれば、〈客〉は〈客〉としての振る舞いをしなければならない。だから、アメリカ・インディアンが大陸の〈客〉であるかぎり、新しくやってくる白人たちもまた〈客〉でなければならず、〈客〉は〈客〉同士で共存する秩序をまもらねばならない。ところが白人たちは新大陸に侵入してきて境界というものをつくり、ここは俺たちの土地だというようなことをいい、お前たちはお前たちの土地をきめろということをいうと、インディアンたちはなぜそんな境界などをつくる必要があるのかと考える。インディアンにしてみれば、俺たちのいるところへ〈客〉として白人たちがやってくることはさしつかえない。しかしここは俺たちの土地であると、〈主人〉になることはゆるせないのです。しかし、白人たちはどんどん新大陸を侵略してインディアンたちを虐殺、駆逐して今日に至ったわけです。

このように、われわれは海についても、陸地についても同様ですが〈客である〉という考え方をします。漁をする人もまた〈客〉であって、決して漁師が海の〈主人〉であるわけではない。だから漁師は、漁師でない人たちが釣りにくるのを拒否したりしない、潮干狩りにくるのも拒否しない、あるいは都会の人たちが海水浴にきて泳ぐのも拒否しない、汽車の窓から風景をたのしむのも拒否しない。しかし、それらの人々を拒否しないというのは、それらの人々が〈客〉であるかぎりのことである。つまり、人々がそこの〈主人〉になろうとしなくて〈客〉として振る舞うかぎり、海も陸地も万人に開放されているわけです。

しかし、おなじ〈客〉といっても、そこには〈主《おも》な客〉というものがなければならない。〈主〉という字をかいて〈あるじ〉〈ぬし〉〈おも〉とよみますけれども、漁師は海の〈あるじ〉ではなくて〈ぬし〉あるいは〈おも〉な人でなければなりません。漁師はそのことをよくわきまえているのでして、それは日本人の万物は地球上の客であるという考え方によるのです。そして、万物はすべて客でありながら、その秩序は〈あるじ〉なるものによってとりしきられるのではなく、〈おも〉なるものを中心におのずから秩序はうまれるものでなければなりません。〈あるじ〉によって支配された秩序ではなくて、〈おも〉なものを中心にしての秩序のある地上を、私は〈里〉といっているのであります。

侵略者と〈あるじ〉の思想

ところが、地上であれ、海上であれ、そこの主人〈あるじ〉になろうという野心をもってのぞむ者がいる。それはやはり、白人たちがインディアンを駆逐してアメリカ大陸を占領したとおなじく、あきらかに侵略者のやり口です。だからそれは、非常に巧妙なやり方でやってくる。たとえば漁業権という問題にしても、本来はそれは漁師は海の〈おも〉な人ということでなければならなかった。そこで命をつなぐ、そこで生活をかけるという漁師は、たまに釣りにくる人や海水浴にくる人とはちがって、おなじ〈客〉でももっとも〈おも〉な〈客〉であるのです。ですから、いわゆる漁業権というものは、漁師がそこの海の〈あるじ〉であるのではなく〈おも〉な〈客〉であるということでなければなりません。

ところが、漁業権とは海の〈あるじ〉となる権利だという主張がある。漁師や世間がそういっているのではなく、海の〈あるじ〉になることをねらっている者がそういうことをいいます。つまり、資本家や政府が漁師にはじめは「海のあるじはお前たちである」といい、つぎにはゼニで漁業権を買収し、こんどは「海のあるじは俺である」とひらきなおるわけです。

これは漁業権だけではなく、陸の百姓たちのあいだでも、いわゆる入会権という問題がありま す。入会権とは、ある特定の地域としての森だとか山だとかいうところに、そこの地域の百姓たちがいって利益をあげることの共同の権利のことです。森も山も所有者としての〈あるじ〉がいるわけではなく、地域の住民ならだれでもそこにいって薪や草をとることができる。すべての住民は森や山の客である。それが入会権というものだと私は理解しています。

いわゆる漁業権というものを設定して、その漁業権を買収したあかつきにはそのゼニをはらった者が海の〈あるじ〉になることは許されません。たとえば九州電力会社が漁業権にたいして賠償をしたとしても、九電がその海域の〈あるじ〉であるような振る舞いをすることは許されません。近所の百姓たちが潮干狩りにくる、都会の人がレクリエーションで魚を釣りにくる、あるいは海水浴にくる、さらにいえば旅行者が風景を賞美する、そういう権利は漁業権が賠償されたからといって決して消滅するものではありません。ですから、九電が豊前海を埋立てて発電所を建設することに反対する権利は、漁師たちだけでなく近所の百姓たちにも、遠くの都会の人たちにも、たまにやってくる旅行者にもあるのです。そして、そういうもろもろの権利の総体を、私は環境権というのだと考えております。

そこで〈あるじ〉と〈ぬし〉とのちがいについてですが、たとえば池にナマズがいて、ナマズは池の〈ぬし〉だというようなことをよくいいます。それは、池はナマズの所有物であるという意味ではなく、あるいはナマズが池の魚族を支配者として、したがえているという意味でもありません。池ではナマズがいちばん〈おも〉な魚であるという意味です。つまりは池にはもろもろの魚族が客としているなかで、もっとも〈おも〉な〈客〉がナマズであるというわけです。ですから、万物がそのようにしてある地域の客として秩序を維持しているとき、われわれはそれを〈里〉というのであります。

自ら治める原理

それでは、〈里〉の秩序はいかにして維持されるかといいますと、それは行政によるのではなく自治によるのでなければなりません。たとえば池におるナマズが池の所有者であるとするならば、あるいはナマズが池の〈あるじ〉としてドジョウやフナの支配者であるとするならば、ナマズは力ずくで他の魚族を行政的にしたがえることが秩序の維持であるかもしれません。しかし、そうではなくて池に住むものはすべて池の〈客〉であり、なにものも池の〈あるじ〉となることはできないという秩序の維持は自治でなければなりません。つまり、〈あるじ〉としての支配者による秩序の維持は行政であり、万人は客として平等の保証された秩序の維持は自治であります。そして、もちろん万人は〈客〉であるとはいいましても〈おも〉な客はいるわけでして、海では漁師が、水田地帯では百姓が、町では商人がそこの〈おも〉な者で、その〈おも〉な者たちを中心にした自治が民主主義の原則となるのであります。

自治とは自ら治めるということです。もっとはっきりいえば、自分たちのことは自分たちでやっていくということです。この間、横浜である住民運動をやっている人が、こういうことを私にいった。われわれはもう、やるべきことは何でもやった。請願をすれば陳情もした、座り込みもした、署名運動もしたし選挙で住民代表もだしてみた。けれども、われわれの主張は何一つ通らなかった。この上はもはや、自分たちのことは自分たちでするほかはない、と。この発言は何を意味しているかといいますと、いまや行政は住民のものでないことがはっきりしたのだから、これからは完全自治でいくよりほかはないということです。そして、それが政治のはじまりだともいえましょう。

一つの権力機構が行う行政に頼るという、これまでの住民運動のいき方を変えねばならない。権力機構に法律の改正をしてもらったり企業に対する行政的牽制をしてもらったり、そういうことの期待は無駄であることを住民はさとらされたのですから、これからは自分たちのことは住民が自分たちの実力で解決していく、そのときに維持される秩序が、私のいう里の秩序であります。

自分たちのことは自分たちでして権力のお世話にならないということが政治の始まりであり、しかもそこに秩序のあるのが自治であります。しかし、こういうことをいうと、それは単なるエゴの主張にしかすぎぬではないか、という非難の声がおこります。

たとえば発電所の建設に住民たちが反対だといいますと、なるほど火力発電所ができれば海は温排水できたなくなるし、空気は窒素酸化物などでよごれるけれども、国全体の電力事情を考えれば少々のことなら住民は我慢しなければならない、住民は自分たちだけのことではなく社会全体のこと、国の運命ということも考えねばならぬ、という非難であります。しかもこの非難は、きわめて有力であるようにみえる。たいていの人は、この非難にはまいってしまいます。

しかしながら、かりに国の安泰ということを考えるにしても、国民としての住民の一人一人が自分たちの里、自分たちの郷土は自分たちで守るのだということがなくて、どうして国全体の安泰があるでしょうか。沖縄の住民たちは日本政府の援助もなくて、自分たち自身の力で部分的にではあるがアメリカからの支配を脱しました。いわゆる沖縄の復帰は、ほとんど外部の力には頼らず、沖縄の住民自身の力ではたしたことです。ですから沖縄の一部の人たちは、この先といえども沖縄の安全は俺たち自身の手で守るから自衛隊がこなくてもよい、俺たちが俺たちを守るにはジェット機もいらなければ、ミサイルもいらないといっています。もし日本全国の人民が沖縄の住民たちにならって、九州の安全は九州の人民が、北海道の安全は北海道の人民が守るというようになったとすれば、その時こそ日本の全体は安泰であるといわねばなりません。

環境権は人民の権利

新聞などによるとアメリカのニクソン政権は、ウォーターゲート事件などでガタガタになっているようです。さしもの大国アメリカも崩壊せんばかりにみえます。しかし、それにもかかわらずアメリカという国は、案外にもちこたえるのではないかと思います。といいますのは、アメリカのタウン自治、州自治というものがわりにしっかりしているからです。もちろん完全とはいえないまでも、日本の地方自治などとは比べものにならないくらいがっしりしているようです。そのために、合衆国政府はどんなにガタピシしていても、全体としてのアメリカそのものは割合に安泰であることができている。つまり、国家ががっしりしていれば人民が繁栄するのではなく、人民ががっしりしていれば国家は安泰であるのです。

しかしまた、国家には大目的のようなものがあって、人民が勝手なことをいって国が示す大目的に従わないようならば、全体の進歩も発展もないではないかという説もあります。しかしながら、最近中国を旅行した人から聞いた話ですが、あの国でも、もちろんトラクターなどをつくっているものの、そのつくりかたが日本のばあいと全然ちがうということです。日本のばあいですと、たとえば七十何年型とかいうのを画一的につくって、この自動車を買わぬやつはバカだというような宣伝をやる。ところが中国では、東北地方で使うトラクターは東北の人々の注文によってつくる。蒙古なら蒙古、河南ならば河南からの注文はその注文に応じてつくられる。つまりメーカーはユーザーの指し図によって製作をする。あるいは、中国では煙草が何百種類もあるそうですが、それは地方によって地方人の好みに従ってつくられるからです。こういうことは、やはり自分のことは自分で決めるというやりかたのあらわれでして、ほんとうの進歩というものはこういうことでしかないというべきであります。

そこで結論でありますが、人間が地上において一つの社会を形成し、その社会は自分一代ではなく孫子末代まで安定して秩序ある生活圏とする、それをわたしどもは古代より〈里〉とよんでいるのであります。そして、その〈里〉で秩序が維持される根本の原則は、人は地上において〈主人〉となることはできなくて〈客〉であるということ、それはまた万人平等の原理でもあるわけでして、この原則、原理をおかすものがあるとすれば、たとえそれが国家権力であろうとも、われわれは断固として排撃しなければなりません。いわゆる環境権というものは、そういう人民の権利だと私は考えているのであります。

人民が権力者を裁く

豊前環境権裁判傍聴記

法によって裁くというのであれば、法はあくまでもまもられていなければならない。そして、法を〈まもる〉ものは誰であるかといえば、それは人民以外であることはできない。したがって、法に関して最高の責任をもつものは人民であり、人民によって責任をもたれた法に〈したがう〉ものは権力者でなければならぬ。わかりやすい話でいえば、警察官は人民に「交通法規をまもれ」といって、かりに違反事件が起こると裁判所は「法規にしたがって罰する」という。そのかぎりでは「法は人民がまもり、権力者は法にしたがう」という原則がつらぬかれているようだけれども、現実は言葉どおりではけっしてなく、「人民は法規にしたがえ、権力者が法規をまもる」という、法による支配の強行がおこなわれているのが実態である。

そこで、〈法〉とはいったい何かということが問題であるが、一言にしていえば、それは〈秩序〉だといってさしつかえあるまい。つまり、秩序をまもるのはあくまでも人民の責任であり、権力者は人民がまもる秩序にしたがわねばならぬのである。にもかかわらず、権力者は権力者に都合のいい秩序をきめて、それに人民をしたがわせるように強制する。しかもその強制を〈まもれ〉という言葉で表現する。

さて、豊前火力発電所設置に反対する住民運動は、豊前市を中心にして居住している人民が地域の〈秩序をまもる〉という運動である。すなわち、豊前海を漁場とする漁師がこれまでどおり自由に漁をすることができ、地域の住民が自由に潮干狩をすることができ、附近の百姓が心配なく農業をすることができ、すべての住民が大気に関して健康に心配しなくてもいいように、そういう〈秩序〉をどこまでも〈まもる〉というのが住民運動である。

これに対して権力者は、――九電を資本といわずに権力者とあえていうのは理由がある――あたらしい〈秩序〉を地域にもちこんで人民をそれにしたがわせようとする。それは人民の〈秩序〉に支配の〈秩序〉をもちこもうとする侵略者の手口である。市長や市会議員たちはもともと権力者のはしくれであるから、侵略者が支配の〈秩序〉にのせるのに苦はない。つぎに漁師たちを札束でひっぱたいて膝下にくみしいたが、武器をもたぬ住民が武器をもった侵略者によわいように、銭をもたぬ者が銭による侵略者によわいのはいたしかたのないことであった。

だが、〈秩序〉は権力者が人民を〈したがえる〉支配の道具ではなくて、人民がそれを〈まもる〉ことによって〈法〉となるものである。

〈法をまもる〉ということは、同時に〈法によって裁く〉ということである。したがって、豊前火力設置に反対してこれを環境権裁判にもちこんだ原告たちは、自分たちの主張の正邪を裁判官に〈裁いてもらう〉のではなく、人民としての原告たちが権力者を〈裁く〉ということである。

侵略される者が侵略する者を〈裁く〉ということである。

原告と被告との間に何が正義であるかについての原則的な一致があるとすれば、裁判官は第三者としての公正なる判断によって、正義を物指しとしていずれに分があるかをきめることができるだろう。原告と被告とは法廷で分をあらそえばたりる。しかし、侵略者と被侵略者とは、正義の何であるかについて決定的に対立しているのである。とすれば、原告は被告と法廷であらそうのではなく、たたかわねばならない。豊前火力設置反対の環境権訴訟は、そういう訴訟である。

異なる文明の対決

成田闘争の今日的性格

成田の東京新国際空港は、すでに至れり尽くせりに完成しているかのごとくみえる。すくなくとも私には、そうみえた。もちろん、横風用の第二滑走路はまだ着工されていないし、パイプラインという空港にとっては動脈にもひとしい施設も着工不可能な状態にある。あるいは、ほんの数十平方メートルの大木ヨネさんの畑地が未収用であるために、高速道路が空港直前で開通できないでいるのも私は自分の目でみた。だが、かつてのいくつかの砦の跡とおぼしきあたりにたってみると、それは一九七一年三月、七月、九月のもっとも凄惨をきわめた主戦場だったところだが、もとの地形は跡形もなく、そこから四〇〇〇メートルという巨大な滑走路がはるかにすべすべと東にのびて完成している。管制塔をはじめターミナルビル、航空機の格納庫、整備工場等の主要設備も手落ちなく完成したのが左手にみえ、右手後方には豪奢なホテルがいつでも開業できる状態にあり、またすこし北側にまわってみると、将来は航空便で外国から鰻の稚魚を輸入した際、それを一時蓄養するための養鰻場さえもみごとなものができあがっている。

しかし、それにもかかわらず、いま、東京国際空港は廃墟でしかない。もろもろの建造物の類はすべてまあたらしくピカピカひかっていて、ときたま警備員風の人影はみえるけれども、そこにただよっているものは廃墟のにおいであって、殷盛の予兆ではない。あるいは数年のちに空港は開港されて殷盛は実現されるかもしれないが、その殷盛をもついには廃墟においこまずにおかないほど、いま空港にたちこめている廃墟のにおいは強烈に現実的である、と私はおもった。

近代に対する土着の挑戦

なぜ私がそういうことをいうかというと、もともと三里塚の百姓たちのあの熾烈なたたかいは近代文明そのものにたいするたたかいであったし、いまもそれはつづいているからである。もちろん風雲としての三里塚闘争は空港公団に仮託した国家権力直接侵略にたいする百姓たちのたたかいであったが、それがもし単なる土地侵略にすぎなかったならば、おそらくはおおかたが予想していたように事態はもっと早期に解決していたにちがいない。公団が必要とする土地のあらかたを手にいれたとき、勝負はついていたはずである。だが、三里塚闘争は歴史的なたたかいであった。そして、三里塚闘争が歴史的であるのは、公団による土地侵略にたいするたたかいは、同時に近代文明にたいする土着文明の、さらにいえば消費者文明にたいする生産者文明のたたかいだからである。だからこそ、土地侵略はほぼ完了したかのごとくでも闘争はまだつづいており、ほとんど完成した空港もやがて廃墟にせずにはおかぬというなにものかが、空港と三里塚の全体にみなぎっている。

このばあい文明といえば、近代文明の縮図化されたものとしての風俗を、われわれは空港風俗としてみることができるといえよう。現代の空港には特権階級にかぎらず、ひろく庶民階級もあつまるのだが、それだけにそこでくりひろげられる風俗図絵は、そのまま現代文明の全体的な思想性を象徴している。いってみれば、それはあくことのない怠惰からうまれた多忙という名目であり、秩序という名による権力支配の儀礼であり、実体のない繁栄がもたらす虚栄の流行であり、ほかならぬそういう風俗が消費者文明の思想性なのである。そして、三里塚の百姓たちがたたかったのは、空港公団の土地侵略にたいしてと同時に、まさにこのような消費者文明の侵略にたいしてであった。

しかし、あらゆる侵略がつねにそうであるように、侵略者は被侵略者にたいしてかならず文明の優位を宣言する。空港公団の土地侵略は公共の利益を一応の名目にしたけれども、根底には百姓の土着文明にたいして空港という近代文明を優位におくという思想性があった。この侵略の思想は一般的で、たとえば海洋を汚染してはばからない企業側の論理は、文明としての漁業にたいして工業を絶対優位におくということである。そして、現代の不幸はこのような侵略の論理が公認されていて、人びとはそれが人命をうばうにいたらなければ侵略を非難しようとしないことにあるといえよう。たとえば水俣の悲惨について、誰も患者たちの不幸の責任がチッソにあることはみとめるけれども、水俣の漁民たちひとりひとりがチッソと平等でなければならぬこと、会社と漁民とはいわゆる〈五分〉の立場でなければならぬことをみとめるのに躊躇する。だが、三里塚の百姓たちや水俣の漁師たちのたたかいの本質は、公団やチッソにたいする根源的な相互平等の主張であった。「俺たちを虫けらあつかいにするな」という三里塚の百姓たちの有名は発言は、「公団は俺たちにたいして優位にたついかなる根拠もない」という平等の主張だった。

平等主張の闘争

だがしかし、三里塚闘争はその当初から百姓たちの公団にたいする平等の立場の主張だったとはいえ、闘争の重点はなんといっても土地侵略にたいしてであったため、平等の主張ももっぱら権利関係を前面におしだすことに力がそそがれ、土着の百姓文明の近代的都市文明にたいする平等の主張を展開するまでにはいたらなかった。もちろん「俺たちもいきる権利がある」というさけびは、本質的には生活基盤としての文明様式の平等主張であるけれども、すくなくともそれが意識的にうちだされなかったことは否定できない。いいかえれば、三里塚の百姓たちはこれまで物理的闘争があまりにも熾烈であったため、百姓が農業をするとはどういうことであるかをかんがえる余裕をもたなかった。このことを闘争委員長の戸村一作は、「同盟の百姓たちは公団権力とのたたかいぶりに遺憾はなかったけれども、砦からいったん野良にかえると権力支配の意のままで、なんらなすすべをしらなかった」となげいている。

たとえば、最近成田地区では一一カ農協が山武支庁というえたいのしれない組織に合併され、反対同盟員が多い千代田農協は単なる事業所になったのであるが、理事に同盟員がいながらなんら有効な合併阻止運動が展開されなかった。もとより農協は権力による農民支配の機構にすぎぬとし、それに民主的な幻想をもつのは議会主義への幻想にひとしいというかんがえもある。だが、たとえそうであるにしても、百姓が支配権力のなすままにまかせてよいはずはなく、「俺たちを虫けらあつかいにするな」という発言も、もともとこのような支配権力の百姓とりあつかいにたいする抗議でなければならなかった。だから、当初の空港設置反対に際して、三里塚の百姓たちにたいする農業政策が二転三転したあげくの農地取り上げへのいかりが、その発言となったのである。

すでにいったように、「俺たちを虫けらあつかいにするな」という発言ほど強烈な平等の主張はすくない。だから、三里塚闘争が終始この発言でつらぬかれていたということは、これがきわだって平等主張の闘争であったことをしめしている。

だから政治的には、あらゆる政党の介入拒否となってあらわれる。政党の性格について選択がおこなわれ適格者なしとされたのではなく、百姓たちを指導するという政党の本質にたいする拒否であった。

つまり「俺たちは何者からも指図はうけない」という姿勢の確立であり、そのことはさまざまな傾向をもつ学生集団等にたいしても、例外なく適用された。学生であっても労働者であっても、百姓たちにうけいれられるのは相互に〈五分〉の立場が維持されるかぎりであった。だからもしかすれば、百姓たちがしめした農協合併にたいする無関心も、あらゆる種類の指図を拒否するという絶対平等主張のあらわれであるかもしれない。が、かりにそうであるとするならば、三里塚の百姓たちは百姓たち自身で自立した百姓の道をひらかねばならない。

〈食える〉食糧の生産

どこの地方でも、百姓が農業に自信をもち自分自身の道をあゆむ過程は、たいていのばあい技術からはじまる。三里塚でもその例にもれず、ある青年行動隊員は私にその事情をつぎのようにかたっていた。「われわれ青行隊員のうち三〇人が、九・一六事件で傷害殺人被疑者として起訴されている。そして、おそらく裁判は二〇年、三〇年とかかるだろうとおどかされている。もはやわれわれにはどこにもいきばがないわけで、所詮三里塚で生涯を百姓としてすごすほかはない。とすれば、ここでほんとに根性をすえて百姓が農業をするとはどういうことであるかをかんがえねばならぬが、さしあたっては技術の問題である」と。そして事実、ある青行隊員は購入飼料にたよらない養豚で肉質の向上をかんがえ、ある青行隊員は人参を有機肥料による栽培をはじめ、また他のある青行隊員は有精卵の出荷をはじめているのを私はみた。が、ここでぜひとも強調しておかねばならぬのは、彼らがかんがえているのは「百姓が農業をするとはどういうことであるか」であって、「百姓はどういう農業をすればもうかるか」ではけっしてないということである。これはきわめて重要な発想の転換であって、いいかえるならば「百姓は農業をする自由がなければならぬ」という主張の実践である。

百姓が農業をする自由というばあい、その内容は複雑であるけれども農業技術的には、百姓が自分で食って安全でうまい食糧を生産するということである。〈売れる〉ということではなく〈食える〉ということに自信のもてるのが、農業技術的にいう百姓の自由でなければならない。だから三里塚の青年行動隊員の農業技術的な関心は〈食える〉食糧の生産であって、〈売れる〉食糧の生産ではない。とはいっても、この原則をつらぬくとすれば、当然の帰結として〈売らない〉とまではいかなくても、〈売れなくてもよい〉食糧生産とならざるをえず、さらには農業が経営としてなりたつ根拠をうしなう結果になりかねない。

しかし、ひるがえってかんがえてみるに、百姓はながいあいだ農政や市場から〈売れる〉食糧の生産を強制されるというかたちで、〈食える〉食糧を生産するという百姓の自由をうばわれていたのである。そして、その結果が〈売れる〉けれども、〈食えない〉商品としての公害食品の市場氾濫をもたらした。してみれば、百姓が農業をする自由を確立することによってしか〈食える〉食糧を市場に回復することはできないであろうし、もしそのことによって経営としての農業がなりたたなくなるとするならば、かならず外的なものとしてあるその原因が打破されねばならない。そしてここから、三里塚の百姓たちのあたらしい闘争がはじまるのである。

青年行動隊員たちは〈食える〉という点で自信のある野菜類をもって、まずちかくの団地にでかける。一種の朝市の開設である。するとたちまち、そこでスーパー商法という敵にぶっつかる。たとえば青行隊員が里芋をもっていくと、スーパーはその日の目玉商品として里芋をべらぼうな安値で売りだす。つまり、〈食える〉食糧にたいする〈売れる〉商品による徹底的な抗戦である。あるいは、スーパーなどの通報で警官隊が出動してきて、道路規制法によって排除されるのである。もちろん青行隊員はスーパーや警察からなされるままになっているのではないけれども、それに対抗する有効な単独手段があるわけではない。絶対に必要なのは消費者たちの協力である。

やがて消費者たちの協力もえられるようになるが、はじめはやはり、七一年のあの熾烈なたたかいのときにかけつけて、握り飯などをにぎってくれた東京の主婦たちであった。あたかも産地直販ということがおおくのインチキをまじえながらも流行しだしたときでもあったし、彼女たちは大木ヨネさんら三里塚のたたかう主婦たちからうけた感動を主たる動機にして、いちはやく三里塚の百姓たちが生産した野菜類をはこんで近所の主婦たちとわかちあうことをはじめた。いまでは東京から横浜にかけて、そういうグループの数は十いくつに達している。

そこで、このように多数の消費者グループができたからには、それぞれのグループのところで周期的な朝市の開設はできないかということである。

たとえば、いまでは地名になっていて昔はあちこちにあった四日市、五日市というような周期市、いまでは金曜市、土曜市でもいいが、そういう朝市の可能性がかんがえられる。ところが、これにたいする三里塚側の困難の一つは、もしそういうことになるとできるだけ多種類の野菜を出荷しなければならなくなり、三里塚の農業経営の実情からして永続することが不可能だろうという。また消費者主婦グループのほうでも、それぞれのグループによってちがった理由をあげながら困難であるという点では一致していた。とはいっても、三里塚側も消費者主婦グループ側もともに困難打開をあきらめているのではなく、いずれも星雲状態という表現でみとおしの容易でないことをかたっていた。

労働力は売らない

しかし、ここは誰でもかんがえることであるが、もし周期的な朝市に多種類の野菜を出荷できない現状が三里塚にあるならば、その現状打破のために多種類の野菜栽培がはじめられていいはずである。一面ではそれは消費者にたいする生産者の義務であるだろうし、しかし、それでもなおそのことを困難にする事情があるならば、朝市への出荷を他地域の百姓たちにもとめる道だってなければならない。

しかもそうすることは、百姓たちの連帯をそれだけひろげることになるだろう。また消費者主婦グループの側にある困難も雑多であるとはいえ、とうてい打開の道がない困難とはいえない。

どの消費者主婦グループも三里塚の百姓たちから野菜をうけとってそれを近隣でわけるばあい、ほとんどその作業を無償でやっている。これは生協などのやりかたと本質的にちがっている点で、これにたいする懸念はそういうことが永続するかということである。だから私は、この懸念についてある主婦にただしたところ、かえってきた答えはおどろくべきものであったが、そのときの問答は重要だとおもうのですこし整理して紹介してみる。

「かならず永続します。なぜかといえば、わたしどもは労働力を商品とはかんがえていないからです」

「しかし、あなたがそういわれるのはある種の宗教観、あるいは倫理観からいわれるのですか」

「いいえ、宗教的あるいは道徳的立場からそういうのではなく、現代の社会のあらゆる矛盾は労働力を商品とすることからはじまっておるとかんがえますので、わたしたちは社会の矛盾をなくするのには、まず自分自身で労働力を商品にすることからやめねばならぬとおもいます」

「たしかにお説のとおりとおもいますが、労働力を商品にすることは理想社会が実現しなければやまぬのではありますまいか」

「いいえ、理想社会が実現して労働力の商品化がやむのではなく、労働力の商品化がやむことによって理想社会は実現するのだとおもいます」

「しかし、あなたがたがそういうかんがえをもつことが、他人を搾取している人たちを利するという逆の結果になりはしませんか」

「そうはならないやりかたがあるとおもいます」

壮大な三角同盟の形成

たった数日まえのことでも当日の問答を論理をたどりながら整理してみると、どうしても多少のフィクションがくわわるのはさけがたい。けれども、けっしてこれは創作ではなく、三里塚の百姓たちをとりまく人びとのなかにはこういう名もない主婦もいることをしって、私はさすがは東京だとおもわないわけにはいかなかった。

が、それはともかく、商品ではない労働力、あるいは無償の労働で搾取する人の利にならないやりかたがあるとすれば、それははたしてどういう労働であろうか。たとえば、彼女が三里塚からとどいた大量の野菜を近所の主婦たちに配分する労働は無償であるわけだが、それが宗教的な使命観からでも倫理的な義務観からでもないなら、おそらくそれは現代の商品流通機構そのものにたいするたたかい以外であることはできぬだろう。しかもそのたたかいは、使命としてでも義務としてでものたたかいではなく、彼女自身のやみがたいたたかいでなければなるまい。つまり彼女は彼女自身が商品流通の機構から解放されるためにたたかっているのである。ということは、たとえ彼女のそういう労働の動機が三里塚の百姓たちからうけた感動にあったとしても、いまや彼女たちの立場は三里塚の百姓たちと平等であるのでなければならない。百姓たちは百姓たちの自由のために、彼女たちは彼女たちの自由のためにたたかうというかぎりで、両者はたがいに〈五分〉の立場にあるのである。

おなじことは、三里塚の百姓たちと三里塚にいる学生たちとの関係についてもいえる。すなわち三里塚闘争の初期のころ、一、二の政党に属する者がかなり多数参加したことがあった。けれどもついに彼らが最後までふみとどまりえなかったのは、彼らが結局百姓たちと平等の関係をむすびえなかったからにほかならない。いいかえれば、政党者流は百姓たちに無償の労働を提供しえなかったのである。つまり、政党者はつねに人民に支持という代償をもとめる。しかし、学生たちが百姓たちにもとめたものは支持ではなくて、たがいに友であることだったのである。もちろん、すでにしられているように学生たちは多数の分派に所属し、それぞれの分派は特殊な信条によってかたまっていることになっているけれども、学生たちは自分の信条にたいする支持を百姓たちにもとめない。信条は学生たち自身の問題であり、彼らが三里塚でたたかうということは、彼らがその信条において彼ら自身の自由を確立することでしかない。それは消費者主婦グループが彼女たち自身の自由確立のためのたたかいを通じて百姓たちとむすばれているのと、そのむすばれかたにちがいはないのである。

さて、このようにみてくると三里塚闘争は、いまやたたかう学生、百姓、消費者という三者が、期せずしておのずから壮大な三角同盟を形成していることに気がつくのである。もちろんこの三角同盟は、私が勝手にそういうだけでなんら形式的な存在であるわけではない。けれどもこれまでと、またこれからの三里塚闘争に学生集団の支援がない状態はかんがえられないように、これからの三里塚闘争に主婦グループなどの消費者集団の支援は、おそらくそれがなくては闘争がなりたたないほどのものであるにちがいない。なぜならば、文明論的にいって、三里塚闘争とは、本来は生産者文明にたいする消費者文明の侵略阻止のたたかいだったからである。そして、労働力の商品化を拒否するという発言によって代表される消費者たちの解放運動は、まさに消費者文明そのものにたいする挑戦であり、また学生たちの信条支持をもとめないというたたかいは、思想を売り物にはしないという生産者のそれであり、このような三者同盟が広範な実力をもってうごきだすならば、そのときこそ東京新国際空港は永遠の廃墟となるにちがいない。消費者文明の滅亡である。

人民は〈穀つぶし〉ではない

「インフレ問題を人民的にかんがえてみようではありませんか」

信用組合の貸付掛をしている男がそういった。

「いいだろう。しかし、人民的にかんがえるというが、それはどういうことなのか。専門家の経済学者にとっても、インフレは非常にやっかいな問題だときいている。それなのに、君はたしか普通高校を卒業しただけで信用組合にはいったのだったな」

「経済学者ほど経済のことがわからぬ者はいません」

「またそんなへらず口をたたく」

「いつもわたしが残念におもっていますのは、すべての経済学者はインフレが人民大衆を犠牲にすることを強調しますけれども、そのばあい、学者自身はまるで自分は人民大衆ではないかのような姿勢をかならずとるということです。きわめて進歩的だといわれている学者でさえ、思想的には人民の味方であっても彼自身は人民ではないという例がおおいのです」

「人民の味方づらをするな、自分自身が人民になれ、か」

「そういうことです。しかも経済は、人民大衆の家庭生活のなかにその原点があるのでなければなりません。ですから、どれほど人民の味方づらをしても自分自身を人民のそとにおいているかぎり、経済のことはなんにもわかっていないといっていいのです」

「経済学の原点は家庭生活のなかにある、という指摘はおもしろい。しかも、そのことは経済学にかぎらぬのではあるまいか」

「そうです。素粒子がどうのこうのという理論物理学者も、その学問が人民の日常生活からうきあがってしまっては、物理のことはなんにもわかっていないというべきです」

「現代の理論物理学についてまでそういうとすれば、すこし大胆すぎる。よほど確乎たる根拠がなければならない」

「しかし、きょうは経済の問題です。たとえばこの通信二一五号で『世のなかに消費者なるものは存在しない。いわゆる消費者の代表であるかのような家庭の主婦たちは、じつは需要者とよばれねばならない』という発言がありました。わたしはこれを非常に重大な問題提起とおもうのでして、経済学が人民の生活そのものに原点をおくためには、こういうところに出発点をおかねばならぬのです」

「人民生活の味方をする経済学ではなく、人民生活そのものの経済学が再建されねばならぬというわけだな」

「二一五号の発言で、家庭の主婦は消費者ではなく需要者でなければならぬということは、主婦たちは生産者であるという意味です。つまり、肉や野菜を主婦が買うのは、それらを消してしまったり費やしてしまったりのためではなく、それらを材料にして料理をするためで、料理とはあたらしい食糧の生産でなければなりません」

「かんがえようによっては、そういうこともいえるだろう」

「これはかんがえようの問題ではなく、そもそも人類が生産ということをはじめた最初は、まず料理からだったとおもいます。たとえば、もっとも原始的な料理として鹿の肉をやくということは、じつのところあたらしい食糧の生産だったというべきでしょう」

「それは鹿の肉の消費でなかったことだけはたしかだ」

「小麦を粉にし、さらにそれでパンをやくのも、小麦を材料にしたあたらしい食糧の生産であることにまちがいありますまい」

「それはそのとおりだ」

「そこでさらに、土をこねて土器をつくり、石をけずって石器をつくり、木をくって舟をつくるのも、土や石、木材を材料にして料理をするという形での生産だということになりましょう」

「そうすると、もっとも近代的な産業といわれる自動車産業にしたところで、それはさまざまな金属その他を材料にして料理をするという生産だということになる」

「そうです。ですから、料理は人間にとって生産の原型であり、したがって家庭の主婦がする料理こそは、人間のする生産のもっとも生産らしい生産だといわねばなりません」

「なるほど。しかしそういわれると、世の主婦たちはおおいに気をよくするにちがいない。いままでも、女どもを非生産的な存在者のようにいうものが世間にはすくなくないのだから。いや、当節の女性たち、とりわけ都会で生活をしている主婦たちは、自分で自分を消費者ときめてしまって生産者ではないとする傾向がつよい」

「それは主婦たちにかぎりません。男たちにしたところで、家庭生活にかえったかぎりではすべて消費者ということになっています。しかし、それは錯覚であり、しかも強制された錯覚なのです」

「家庭生活は消費生活である、という一種の通念みたいなものがある。だが、それは強制された錯覚であるとすれば、問題はすこぶる重大だといわねばならない。ことに、家庭生活を生産生活だとするならば、いわゆる女性解放の問題にもまったくあたらしい展望がひらけることになるだろう」

「わたしはここで、女性解放の問題を本格的に論ずるつもりはありません。が、もちろん、いずれはだれかがその仕事をするにちがいありませんけれども、そのばあい、前提になるのは女性こそが真の生産者であるということだとおもいます。しかし、いまは経済の問題です。あたらしい経済学者は、家庭生活は消費生活ではなくて生産生活であることを理論的にあきらかにしなければなりません」

「女性解放の話のほうがおもしろそうだ」

「とにかくその話はほかの人にまかせることにして、問題をはじめにもどし、いったい消費者とは何かということです」

「この世に消費者なるものは存在しない、ということだった」

「ところが、わたしはそうではないとおもうのです。むかしから日本語には〈穀《ごく》つぶし〉という言葉がありまして、消費者とはまさにその〈穀つぶし〉のことだとおもいます。しかも、その〈穀つぶし〉どもが、いまの世にはびこりすぎているのです」

「ふむ、〈穀つぶし〉という言葉があったな。しかし、それは一種の罵語であって、そういう人間が実在するとはいえまい」

「たとえば自衛隊、あれなどはりっぱな〈穀つぶし〉ですよ」

「僕は自衛隊支持者ではないが、やっぱりそれは罵語だ」

「自衛隊をなぜ〈穀つぶし〉というかといいますと、経済のうえからみた軍事力というものは、物資を消費するばかりが能で、また潜在的におそるべき消費力なのです」

「そういう意味なら、たしかに自衛隊は〈穀つぶし〉だ。だが、それならば機動隊も〈穀つぶし〉、あるいは厖大にふくれあがった官僚機構もまた〈穀つぶし〉ということになるだろう」

「まさにそのとおり。そして、それらの〈穀つぶし〉どもが世にはびこりすぎていることが、ほかならぬインフレの原因なのです」

「それはちょっと飛躍しすぎた議論ではないか。おもえば、いまは東京都知事の美濃部亮吉が経済学者として活躍していたころ、彼は国家財政の膨張がインフレをまねくという説の学者たちの先頭にたっていた。要は非生産的な財政支出がインフレを促進するということだ。このインフレ論と君のいう〈穀つぶし〉インフレ論とは何か関係がありそうだが、そうおもっていいのか」

「美濃部らの主張には、たしかに正しさがあるといえます。しかし、わたしがいいたいのは、ほとんど純粋な〈穀つぶし〉である自衛隊、機動隊をかかえる権力機構はそれ自体が巨大な〈穀つぶし〉であり、その財政規模が拡大すればインフレは必至でありますが、さらに根本的な問題は、そのような権力機構は人民大衆を強制して〈穀つぶし〉にしてしまい、それこそがインフレの根本的な原因になるということです」

「人民が強制的に〈穀つぶし〉にされるとは、はじめに君がいった強制的に消費者にされるということだな」

「その点をすこしくわしく説明しますと、いわゆる商品生産的資本主義のもとでは、つまり、生産されたものが商品になるのではなく、はじめから商品としてしかものは生産されないという資本主義のもとでは、人民大衆は否応なく消費者にされてしまいます」

「資本主義のもとでは労働者が生産から疎外されるだけでなく、人民大衆全体が生産から疎外されるというわけか」

「それをべつの言葉でいえば、商品管理社会の実現なのです」

「商品管理社会とははじめてきく言葉だが……」

「一例を燃料にとってみますと、むかしは鉱油、石炭、木炭、薪など、百姓は藁まで燃料につかっていましたが、商品としての石油がそれらの燃料を駆逐してしまい、また、熱処理といいますか熱管理といいますか、その器具としてのバーナーの類がすべて商品化してしまいました。このことは、いまや人民が熱に関しては石油によって管理されてしまっていることを意味します。かつてこの瓢鰻亭で、人民にとって石油はいまや麻薬であるといわれ、また現代人にとっては商品そのものが麻薬であるといわれたこともあります。しかしかんがえてみますと、石油をはじめとするもろもろの商品が麻薬のように人民大衆のあいだにしみわたっている実態は、あたかも麻薬患者が麻薬によって管理されているのとおなじで、まさにおそるべき商品管理社会が実現していることをしめしています」

「なるほど。いわれてみればまさにそのとおりだ。とりわけ商品生産的資本主義が寡占化された体制のもとでは、人民大衆は商品患者にされてしまっている」

「そこで、麻薬のインフレ価格が売人と患者とのあいだで進行するからくりが、おおざっぱにいって商品管理社会で進行するインフレのからくりにほかならぬのです」

「つまり、商品管理社会とはすなわちインフレの世界である、というわけだ。それでおもいあたるのは、高橋兼吉という男がインフレは嫌悪すべき現象ではないといってることだ。高度な商品管理社会の実現をめざせば、それはさけられぬということになるだろう」

「そのばあい、人民は麻薬患者が破滅するように商品患者として破滅するばかりです」

「おそるべきことだ。その破滅からのがれるためには、麻薬患者が漸減的に麻薬服用を節約するように、人民全体が商品使用をすこしずつでもへらしていかねばならない。つまり、総需要の抑制だ」

「人民の味方づらをする経済学者までが、政府の主唱する総需要の抑制に合槌をうっています。しかし、ここはふかくかんがえねばならぬところでして、わたしはむしろ、総需要はできるだけ拡大し、抑制しなければならぬのは総消費であるとかんがえています」

「なんだと。総需要は拡大し総消費は抑制するなんて、それはどういうことか」

「こんどは酒を例にとってかんがえてみましょう。いまの日本人は酒をのむのに、それを買う以外に方法はありません。ということは、日本人は酒に関して完全な商品管理社会の消費者にされています。そこでわたしどもは、このように強制的に酒の〈穀つぶし〉にされている状態から解放されて、酒を買わなくてものむことができる自由を実現しなければなりません。そのことをわたしは、消費を抑制して需要の拡大をはかる、というのです」

「すべて日本人民は酒を自由に醸造してもよい、ということには大賛成だ。これはじつは基本的な人権の問題なのだ。だから僕は、革新政党がなぜそのことをいわないのかと、かねてから不満におもっているところだ。だがしかし、ことインフレの問題に関しては、はたして酒の醸造自由が有効にはたらくかどうか、僕はむしろ逆ではないかとおもう」

「そんなことはありません。学者たちもいってるようにインフレは、現象的には通貨流通量の膨張です。ですから、日本人のおおくが酒を買わなくてすむとすれば、そのため通貨流通量の減少はおびただしいはずで、したがってインフレ阻止には効果てきめんです」

「そんな単純な理屈はとおらない。自家醸造をすれば酒を買わなくてすむかわりに材料を仕入れねばならぬのだから、通貨流通量が減少するなんて簡単にいいきることはできない」

「では、たとえば主婦が夕食の献立に商品の天ぷらを買うのと、天ぷらの材料を買って自分があげるのと、どちらが多額の通貨を必要とするか、いわずともしれたことではありませんか」

「しかし、買ってきた酒なら晩酌は二合ですますが自家醸造の酒だったら三合になる、ということになりかねない」

「結構ではありませんか。商品の天ぷらならちょっぴりだが、主婦が自分であげた天ぷらはやまもりで食膳にのせられます」

「話は愉快だけれども、問題はインフレ阻止をどうするかだ」

「もちろん、これはインフレ阻止の問題です。政府筋が学者に太鼓をたたかせてとなえている総需要の抑制を、なぜ総消費の抑制といわないのか。その奥ふかくにある魂胆をあばくのは興味ぶかいことですけれども、それは本来学者のする仕事です。ここでは人民の立場から簡単に、インフレ阻止の道は根本的には商品管理社会の否定でなければならず、それを具体的にいえば、『人民は商品として生産された物はできるだけ買わず、自分に必要な物は可能なかぎり自分で生産する』ということで、経済用語としては、総消費を抑制し総需要を拡大するというのです。しかし、権力側としては『商品を買うな』とは口がさけてもいえないので、総需要の抑制でおしとおそうとします。その点、石油生産国にたいして石油需要国といわず石油消費国といってるのは、非常におもしろいとおもいます」

「なるほど。つまり君がいってるのは、われわれ人民は家庭生活において消費者であることを否定し、生産者であることを復権しなければならぬ、それがインフレ阻止の道だ、ということだな」

「そうです、そうです。人民は〈穀つぶし〉ではないのです」

「ところが政府筋のいう総需要の抑制は、人民が家庭生活での生産者であることの復権を耐乏生活をしいるという形で断乎阻止しようとしている」

「そこで問題になりますのは、賃金と物価との悪循環ということです。物価上昇をさけるためには賃金をおさえねばならぬというもっともらしい資本家どもの主張に、なぜ経済学者が明快に反論することができないのでしょう。それは基本的には経済学者が、生産者は資本家であるという謬見にしらずしらずにとらわれているからです。真の生産者は人民であり、その人民の生産活動を旺盛にすることがインフレを阻止するのであるから、人民の収入はインフレがすすめばすすむほど拡大されねばならぬのです」

「それは君、なかなか結構な話だけれども、不況ということもかんがえねばならぬではないか」

「すべての人民が酒を自家醸造するようになれば、酒造会社はつぶれるかもしれません。しかし、酒の総生産量は増大するのですから、人民にとっての不況はないというべきです」

「なんだか君に話でごまかされているような気がする。酒はそれでいいかもしれんが、たとえば鉄鋼などはどうなるか、人民がそれぞれに熔鉱炉をつくるわけにはいかんではないか」

「もちろん熔鉱炉は、日本に五つか六つあれば十分でしょう。しかしそれは、もはや資本家のものではなくてすべての人民のものとなるでしょう。そういう意味で、人民は自分で鉄鋼を生産します」

「そうなると、もう、この世は資本主義社会ではなくなっている」

「でもいまからそんなことを夢想する必要はありますまい。それよりも目下の緊急問題として、主婦たちを中心に全国的にもりあがっているところの、いわゆる消費者運動をどうみるかです」

「これまでの君の話からおしてかんがえると、言葉のうえではともかく実質的には、いまの消費者運動はすでに消費者の運動ではなく、需要者運動にまですすんでいるといえよう。ただ、そのことを明確に意識していないだけだとおもう」

「わたしもそうだとおもいます。そこで、この際は明快に、家庭生活は消費生活ではなく生産生活である、という原則を確立しようではありませんか。しかもそれを理屈としてではなく、すべての家庭で酒の自家醸造をはじめるのです。いまは〈手作り〉が流行しています。酒の〈手作り〉運動がはじまるということから何が展望されるか、それは単にインフレ阻止だけにはおわりますまい」

百姓による農業復興の思想

農を軽視する〈農業復興論〉

まがったキュウリを食べたとて

いわゆる汚染食糧の氾濫であるとか、あるいは世界的食糧危機の問題であるとか、そういうことをおもな動機として農業をみなおさねばならぬということがさかんにいわれるようになった。単純なみかたをすれば、いまや農業ははなばなしく時代の脚光をあびつつあるかのようにみえる。米の生産制限が実施されたのは五年まえであり、つい二、三年まえに政府筋から農業のレジャー産業化、観光産業化がとなえられたのは嘘のようにおもえる。

しかし仔細《しさい》にみるならば、いまや農業がみなおされねばならぬということも、かつて米の生産制限をし農業を観光産業化しようとしたもくろみも、いずれもじつはおなじ根からそだった〈農を軽視する発想〉からであることをしらねばならない。つまり現代の農業尊重の風潮は、食糧を生産する者としての百姓の立場に立っているのではなく、食糧がなければ生きていけない消費者の立場からでしかないのであって、その発想では言葉はどうであろうとも、つまるところは農の軽視に必然的におちつくのである。

たとえば、農薬や化学肥料をつかうなという運動があるけれども、まだそれは消費者の立場からの運動の域をでていなくて、真の農業復興の運動にはなっていない。というのは、農薬や化学肥料をつかわなくて生産される食糧がいかに良質であるかは議論の余地がないとはいえ、百姓がそういう有機農業を実行することが、現状のもとではいかに困難であるかが、運動のなかではすこしも重視されていないのである。農薬によらずに病虫害を防除し、化学肥料をつかわず堆肥、厩肥をつくるには、百姓はどれだけおおくの労働力をそそがねばならぬか。百姓はその苦労をさけてはならぬというならば、有機農業の運動は百姓をして一方的に消費者に奉仕させる運動にすぎぬといわねばならない。

風俗としてか思想としてか

あるいはまた、学校給食のパンにリジンを添加するなという運動、石油タンパクの製造をゆるすなという運動もあるが、それはリジンや石油タンパクは有毒物質をふくんでいるから、またはその危険性があるから製造してはならぬということであり、たとえ有毒物質をふくまぬことが完全に実証されても人間の食糧として大企業に製造させてはならぬという論理に欠けているのである。つまり、人間の食糧となるタンパクは、企業によって工業的に生産されるべきものではなく、百姓によって農業的に生産されねばならぬものであるという論理があってはじめて、リジンや石油タンパク製造禁止の運動が農業復興の運動となることができるのである。

このように、いまは世をあげて農業の復興がさけばれているようだけれども、実態としてのそれは、消費者的な発想にすぎなくて、いいかえれば現代の農業復興の風潮は単なる風俗としての流行におわろうとしている。

ミニスカートがロングスカートにかわったことを価値観の転換というならばともかく、おおくの人がまがった胡瓜《キュウリ》でもくうようになったからといって、それで農業がみなおされたということはできない。

われわれは風俗としてではなく思想としての農業の復興をはからねばならぬのであるから、農がふみにじられてきた歴史からふりかえってみる必要があろう。

銭を武器とする侵略の思想

農耕者への狩猟者の支配

すでにおおくの人がいっているように、かつて人類は、原始的な狩猟採集から農耕へと生活の基本的性格を転換することによって、きわめてひろい意味での文化のうえで飛躍的な進歩をとげることができた。

このことを私は、人類が道具をつかうことをおぼえ、文字をつかうことをおぼえた以上に、じつに画期的なことだったとかんがえる。それは、それまでは単なる獣類にすぎなかったものがようやく人間になった、といっていいくらい重要な意味をもつものだったとおもう。

しかしながら、ながい歴史の過程で人類が文化を発展させていくにあたっては、いちはやく農耕を主体にした生活を確立した人びとは、まだ狩猟の域を脱していない人びとからたえず略奪されねばならぬ必然性があった。というのは、農耕で生活する者は不必要になった武器をすてたのであるが、依然として狩猟によって生活する者は武器をすてないのみか、ますますその武器を強力なものにしていったからである。

そして、かつては鹿をねらっていた狩猟者は、いまや農耕者の収穫物をねらうことができるようになったのである。このことは、世界の歴史をみれば、侵略する者はいつも狩猟者であり、侵略される者はつねに農耕者であったことが、歴然としてあきらかである。もっと厳密にいえば、侵略の思想はかならず狩猟者の思想である。

世界史といわず日本の歴史をみても、古代以来こんにちにいたるまで百姓からの略奪をほしいままにしてきたものは、大陸から侵入してきた騎馬による狩猟民族が列島支配を確立した云々という話をもちださなくても、一貫して武器をもった狩猟者であったのである。制度的にいえば、王朝権力といい武家権力といい、いずれも自分ではたがやさず百姓がたがやして収穫したものを収奪するという狩猟者として、数千年のながきにわたって支配体制を確立してきたのであった。

そして、こんにちの資本主義体制というものも、じつは狩猟者の支配体制にほかならず、かつての弓矢、刀剣にかわる銭を武器にして百姓を収奪しているのである。

百姓尊重の裏側には

しかし、かつて王朝権力や武家権力が百姓からの収奪をほしいままにすることをつづければ、やがて百姓は枯渇してしまって収奪にたええない状態にまで達することはいうまでもない。一揆《いっき》などがおこるのはそういうときであるけれども、しょせん武器をもたぬ百姓はほとんどのばあい鎮圧されてしまう。

しかし、「百姓と菜種《なたね》はしぼればしぼるほどでる」とはいうものの、やはり極限というものはあるのであって、たとえ一揆は鎮圧しても収奪するものがなくなってしまうのである。その状態を国の疲弊《ひへい》というけれども、それは国が疲弊しているのではなくて百姓が滅亡しつつあるのである。そして、そういうばあいにかならずうまれるのは、百姓は大事にされねばならぬという思想であって、なぜ大事にされねばならぬかといえば、そうしなければ収奪者もまたほろびるほかはないからである。

歴史をふりかえれば、収奪が極に達して百姓が大事にされねばならぬといわれた例はいくらでもあるが、まだ記憶にあたらしいところでは、昭和の初期に百姓が窮乏《きゅうぼう》のどんぞこにおちいっていったころ、日本に農本主義思想というものがうまれた。しかし、その農本主義は百姓の解放をめざすものではなく、収奪する対象をやしなわねばならぬということであった証拠は、それらの農本主義者たちこそが中国侵略の思想的支柱であった事実によってしめされている。

そして、いままた農業を大事にしなければならぬという風潮がうまれているけれども、百姓がほろびてしまったのでは元も子もなくなってしまうという心配からの風潮ではないと、誰が保証することができるであろうか。

収奪のための「後進国援助」

〈援助〉は狩猟者の発想

国の食糧政策についてみると、いわゆる経済の高度成長以来は国際分業論が支配的となって、せまい国土で食糧の自給をはかる愚策をやめて諸外国から必要な分は輸入すればよく、それに必要な外貨は工業製品の輸出によってまかなえばよいという主張がいまもきえたわけではない。これはいうまでもなく、必要なものは自分がつくらなくて外からとってくればよい、という狩猟者の思想である。

しかし、国の内であろうと外であろうと、あくことをしらぬ収奪にたいして、収奪される側にはたえられる限度というものがある。そして、その限度はさまざまな形で、あるばあいは諸外国（いわゆる後進国）での政情不安として、あるいは収奪国への政治的抵抗となってあらわれるだろう。

これにたいして収奪国側からは、「後進国への援助」という政策がうちだされる。つまり「後進国への援助」という国際政治の発想も、いわゆる後進国が収奪から解放されて自立できるようにではなく、より安定した収奪ができるようにとの政策以外ではないのである。したがって「後進国への援助」という政策は、かつて昭和初期の農本主義の国際版にすぎぬということができる。

問題は、かつての農本主義も現代の「後進国援助」も、百姓の解放をめざし、後進国人民の解放をめざしているものではなく、収奪者がよりおおく収奪せんがための発想にすぎぬということである。そして、現代の農業復興の風潮が、はたして百姓の解放ということをその発想の基礎においているかどうかである。

消費者は狩猟者である

すでにいったように、農業を大事にしなければならぬという現代の風潮は、食糧を買って食わねばならぬ者としての消費者のあいだからおもにおこっている。それは農本主義思想のように、特定の人びとから唱導されたものではなく、たしかに大衆的な運動であるといえる。

しかし、食糧を買って食う消費者とは、いいかえれば狩猟者にほかならない。なぜかといえば、かつての狩猟者たちは武器をもって獲物をねらったけれども、いまの消費者たちは銭をもって商品をあさっている。このことは、必要なものは自分でつくらないで外からとってくるという点で、狩猟者と消費者とは本質的な点ですこしもちがわないものにしているのである。かつての武器の役割をはたしているものが現代の銭であり、むかしは獲物であったものがいまは商品になっているという、ただそれだけのちがいである。そして、百姓は農耕によってえた収穫物を商品にさせられ、その商品を銭によってうばわれている。

かつての農本主義のように、現代の農業復興の風潮を意図的な百姓収奪の強化とかんがえる必要はないかもしれない。しかし、たとえ意図的ではなくても、農業復興の風潮が消費者側からのみ強調されるとすれば、結果的には百姓からの収奪強化ということにならざるをえない。

そのことは具体的に、いわゆる有機農業を実行している百姓が全国にはかなりいるのであって、彼らが良質の収穫物を消費者に提供するため、どれほどの困難とたたかっているかをみればわかる。

農業復興は消費者によらず、百姓自身の手でなしとげねばならない。

思想としての農業復興への道は

どこから農は始まるか

農業復興はどういうところからはじまるのだろうか。

ある友人が私に「自分は農業をやりたい」といったことがある。大都市近郊にすんでいるその友人は著述業とでもいうべき仕事をしているのだが、まったく農の経験をもたぬ男であった。だから彼が私にまずきいたことは、「どれくらいの面積の土地があれば農業で自活できるか」ということであった。

これにたいして私は、「農業ができるかできないかは土地のひろさによってきまるのではない。たとえ一坪の土地ででも、やろうとおもえば農業はできるものだ」とこたえた。このばあい私は、「農業は職業ではない」ということをいいたかったのである。

かりに一坪の土地があるとすれば、そこには何本かの胡瓜をうえることができ、あるいは何羽かの鶏をかうこともできるはずであって、それはすくなくとも農をすることのはじまりだといっていい。もちろん一坪の土地をたがやして、それで人間一人の食糧をすべてまかなうことは不可能にきまっている。しかしながら、たとえ一坪の土地をたがやしてでも、そこから自分に必要な食糧を収穫しようとすることからしか、農ははじまらぬのである。極端ないいかたをすれば、都市近郊の団地にすんでいて一寸のたがやすべき土地をもたぬ人でも、自分でのむ酒を自分でつくるとすれば、そこではすでに農がはじまっているということができる。

かつて古代人が原始的な狩猟採集の生活をしていたとき、彼らが農をおぼえたはじめはどういう形だったかというと、突如として狩猟をやめて一挙にひろい面積の土地をたがやしはじめたのではなく、野菜であったにしろ穀物であったにしろ、最初は一粒の種子を地にまいたことが、そもそも農のはじまりだったにちがいないのである。一粒の種子が芽をだしたのちは、それがよりよくそだつように肥料や水をあたえ、日あたりをよくし、雑草がしげらないように気をくばり、それが農業技術の初歩であった。さらには季節によって作物の種類をえらぶこともおぼえ、収穫物を貯蔵する方法もしり、やがて暦もつくるようになった。

しかし、このようにして人類が農耕をはじめるにあたって、それでただちに狩猟採集の仕事をやめたのではなかった。きわめて初歩的な段階では農耕による収穫はまだ微々たるもので、必要な食糧の大部分は狩猟採集によってまかなわねばならなかったにちがいない。とはいっても、必要なものはでかけていってとってくるか、あるいはひろってくるかしなければならなかったのが、それらは自分で土地をたがやして収穫することができるという確信に達したことは、人間生活の性格を根本的に変革する重大な意味をもつものであった。

農業は職業ではない

著述業という職業をもった友人は、いわば狩猟採集の生活者だといっていい。もちろん彼は、直接に武器をもって獲物をとりにいっているのではないけれども、現代の武器であるところの銭をかせぐために、本などをかいているのである。自分に必要であるよりも他人に必要なものとしての本をかき、それで銭をえて自分に必要なものを買うという生活のしかたである。これは古代狩猟人の生活と内容はまったくおなじで、ただその形式がおおいに進歩または退歩しているというにすぎない。

ところが、本質的には狩猟採集の仕事にすぎない著述業という職業に疑問をもった友人が、自分に必要なものは自分で生産する農の仕事にひかれたということは、じつは職業にではなく生活に疑問をもったのだということに注意する必要があろう。したがって「どれほどの面積の土地があれば農業で自活できるか」という問題のだしかたは、いってみれば職業としての農業をえらぶということであって、友人がほんとうにこころざしているところと方向がまったくちがっているのである。

農の生活をするということは、職業としての農業をするということではない。きわめてひろい意味で、自分に必要なものは自分でつくるということが農である。だから、たとえ職業は何であれ、万人は明日からでも生活を狩猟から農へきりかえることができるのであって、そこから農業の復興ははじまるというべきである。

自立生活体としての〈里〉

自分に必要なものをつくる集団

自分に必要なものを自分でつくるのが農だということは、しかし、自分でつくったものでなければつかわぬ、ということではない。理想としての農は、生活に必要な一切のものを自分でつくることだといえるかもしれないけれども、現実の問題としてそれはできることではなく、どうしても必要だが自分ではつくれないというものがかならずある。

たとえば鍬《くわ》は百姓が農をしていくうえで絶対的に必要な道具であるけれども、百姓なら誰でもそれをつくることができるわけではない。鍬は鍛冶屋につってもらわねばならない。畳は畳屋にふんでもらい、古綿は綿屋にうちなおしてもらわねばならない。そして、百姓が自分ではできないそういう仕事をやってくれる人を、われわれはむかしから職人とよんでいるのである。また、それらの仕事を職業といっている。だから、職人のする仕事というものはもともと百姓がしなければならぬのだけれども、さまざまな理由でそれができないために、なれた人にやってもらっているにすぎない。ということは、鍛冶屋も畳屋も、本来は自分で田畑をたがやすはずだが、職業をもっているためにそれができず、かわりに百姓から収穫物をうけとることができるのである。

農としての職人の分担

むかしは、すこしおおきな部落なら、そこには鍛冶屋、綿屋、桶屋、畳屋、紺屋《こうや》などがあり、また大工や左官もいて、それらが百姓たちといっしょになって一つの村落共同体をつくっていた。私はそれを里というのであるが、いってみれば里は、地域の住民たちが生活するのに自分に必要なものは自分たちでつくるという人たちの集団社会であった。里そのものが、一つの生活体だったのである。だから、かつての農村での鍛冶、大工、左官などの仕事は職業ではあるけれども、それは農業とならべられるのではなく、むしろ農のなかの職業であったということができる。つまり、むかしの農は職業であったことはなく、あくまでも生活そのものであった。

むかしの里は、それ自体が一つの生活体であり、職業はその生活体のなかで成立していた。それを理解するためには、たとえば鍛冶屋が鍬をうつにあたっては、その鍬は百姓からの注文にこたえるものであったことをしらねばならない。そのことは、日本じゅうのどの地方にいっても、鍬はそれぞれの地方によってかならずちがった形をしていることでもわかるのである。それはそれぞれの地方の百姓が、その土地でつかいやすいような鍬を鍛冶屋に注文したからである。家はその地方の気候風土でもすみやすいよう大工に注文し、その土地にできる繊維を紺屋にそめてもらい、そのようにして土着の文化は個性的に発展するのである。

が、もっと重要な点は、さまざまな職人の仕事が里という一つの生活体のなかで農としておこなわれるために、それらの仕事が分業としてではなく分担としておこなわれるということである。つまり、里の全体が生活としてする仕事を、それぞれの職人がわけもってするのである。それは分業ではない。

うばわれ支配される

しかしながら、いわゆる資本主義の発展にともない、里という有機的な生活体のなかでそれ自体のために職人がしていた仕事が、しだいに資本によってうばいさられるようになっていった。具体的にいうと、たとえば鍛冶屋が資本に支配されるとそれは工場になり、鍬は百姓のこのみによって注文されるのではなく、工場のこのみによって生産され、それを百姓は買ってつかわねばならなくなった。

買うという点だけについていえば、かつての鍛冶屋のばあいでも百姓は職人から鍬を買っていたのだし、工場になってもやはり買うのだからおなじことのようにみえる。しかし、かつての鍬はオーダーメード（注文品）であったのにたいし、工場製品のそれはレディメード（既製品）であって、このちがいは決定的な意味をもつといわねばならない。つまり、鍛冶屋の鍬は生活体である里が自分でつくったものというべきであったのに、工場製品となって生活体が自分で鍬をつくることをうばわれたのである。

いわゆる資本主義が発展するにしたがって、里でのあらゆる職人がつぎつぎに資本に支配されていき、そのことは里が一つの生活体であることの破壊につながっていった。以前には自分に必要なものを自分でつくることを分担によってしていたのだが、いまや百姓は必要なものを商品として買わねばならなくなった。ということは、分担が分業になったのである。つまり、百姓は必要なものは商品として買い、自分でつくったものも商品として売る、ということがはじまったのである。これは、農が生活であるということの否定である。

農とは人間が人間である生活

資本の思想的侵略を拒否

農は生活であるということが否定されるとなると、それでは百姓にとって生活とはいまや何であろうか。それは、商品とせざるをえなくなった収穫物を銭にかえて、それで何を買うかでしかない。いまでは百姓は味噌も醤油もつくることを資本にうばわれ、すべてそれらは商品として買わねばならない。

とすれば、百姓のつくるものは自分に必要なものであるよりも、まず売れるものということにならざるをえない。味はわるくても毒がしみこんでいても、みかけがよくて市場の規格にとおって売れるような食糧を生産しさえすればいいのである。そうしてできるだけおおくの銭を手にいれ、その銭をどういうふうにつかうかが生活である。

しかし、現代では農産物はあきらかに商品ではあるけれども、おなじ商品である工業製品とは本質的にちがうということをわすれてはならない。というのは、工業生産物は資本によって支配されることが可能であるのに、農業生産物は資本からの支配に抵抗するからである。

もちろん農業生産物も、たとえば農地を資本がおさえて農業労働を賃労働によってまかなうということが可能であるようにみえる。実際にも、賃労働を導入し大型農機具をつかって広大な面積を耕作し、ほとんど農業を工業化しているかのような例もないわけではない。

しかしながら、われわれ人間は自分に必要なものは自分でつくるということをおぼえて、おそらくすでに万年にちかい歴史をへているのである。そして、それこそが人間の人間であるゆえんの生活であることをしっており、なにものといえどもこれをくつがえすことはできないのである。いいかえれば、人間そのものが否定できないかぎり、自分に必要なものは自分でつくるという農は永遠にほろびることはありえない。

〈穀つぶし〉の支配をこばむ

にもかかわらず、狩猟者である資本は農を侵略してあくまでも百姓をほろぼそうとする。その侵略のしかたは、単に力によってのみならず、思想的な侵略をほしいままにする。つまり、資本が生産する商品を百姓に強制するにとどまらず、百姓が生産するもののすべてを資本の意のままにしようとする。そのもっともいちじるしいものは畜産物であるが、産地指定や規格制定もそうであり、一言にしていうならば農産物一般のオーダーメード化である。

そして、とりわけおそるべきことは、消費者運動としての汚染食糧の排斥や有機農業の奨励は、つまるところ消費者からの百姓へのオーダー（注文）でしかないということである。

かつて生活体としての里で、百姓は職人にオーダーをだしていたけれども、そのオーダーはともに一つの生活体のなかでの生産者同士のあいだであったのに、いまのオーダーは消費者と生産者という対立関係のなかでだされているのである。対立関係でだされるオーダーは、必然的に支配者と被支配者の関係しかうみださない。したがって、百姓はオーダーをだされるのをこばむのではなく、支配と被支配の関係が生ずるのをこばむだけである。

もともと消費者という言葉ほど、人間の人間たることを侮辱する言葉はないのではあるまいか。消費者とは、日本語でいえば〈穀つぶし〉のことである。食糧にかぎらず何であれ、ただそれは消し費《けつい》やしてしまうだけでなんら生産することのないものを〈穀つぶし〉というのだが、みずから消費者となのる者は自分を〈穀つぶし〉といっているにすぎない。しかし、人間が人間として生活しているかぎりなんらかの生産をしているので、その意味で人は〈穀つぶし〉にとどまることはできない。そして、消費者が消費者ではないというときに、はじめて農がはじまるのである。

古代の人類が野にでて狩猟採集だけをしていたとき、彼らは単なる消費者であり、そのかぎりで彼らには生活がなかった。だが、やがて自分に必要なものは自分でつくるということをおぼえて、人類は農の文化としての生活をはじめたのである。いまや消費者は消費者であることをやめて、生産者にならなければならない。そのときはじめて、農業は真の復興をするのである。

〈隠れ思想〉を掘り起こす

1　〈結〉にみる百姓の心

〈結〉第一話――平等な一二人の養魚仲間

水面面積二ヘクタールくらいの溜池があり、そのちかくにすんでいる一二人の百姓仲間が〈結《ゆい》〉をむすんで鯉や鮒をかっている。数年来私もその仲間にいれてもらっていて、昨年一一月初旬にその池をほして二キロから三キロ程度の鯉二〇匹と鮒三〇匹ばかりの山分けにあずかった。いまも私の家の生簀《いけす》には、いくらかの鯉と鮒がまだのこっている。

私はいつでもそれらを食うことができるたのしみはもとよりだが、もはやむかしの農村ではなくなった私どものところにもまだこのような〈結〉の名残りがあるということにいいしれぬ安堵感をおぼえるのである。

むかしの農村ならどこでもみることができたこの〈結〉は、一種の制度的な労働契約ということができる。『広辞苑』によると、「〈結〉とは、田植えなどの時に互いに雇われて力を貸すこと、または、その人。労働交換を目的とする協同労働」となっているが、実際にはもっとふかいものがある。

　私どもの〈結〉のばあい、まず溜池を養魚池として入札により一年間だけ水利組合から借りる貸借料と稚魚購入費、それに餌料代をあわせて一人当たりの出資金額が二万円、池の管理は協同労働でするのである。そして、その協同労働のしかたに〈結〉としての特色がある。

　昨年の私どもの養魚池でのいちばんおおきな作業は、施設といえばすこしおおげさすぎるけれども、魚をぬすまれることをふせぐための施設をする作業であった。それは投網などができないよう池の縁にくまなく孟宗竹をほうりこむだけだけれども面積二ヘクタールの池の縁はかなりな距離になるのでおおくの労働力が必要で、いうまでもなく協同労働でなされた。しかし、この作業には〈結〉の一二人が全員そろって参加することができず、たしか実際に仕事をしたのは八人だったとおもう。

　しかもその八人のなかには私もいて、私はすこしくらい孟宗竹をはこんだとはいえ、ほとんど土手のうえから水中で作業をする仲間を見物しているだけで、あとのうちあげの酒席では一人前の顔をする厄介者にすぎなかった。

　だが、〈結〉とはもともとそういうもので、その日の都合で協同労働に参加できなかった四人は、その故でとがめられることもなく、また私ほど極端ではなくても比較的にかるい労働しかしなかったものもあれば反対に重労働ばかりに終始したものもいたのである。しかし、それにもかかわらず〈結〉の一二人は、たがいになんら差別のない平等な仲間であって、獲物の山分けでもすこしの差もつけられなかった。

もっとも、その日の協同労働に参加できなかった仲間から酒が一升とどけられるとか、重労働をした仲間をあまり仕事のできなかったものが酒席でねぎらうというようなことがなかったわけではない。

このような〈結〉は、〈結〉としてはもっとも初歩的なものということができるだろう。だから私どももこれを〈結〉だとはいっていない。

〈結〉第二話 —— 計算なしの七戸の協同労働

ところが、農家戸数七戸というちいさな部落が私の家からさほどとおくないところにあって、そこでの〈結〉はもっと高度というか本質的というか、あるいはもっとも典型的なものということができるかもしれない。

それはごくありふれた水田地帯の小部落で、ほとんどがいわゆる兼業農家である。個々の農家の耕作面積はまちまちであり、耕作に従事できる労働力もそれぞれに一様ではない。もちろん相互に貧富の差がありくらしのしぶりもちがっている。そういう七戸七色の農家が「結」によって田植えも稲刈りも協同労働でするのだが、そのやりかたには興味ぶかいものがある。

まず、それぞれに独立している農家がたがいに雇われて各戸の農作業をするのだけれども、相互にどれだけ雇ってどれだけ雇われたか、その計算を一切しないのである。一ヘクタール耕作している農家には働き手が二人しかなく、六〇アール耕作している農家には四人の働き手があって、この両家がたがいに雇われあって協同労働をして労賃関係の計算をまったくしないとすれば、前者は得をして後者は損をすることがあまりにもはっきりしているが、それにもかかわらず計算をしないとはどういうことであろうか。

部落の人たちは、このことをつぎのように説明する。

「その一年だけをとってみれば、たがいに雇われての協同労働で労賃関係の計算をしないやりかたでは、労働力がすくなくて耕作面積のひろい農家は得をして、その反対の農家は損をすることはいうまでもない。しかし、わたしたちは一年、二年という短期ではなく、かりに五〇年くらいの長期展望でかんがえてみるとすれば、いまは得をしているかにみえる農家もむかしは損をしていた時代があり、損をしている農家もやがて得をするときがやってくるとおもう。それは家にいったりきたりがあり、あるいは都会にはたらきにいったりかえったりもあるからで、耕作面積だってながい目でみれば一定不変ということはできない」と。

しかし、一切の計算をしないといっても、おそらく田植えや稲刈りの直後か、あるいは盆か年末には、得をした農家から損をした農家へ、たとえば私どもの〈結〉で当日の作業に参加できなかった仲間が酒一升をとどけたように、なんらかの礼がなされているだろうと想像される。

が、それにしてもこのような〈結〉の習慣は、現代人の常識からすればあまりにも不合理にみえる。いまは損をしていてもいつか得をするときがあるだろうといっても、さきざきのことは誰にも予測できないのであって、損をするものはいつまでも損な立場におかれるというのはありがちである。だから損得は協同労働がおこなわれるごとに計算して、そのつど不公平のないようにするというのが現代人の合理主義的なかんがえかたというものであろう。

〈結〉にみられる生活の思想

しかし、さらにふかくかんがえてみると、協同労働で労働の損得計算をしないということの背景には、協同労働そのものをひとつの生活とみなす思想があるのではなかろうか。つまり、協同労働ではたらくのは、労賃収入をめあてに雇われるのではないというかんがえがある。そこの部落の人たちは五〇年という長期展望にたてば誰が得をし誰が損をするかわからないといったけれども、それは質問者が損得勘定にたっていたからで、協同労働はたがいに雇い雇われてするのですらなく、ほんとうは損得を度外視した生活としてするのではないだろうか。

その点では、私どもの溜池養魚の〈結〉のばあいもおなじであって、協同労働は損得勘定はまったく度外視されているので、もしもそうでなかったなら、私などはけっして〈結〉にはいれてもらえなかったにちがいない。そして、そういう私どもの〈結〉は、七戸の部落のそれとはちがってかりそめの〈結〉であった。だからいってみれば、それは遊びとしての生活にすぎなかった。

そこで、このような〈結〉をなぜ生活というかというと、生活の基本的な単位である家庭での協同労働には損得勘定がはいる余地がないからである。具体的にいうと、百姓である農家の生活は生産生活であり、その生産生活のための家庭労働は基本的には協同労働ということができる。そして、いうまでもないことながら、家庭労働としておこなわれる協同労働には損得勘定がないのである。したがって、このような損得勘定のない家庭労働が、じつは〈結〉の原型ということができるだろう。

つまり、もともとは家族として家庭で損得なしの協同労働で生産生活をしていたものがいまはばらばらになっているのを、もいちど家庭的に再組織することを〈結〉というのであろう。だから〈結〉はまず血縁によって、ついで地縁によってむすばれることがおおいのである。

溜池養魚でむすんだ私どもの〈結〉も、地縁によってむすばれた仲間たちの遊びとしてのかりそめの生活であるとはいえ、そうしているかぎりはたがいに他人ではないという血縁的なものの復活であった。まして七戸の農家が田植えから稲刈りまでを〈結〉によって協同労働をするということは、七戸は一家庭であるとみなされているのである。そして、そうでないかぎり、損得を無視した協同労働はなりたたぬというべきであろう。

〈結〉を家庭労働とみる意味

ところで、七戸は一家庭であるとみなされると私はいったが、なぜ一家族とみなされるといわないのであろうか。それは私が守田志郎氏のかんがえに同調しているからで、守田氏はある信念にもとづいて家族労働といわずに家庭労働という言葉に固執しているのである。

それはなぜであるかを私の解釈によると、たとえば都市住民で夫は市役所で妻はデパートではたらいているばあい、この夫妻の労働をあわせて家族労働ということはできるだろう。ところがその夫妻が家にかえって、夫は雨戸の修繕をし妻は台所で炊事をしているとすれば、あわせて家庭労働といわねばならぬだろう。

家庭労働という言葉は、はたらく〈場〉に重点がおかれている。だから、百姓の夫は野で牛をかい妻は畑で草をとっていても、そういう労働はそのままが農家の生産的な生活労働であるから、家庭労働であるといわねばならない。そして守田氏の家庭労働という言葉のつかいかたはさらに重要な意味をもつのであって、それは〈結〉の協同労働が家族労働ではなくて、家庭労働としての労働の再組織ということになる。つまり、〈結〉をむすぶ人びとは単に家族的にとどまらず、家庭的に再組織されるという意味をもつ。

もすこしつっこんでいえば、〈結〉は〈場〉においてむすばれるのであり、そういう〈場〉のことを、日本の百姓はむかしから〈里〉とよんでいたのである。われわれ百姓にとっての〈里〉とは、地縁によって血縁をよみがえらせ、そこでひとつの生産的共同体を自覚する意識であった。そして、その共同体意識の再確認のためにわれわれは損得を無視した〈結〉をむすんできたのである。

2 〈いりあい〉の思想

〈いりあい〉ということ――母の里の慣習

『広辞苑』で〈いりあい〉（入会）という言葉の意味をしらべてみると、

「一定の地域の住居が公共のあるいは他人の森林・原野に入り、共用・収益すること」

とでているが、他人の山でも自由にはいって収益できるということが大事な点である。たとえば茸《キノコ》や蕨《ワラビ》などは、だれがだれの山にはいってとってもかまわないという慣習であって、それを〈いりあい〉というのであるが、この〈いりあい〉の慣習はしだいにほろびつつあるようである。

母の里は山村で、私は祖父母たちにかわいがられて幼年時代のほとんど半分はそこですごしたといっていい。かずかずの思い出があるなかでも、わすれがたいことのひとつは伯母につれられての茸とりであった。すぐ裏の雑木山が祖父母の家の所有になっていて、季節になると伯母は私をつれて山にはいるのだったが、おもにとれるのはシメジであった。

ときにはシメジの大群落をみつけることがあり、そういうときに私が歓喜のあまり大声をあげると、伯母だって胸をおどらせているにちがいないのに声をころして、「シッ、ここでシメジをとったことを、だれにもいうちゃいけんよ、な」というのだった。そこはいつかまたシメジがかならず大発生をするところであり、だからほかの人には秘密にしておかねばならぬのである。

ということは、そこは祖父母の家が所有する山ではあっても、部落の人のだれかが茸とりにやってくる可能性があり、それを山の所有権を盾《たて》に禁止することなどはかんがえられてもいなかったのである。つまり茸、蕨、山芋などは、〈いりあい〉としてだれがどこの山にはいってとっても勝手次第であって、ある場合は薪でさえも他人の山でとることが自由であった。

枯木《マキ》ひろいは主として子供たちの仕事で、つよい風がふいたあとは椎《シイ》や樫《カシ》などの照葉樹の枯枝がたくさんおちるので、学校からかえった子供たちはさそいあわせて山にはいる習慣であった。が、そのばあい、山の所有者がだれであろうと問うところではなかったけれども、ただ掟《おきて》として、鉈《ナタ》や鋸《ノコ》をもって他人の山にはいることはゆるされなかった。

このように、他人の所有する森林や原野にはいって収益するのを〈いりあい〉としてみとめることは、私の母の里の慣習であっただけでなく日本じゅうのどこでもみられていたことであるが、いまではかならずしも一般的な慣習とはいえなくなっている。

囲いこまれる〈いりあい〉―― 大資本の有刺鉄線

大分県の湯布院は豊富な温泉と風光の明媚なことでしられているが、そこに大資本が目をつけて、いま広大な面積の土地が別荘地として開発されている。

いうまでもなく、その広大な土地は地元の百姓たちから二束三文の値でまきあげたものであるが、それらの土地を手にいれた大資本はまずどういうことをしたかというと、すぐに境界に有刺鉄線をはりめぐらして「無用の者立入るべからず」という立札をたてたのである。土地所有権の移動はむかしからあったことはいうまでもないが、有刺鉄線がはられて所有権者の許可がなければその土地にだれもはいれなくなったのははじめてであり、この不動産会社のやり口には百姓たちも愕然とならざるをえなかった。もはやそこに蕨がはえていても茸ができていても、だれもとることができない。

強弁すれば、それらはその土地にできたものであるから土地所有権者の許可なくしてはとることができないといえるかもしれない。しかし、兎や雉《キジ》がいたばあいはどうなるか。兎はきのうは有刺鉄線の外で餌をとって、たまたまきょうは有刺鉄線の内にはいるにすぎないのかもしれない。にもかかわらず、土地所有権者がその兎をとってはならぬという根拠は何であろうか。もしも所有権者としての根拠があって兎をとることの禁止ができるとすれば、偶然その土地のうえをとんでいる鳥も、有刺鉄線のそとにでるまでは土地所有者の所有物でなければならない。つまり空とぶ鳥は、何秒かおきには所有者がかわっているのである。

こういう事態に直面して湯布院の百姓たちは、土地の所有権とは何であるかについてあらためてかんがえないわけにいかなかった。言葉では〈いりあい〉といわなくても、現実に他人の所有する山に勝手にはいって山の幸をとっていた〈いりあい〉の自由が、いまや所有権によってうばわれるとはどういうことであろうか。これはけっして単純な問題ではないのである。

森も人も万物は客である――ピグミーの思想

この問題でおもいあたるのは酒井傳六がかいた『ピグミーの世界』でしることのできる彼らの〈いりあい〉の思想であるが、そのことを私は何度かかいたことがあるけれども、非常に重要な問題をふくんでいるので、もいちど紹介してみよう。

アフリカの奥地の森で生活している短軀の人種としてしられているピグミーの部落をおとずれた酒井は、彼らにとって神とは何であるかをといただそうとこころみる。そのため酒井は、まず、ピグミーたちにとって一つの世界である森はどうしてできたとかんがえているか、をきいてみる。その意図は、森は神によってつくられたものとかんがえているかどうかをためすことにあった。ところがピグミーは、酒井のおもわくに反して、森は神より以前からそこにあったのだとこたえる。そこで酒井は森はどうしてできたのかときくと、森もやはりあとからきたものであって、要するに森も神も鹿も人間もすべてあとからきたものであり、したがって万物はことごとくそこの客にすぎないというわけである。いいかえれば、なにものといえどもそこの主であることはできないのである。

これはじつにおどろくべき思想で、キリスト教的創造神の思想によれば、森は神のつくったものであるから神は森の主であり、同時に人間の主でもあり、ということは神は一切の所有者でなければならぬのだけれども、ピグミーたちにとっては万物は何物によっても所有されることがないのである。そして〈いりあい〉の思想とは、本来的にはつくったのではないものにたいする所有を否定する思想といっていいだろう。

〈いりあい〉の自由と掟――山や森をけがさぬ

山村である私の母の里では他人の所有する山で薪をとってもさしつかえないのだが、それは枯枝を所有者がつくったものとみなさないからである。つまり、土地はだれかに所有されていても、いわば天からあたえられたものとしてそこにできた茸、蕨、山芋、枯枝、山百合、あるいは兎や雉も、それらにたいしてだれも所有権を主張すること、もしくは所有権を主張するような有刺鉄線などをめぐらすことはできない、というのが〈いりあい〉の思想である。

このように、名目は他人の土地であっても、天与のものとしてそこにあるものはだれがとってもよい、というのが〈いりあい〉の思想であるが、ましてだれの所有でもないところにあるものは自由にだれでもとってよいのでなければならない。

しかしながら、それが無制限にゆるされるということではない。すでにのべたように、私の母の里である山村では山の所有者がだれであるかを問わず薪としての枯木をだれがとってもよいけれども、掟として鉈や鋸をもって山にはいることはゆるされなかった。それは所有者がそだてている樹木を伐採してはならぬということである。ところが、たとえば神社の森、川や池の土手、道路の斜面などだれの所有でもないところ、そういうところにできているものはだれがつくったものでもないから、原則的にはだれがとってもさしつかえない。けれども、それを野放しにしては、あるものも撲滅してしまうだろう。そういうところのものはすべての人がいつでもとることのできる状態にしておかねばならない。だから、そこにはそれなりの掟がうまれる。

たとえば川や池に汚物をながしてはならぬという掟は、万人がその川で洗濯をし、およぎ、魚や貝をとることができるという〈いりあい〉の自由を維持しなければならぬからである。山や森をけがしてはならぬという思想は、ときには罰があたるという表現でいわれることがあるけれども、基本的にはそれは万人による〈いりあい〉の自由をまもるということである。

鎮守の森と公園のちがい――だれが守りそだてるか

しかしながら、この〈いりあい〉の自由をまもるという思想は、いわゆる公衆道徳の思想とはちがうということはかんがえておかねばならない。

たとえば東京の日比谷公園の花壇は四季とりどりの花がさいていていつもうつくしいが、人びとは公衆道徳として花壇の花をとってかえろうとはしない。それは公園の花は万人がみてたのしむものであるからとってはならぬという原則では〈いりあい〉の思想と一致するけれども、〈いりあい〉の思想では万人によってたのしまれるものであるから万人によってそだてられるという原則があるのに、公衆道徳の対象になる公園にはそれがない。具体的にいうと、鎮守の森にはだれがいってどんな樹をうえてもとがめられないが、日比谷公園にだれかがいって勝手に花の苗をうえることはゆるされないだろう。このちがいは何によるかというと、公園には所有者があるのに反して鎮守の森にはそれがないのである。

日比谷公園の所有者は東京都であり、花壇は東京都のこのみにしたがって設計され、それが万人に公開されているにすぎない。したがって、「公園はみんなのものです、きれいにしましょう」などという立札をたてるのは人をあざむくものというべきで、ほんとうは「公園は東京都のものです、きれいにしましょう」といわねばならぬのである。

私は東京にいくと宿の関係で新宿駅を利用することがおおく、しばしば西口の公衆便所をつかうのであるが、いつも気になるのは「あなたの便所です、きれいにしましょう」という貼札である。もしもほんとうに「あなたの便所」なら、「よごそうとよごすまいとあなたの勝手です」といわねばなるまい。また、広告で「あなたの〇〇デパート」「あなたの〇〇銀行」などという宣伝文句をみることがあるが、やはりこれもほんとうなら、万引や銀行強盗を犯罪ということはできなくなるだろう。

〈いりあい〉は所有の否定――森や川を大切にする思想

じつは「あなたのもの」でもなんでもないのに、「あなたの公園」「あなたの駅」「あなたのデパート」「あなたの銀行」などという言葉がなぜ平然とつかわれるのであろうか。それは、いわば隠れ思想としての〈いりあい〉の思想をくすぐりだす効果をねらったものということができるだろう。つまり、万人がそれによって生活をする森や川であるから大切にするという、里の百姓が歴史がはじまって以来そだててきた〈いりあい〉の思想を、その大切にするというところだけにしぼってひきだそうという魂胆《こんたん》がそういう言葉をうみだすのである。しかし、〈いりあい〉の思想は所有の観念の否定であるのに反して、日比谷公園は東京都の、駅は国鉄の、デパートや銀行は資本家の所有であるのだからその所有の観念が否定されないかぎり、そこでは〈いりあい〉の思想は復活しないというべきである。〈いりあい〉の思想とは、所有の否定である。山の所有者がだれであろうと、そこにできている蕨、茸、山芋はだれがとってもかまわないというのは、それらは山の所有権と無関係にだれの所有でもないということである。川ではだれでも洗濯をし、およぎ、魚をとってもさしつかえないというのは、川は万人の所有物であるというのではなく、だれの所有でもないということである。だれの所有でもないがゆえにそれは大切にしなければならぬ、というのが〈いりあい〉の思想にほかならない。

〈いりあい〉の思想復活へ――「入浜権宣言」をめぐって

さる二月（一九七六年）の初旬に兵庫県の高砂で「入浜権宣言一周年記念集会」という画期的な集会が、全国から三〇〇人をこす多数の参加者があってひらかれた。

どういう集会であったかというと、高砂の松という名でしられているとおりそこは富士山とならび称される景勝の地であっただけでなく、おおくの漁師たちがその海で生活をしていたのだが、いわゆる経済成長の波で日本の宝ともいうべきその海岸が、各種の巨大企業によってつぎつぎに占領されてしまったのである。占領のやりかたは、どこでもみられる手口としてまず漁業権の買収で、そうすれば漁場である海面は買収者の所有になると宣言して埋立てがおこなわれる。そして、かつての白砂青松の高砂の浜は広大な面積にわたって大企業群に占領されてしまい、いまでは海も陸も人間の生活するところではなくなってしまった。

この状態に抗議する浜の住民たちが昨年「入浜権宣言」ということをしてたちあがったのであるが、その要旨は、漁師は一定の区域の海で漁をする権利があるとはいっても、それは海が漁師の所有物であるということではなく、万人がその海で海水浴をし、潮干狩をし、釣をする自由を保証されていなければならない。したがって漁業権が買収されたからといって、その海を企業の所有物として独占することはゆるされないというのが「入浜権宣言」である。それを〈いりはま〉というのは、百姓たちのいう〈いりあい〉が所有権の否定であるように、海はなにものの所有とすることのできないものだというのがその主張だからである。

この入浜権宣言の集会を、私は歴史的な事件だとおもっている。所有とは何であるかということを根源的にといなおす作業に、学者たちが学問的にではなく生活をする人民が全国からあつまってとりくんだのは、日本ではこの集会がはじめてではないかとおもうからである。

そのうえ、この入浜権宣言は単に企業による海の占拠にたいする抗議行動にとどまらず、住民が〈いりはま〉の自由を主張するにあたっては、同時に〈いりはま〉をする人びとのあいだに掟がなければならぬという論議がなされたのである。もっともこの論議は集会の公式の場面ではなく、むしろ集会の予備段階で個別的になされたものであったが、それにもかかわらずそういう論議の胎動があるということは重要であろう。また、集会の公式議題の中心が、かならずしも所有の何であるかにおかれたとはいえない。しかし、入浜権宣言ということ自体が、いまや資本主義的所有の圧倒的支配のもとでほろびさろうとしている〈いりあい〉の思想復活をこころざすものである以上、それは所有の秩序を脱して非所有の秩序を模索するものということができる。それが全国から三〇〇人以上もの人があつまった集会でのことだから、ことはきわめて重大だといわねばならない。

そこで、あらためてかんがえてみると、海はだれの所有でもありえないというのは、言葉をかえれば海の主にはだれもなることはできないということで、さらに万人は海の客でなければならぬのである。そして、人びとが海であれ山であれそこの客であることの自由がすなわち〈いりあい〉の自由というものである。

魚や貝は海の幸である。茸や蕨は山の幸である。海の幸、山の幸はだれがつくったものでもないから、それらはだれの所有でもありえない。したがって人はだれでも自由にそれをとることができる。しかしその自由は、主としての自由ではなく客としての自由であり、その自由は掟によってまもられる。そして、その〈いりあい〉の掟によって維持される秩序が、とりもなおさず里の秩序である。

3　水は誰のもの　〈いりあい〉としての水利権

〈いりあい〉は共有ではない――所有を否定する思想

野山に自生する蕨や茸は誰がとってもかまわないというのが〈いりあい〉の思想の原形であるが、それは要するに天与のものは誰の所有でもないということである。

ところが、天与のものにかぎらず人間の手でつくられたものも誰のものでもないとする思想が、〈いりあい〉の思想にはあるのである。

たとえば桜の名所は全国のいたるところにあって、それらはかつて誰かによってうえられたものであることが多い。たいていの桜並木は、天与のものではなく人為的につくられたものである。しかし、桜をうえたものは自治体や団体であったり個人であったりしても、植樹をしたそのときから桜並木は誰のものでもなくなってしまい、花の季節になると遠方からきた花見客でもどこに莚《むしろ》をしいてもかまわないことになっている。あるいは鎮守の社の鳥居や灯籠はもとより宮相撲の土俵のような構造物も、誰かが寄進したあとは〈いりあい〉思想的に誰のものでもなくなってしまう。

さらにいえば橋のようなものでも、それを構築したものが誰であろうと、できあがったあとは万人に開放される。

ということは、それらのものが万人の共有物になるということではなく、たとえ天与のものでなくても〈いりあい〉の思想は所有そのものを否定するということである。

つまり〈いりあい〉の思想は共有財産の思想ではなく所有を否定する思想である。これは非常に大事なことで、水利権の問題をかんがえるにあたっても、根本にすえておかねばならぬ思想である。

川の堰は誰のもの？――川の水を利用する施設について

天からふってくる雨、つまり水は、これこそ天与のものであって誰がつくったものでもない。したがって水は誰の所有物でもなく、万人によって自由につかわれるものでなければならない。ということは、たとえば川の水をできるだけ便利につかうため、誰かがなんらかの施設をすることをさまたげるものではない。百姓はそういうふうに川の水をつかってきているのである。

いちいち例をあげるまでもなく、日本の川という川のいたるところに洗場があって、それらは天然の地形をそのまま利用したものもすくなくないが、おおくは誰かによって人工的に構築された施設であるといっていい。そして、それらの施設は誰かの許可をえてではなく勝手につくったものであるが、同時にそれは誰かの専有物になっているのでもない。

しかし水車となると、すこし様子のちがうところがある。いまはもうなくなったけれども、やはり山村の私の親類の家ちかくに精米用の水車があって、それは一見して何軒かの百姓の共有財産であるかのようであった。つまり、誰でもその水車を利用してさしつかえない、というようなものではなかったようである。

しかし、さらによくおもいだしてみると、その水車の共同の所有者であるかのようにみえた何軒かの百姓たちは、じつは単なる管理者にすぎなかったのではないか。というのは、名目上の所有者である何軒か以外の百姓でも、その水車を利用することはしばしばであったし、利用することのできる百姓はかならずしも限定されていなかったからである。ただ、利用する人は所有者とみなされる何軒かの百姓の誰かにことわらねばならなかったけれども、それは利用者の順番をきめる以外の理由からではなく、金銭によっても現物によっても使用料をはらうようなことはなかったようである。ということは、名目はどうであれ実質的な水車の所有権者はいなくて、単なる管理者がいたにすぎないということである。

つまり、川の水にたいする〈いりあい〉の思想にもとづいてもうけられた施設、たとえば洗場や水車のような単純な構造物は、みかけは誰かの所有物であるかのようでも実質的には誰のものでもないとして所有の観念が否定されているのである。

洗場や水車などのように川の水を利用するために人為的につくられた施設でも〈いりあい〉思想的には所有の観念が否定される。ところが利用にとどまらず使用するために施設された構造物でも、構造物そのものが誰の所有でもないとされると同時に、たとえば堰《せき》によってせきとめられた水も堰をつくったものの所有物ではないとするのが〈いりあい〉の思想である。にもかかわらず、いわゆる水利権というものがあって、堰によってせきとめられた水は、堰をつくったものの所有物でもあるとするかんがえかたがあるけれども、じつはそれは百姓の本来のかんがえかたということはできない。

水利権は掟で守られる自由――法で守られる権利にあらず

では水利権とは何かというと、まず第一に、ほんとうはそれは法によってまもられる権利ではなくて、掟によってまもられる自由というべきものである。つまり、水利権とは所有権に類する権利ではなく、逆に水の所有を否定する人間の自由のことである。いいかえれば、水を使用することの自由をさまたげてはならぬという掟の存在が、いわゆる水利権のことである。

具体的にいうと、百姓が川に堰をつくるのは田に水をひくことの自由を確保するためで、せきとめた水を所有物として保持しようということではないのである。そして掟というものは、もともと人間の自由拡大のためにあるのであって、たとえば川に汚物をながしてはならないという掟は、万人が川の水を利用し使用する自由をできるだけ拡大しなければならぬという意図以外ではない。だから堰によって田に水をひく自由をまもる掟は、具体的にはその堰の効率を害するような別の堰を川上につくってはならぬという形であらわれる。

しかしそういう掟は、既存の堰ばかりに水をひく自由を独占されて、万人が水を使用することができるという〈いりあい〉の思想に反するようだけれども、一人前の洗場しかないところで誰かが洗濯をしておればあとからきたものはまたねばならず、また水車を利用するものは順番によってしなければならぬように、そしてそういう順番による水の利用や使用が〈いりあい〉思想にかならずしも反するものではないように、既存の堰の水使用を優先させる掟は万人の自由を阻害するものと断定することはできない。

したがって、水量が豊富で下流の堰のさまたげにならないかぎりでは、上流にあたらしい堰を構築することがゆるされるのはいうまでもない。むかしからの百姓にとっての水利権とは、そういうものだったのである。

水の所有権を主張する企業——水利権紛争が教えるもの

ところが最近の水利権に関する紛争は、とりわけ電力会社などの大企業と百姓たちとの水利権紛争は、水を利用し使用する自由のための紛争ではなくて、水の所有権を主張するあらそいになっている。しかも水の所有権を主張するのは例外なく企業側であり、百姓はその所有権を否定しようとたたかっているのだ。

たとえば猪苗代湖を水源とする阿賀野川水系の駒形堰用水組合と東京電力との紛争をみると、一九二四年に駒形堰の上流に東電がダムを建設するにあたり両者の間に協定がとりかわされ、その内容はあらくれ期と普通灌漑期、ならびに旱魃のときのダム水位をとりきめ、さらに用水組合に用水路や取入口改修の費用として二〇〇〇円を東電が組合に支払うというものであったが、この協定についての百姓たちの解釈は伝統的な〈いりあい〉の思想によっているので、つまりは阿賀野川の水は万人がそれを利用し使用する自由をさまたげないかぎりでダムなどを構築する自由をみとめるというものであった。時期によってダムの水位について協定したのは、主旨が下流の駒形堰の取水をさまたげまいということであり、その限度以下の流水は東電の所有物とするということではなかったのである。

にもかかわらず東電は、ダムによってせきとめた流水は東電の所有物であると主張するのである。そして、掟ではない法は、東電の所有権を保護する。

このようにして電力会社などの企業がダムを構築し流水を所有物にする事例は、いまでは全国のいたるところに存在し、さらにその流水を百姓に売りつける言語道断な暴挙さえ発生している。たとえば宮崎県の五ケ瀬川水系には延岡の旭化成が数おおくのダムを建設しているが、ふるくからの慣行としてダム上流の流水を百姓が揚水して水田にひいているのにたいして、その水にトンあたりの計算で料金を課そうとしており、その暴挙を政府は法によって正当化しようとしているのである。

水の所有は誰も許されない――使用する自由を守るのが掟

政府は全国の主要河川をとりあげて、いわゆる総合開発計画というものをたてて着々と実行にうつしつつある。

たとえば九州の筑後川総合開発計画は、年間の平均流水量数十億トンを、農業用水、工業用水、都市飲料水と合理的に配分するという計画である。

なにげなくきけば、まことにもっともな計画のようだけれども、その根底にある思想は筑後川の流水をすべて国家の所有とし、国家がそれぞれ水を必要とする部面に分配してやるということである。

しかし、天からふってくる水をすべて国家の所有とするならば、大洪水をもたらすような水といえども国家の所有でなければならず、したがって国家の所有物の管理の責任は一切国家がおわねばならぬだろう。ということは、世のなかから天災というものはほとんどなくなってしまわねばならない。

すくなくとも総合開発計画がすすめられている日本の主要河川に関するかぎり、そこでおこった水の災害はあげて国家の責任とならざるをえない。災害がおこるとそれが天災であったか人災であったか論争されるが、災害のありようをみてそのことが論ぜられるのではなく、総合開発計画があるかぎりそれはすべて国家によってもたらされた災害である。

とはいっても、ダムや堤防を構築するのがわるいというのではない。主要河川の流水を無駄なく万人に利用や使用のみちをひらくよう施設をすることは、流域の住民ばかりではなくすべての人民のよろこぶところであろう。

しかしながら、天からふってきた水はなに人といえども所有することをゆるさず、それは公有でさえもありえず、万人にそれを利用し使用する自由がなければならない。そして、その自由をまもるのが掟である。法は権利をまもるけれども水に関しては国家といえども権利を主張することはできず、したがっていわゆる水利権に、法のたちいる余地はない。

〈いりあい〉は平等と自由の思想——すべての観光施設は開放すべし

水を利用し使用する自由が万人にあるということは、ややもすれば水は無限にあるからだとかんがえられがちである。空気は無限にあるから誰もその所有権を主張しないけれども、かりに空気が有限だとすれば所有権が意味をもつようになるだろう。その理屈で、いまや日本のせまい国土のうえでは人口が急速にふえつつあり、また工業用水の需要量も莫大なものとなったこんにち、水は無限にあるものということができなくなった。したがって古色蒼然たる〈いりあい〉思想は通用しなくなり、現代社会に適合した合理的所有権の思想を水資源にあてはめねばならぬ、というかんがえかたもうまれる可能性があり、事実それはうまれてきている。

しかしながら〈いりあい〉の思想は対象となるものが無限にあるからうまれたのではなく、たとえ有限なものでもそれを利用し使用する自由は万人に平等でなければならないという、根源的な人間平等と自由の思想にもとづいているのである。だから、あきらかに人為的な施設であり、したがって個人的なものである洗場や水などでさえも、万人の自由のために解放されているのである。田に水をひくための施設である堰も、けっして誰かの所有物ではない。

はじめに説明したように、鎮守の社に奉献された鳥居も灯籠も、奉献されたそのときから所有の観念から解放されている。それは万人の〈いりあい〉に供するということである。あるいはまた社の境内に神馬を奉献し、鶴を奉献し、また池に鯉をはなつということも、それらのものを〈いりあい〉に供するということであり、それらの〈いりあい〉対象物は法によってではなく掟によって保護される。いまやそういうことが、すべての観光施設にもおよぼさねばならぬときではないだろうか。

宮崎県の岩切章太郎氏は、ある意味では宮崎県のほとんどの海岸線に〈いりあい〉思想的に彼の所有物を開放しているといえる。たとえば日南海岸に大規模な観光施設をつくり、それにたいして所有権を主張していない。施設そのものにたいする批判はかずかずありながらも、すくなくともそれらを〈いりあい〉に供している点は評価されてよいのではあるまいか。

おなじように、ダムを建設した企業はダムを〈いりあい〉に供すべきである。あるいは、いま富士の裾野に計画されているサファリのごときも〈いりあい〉として万人に解放されないかぎり、それは富士裾野への〈いりあい〉の自由を否定するものとしてゆるさるべきではない。あらゆる観光施設は〈いりあい〉的に解放されねばならぬ。

4　分業は進歩にあらず　村の百姓と医者と鍛冶屋の分担

村のお医者さん

小学校五年生のときだったとおもう。季節は五月初旬、私は学校からかえる途中、すこしはやすぎるとはおもいながらも、一人で川にはいっておよいだことがある。しばらくおよいであがったときは、きっと顔は土色に、唇は紫色になっていたにちがいない。

川土手を家のほうへあるいていると、そこに村のFという医者がとおりかかって、私をみるなり自転車からとびおりて、「どうしたのじゃ、さ、口をアーンして」といい、手をとって脈をみはじめたのである。私はたったいままでおよいでいたことを白状すると、医者は「馬鹿者！」と大声でどなって拳骨《げんこつ》をかるく私の頭にあてたのであった。

長髯をたくわえて、年中ヘルメットをかぶっていたF医者は、代診あがりでお世辞にも名医とはいえなかった。診察がおわったあと、患者から「どういう病気でしょうか」ときかれると、きまって「ま、ま、ごくごくしずかに」とこたえるので有名だった。

しかし、たとえ名医ではなくても、近隣の百姓たちにとってはかけがえのない医者であったのはなぜかというと、来診をもとめられればとおくまで夜中でも足軽くでかけてくれるだけでなく、午後の往診の途中には老人のいる家にたちよって、「どうかな、どこもわるいところはないかな、ちょっと舌をだして」などといい、また食欲や便通の状態をきいたりして、ひごろから近隣の百姓たちの健康状態にこまかく気をくばってくれていたからである。

顔色のわるい私が川土手でつかまえられたように、腫物《はれもの》のできた子供が道端で治療をうけた例もあるのであった。

患者がいるわけでもない家に医者のほうから往診して老人に健康上の注意をしても、もちろん医者は往診料を請求するようなことはなかった。しかし、往診をしてもらった側の立場としては、謝礼のことは当然かんがえねばならなかった。

が、謝礼をする時とその程度については謝礼をするものの判断によるほかはなく、自然にそれは盆暮のつけとどけという習慣をつくってしまったのである。そしていったんそういう習慣ができてしまうと、こんどは特別な重病患者を治療した以外の単純な腹痛や軽度の風邪《かぜ》くらいでは医者のほうでも治療費の請求をしなくなり、盆暮のつけとどけで一切をすませてしまうのであった。戦争まえのある時期までは、医者と患者とのこういう関係はある程度つづいていたのである。

村の鍛冶屋さん

また村の鍛冶屋と百姓との間にも、類似の関係があった。たとえば鉈や鍬の楔《くさび》をなくした百姓が鍛冶屋にいけば、鍛冶屋は「もっていきやい」といって銭はとらずにただでくれたものである。そのかわり百姓のほうでも、野菜ができればそれを鍛冶屋にもっていき、暮にはなにがしかの糯《もち》米《ごめ》などをとどけたりするのであった。つまり、取引という経済行為があっても、そのつど清算をするのではないという習慣が農村にはあったのである。

しかし、このような習慣は合理的ではないといえないこともない。たとえば医者への謝礼をするばあい、年の暮に米をもっていくとしても、その量は医者から指定されるのではないから基準というものがない。だから自分ではからってもっていかねばならぬのだから、貧者と富者とではおのずからはからいもちがってくるだろう。とすれば、その結果として医者は富者と貧者にたいして親切にする度合いに差ができるのは人情の自然であろう。したがってこの不合理を是正するために健康保険という制度を確立し、貧富の差を客観的に算定して公平な負担で健康管理をはからねばならぬというかんがえがなされ、それが進歩とされる。

鍛冶屋などの職人の仕事にたいする報酬支払いも、そのつどおこなわれるのが合理的であるとされるようになった。が、はたしてそれが進歩といえるかどうか。

分業は退歩である

かつての農村での日常的な経済行為が不合理であったといわれるのは、分業化がすすんでいなかったということが根拠になっている。医者は病気治療の専門家であり、人びとが病気にかからないよう努力するのは、それぞれの自己責任であり、相談をもちかけられるのでなければ、助言などする義務はないとかんがえられる。

だからちかごろの医者のなかには、患者が自分の病気についてなんらかの自己判断するのを拒否することがおおい。しかし、病気は患者と医者がいっしょになおすのでなければならず、むしろ病気は患者自身がなおすのであって、医者はそれをたすけるにすぎないという医者がいるくらいである。

ということは、医療は分業ではなくて分担であるということを意味している。つまり、患者が自分の病気をなおすのを医者に分けて担ってもらうということである。もういちどいいかえれば、患者は病気の治療を専門家である医者にまかせるのではない、ということのほうが進歩した医療のやりかたというわけである。そして、そういう進歩した医療のやりかたをやっていたのが、かつての農村の医療体制であったのである。

もちろんふるい農村の医者のありかたに、欠陥がなかったわけではない。盆暮に医者へ謝礼を患者が自分のはからいですることから、さまざまな弊害がうまれていたことはみとめねばならない。しかし根本的な問題点は、医療は患者と医者とが一体化してなされねばならない、という原則はあくまでくずしてはならないのであって、それをくずすような分業化は、みかけはどれほど進歩的であろうとも、やはり退歩といわねばならない。

村の分担体制

たとえば鍛冶屋という専門家としての職人についても同様であって、鍬や鎌をうつという仕事を分業として鍛冶屋が専門的にするのではなく、鍬や鎌は百姓と鍛冶屋が一体となってはじめてできるものである。だから、とりわけ鍬などは地方によって形がちがっているのが通例である。それは、百姓が自分たちのつくる畑の土質によって鍬の形を鍛冶屋に注文し、それに応じて鍛冶屋は百姓のつかいやすい鍬をつくるのである。そういうことがながい歴史を通じて、地方独特の農機具をつくりだしてきたし、進歩はそういう形でしかありえないのである。

衣食住のすべてにわたって、地方は地方独特の形式を発達させてきたのであるが、それはさまざまな専門職が分業としてではなく、分担の体制を維持してきたからである。寒冷で雪のおおい地方と、温暖で湿気のつよいところとでは、それぞれにそこで生活するのに適した衣食住の形式をうんできた。

それは、かつての農村は生活共同体的に一体化していて、生産の構造様式が分業体制ではなく分担体制であったことに由来しているということができる。

そして経済行為もやはり、そういう分担体制のなかでうまれたやりかたでおこなわれるのである。極端ないいかたをすれば、米も鍬も百姓と鍛冶屋が仕事を分担しあって生産しているという発想から、清算は商行為としての支払いではなく謝礼としてなされる。

医者への支払いはいまでも言葉としては謝礼といわれる。現代では実質的には報酬であるのに、あいかわらず謝礼という習慣がのこっているのは注目すべきことであろう。このことは、医者と患者との間に生活共同体的な連帯意識がのこっていることをしめしている。

家庭のなかでも金銭の授受は日常であるけれども、それを支払いといわないのが普通である。たとえば子供が遣《つか》いにいったばあい、親がなにがしかの小銭をやるのは報酬としてではなく褒美《ほうび》としてあたえるのである。言葉としては駄賃ということがあるけれども、労働にたいする報酬の労賃ではなく善行への褒美である。

里は家庭の集団

金銭によるにせよ現物によるにせよ、支払いを報酬としてでなく謝礼もしくは褒美としてすることは、経済行為としては合理的でないことはたしかである。というよりも、もともとそれは経済行為ではなかったというべきであろう。しかし、それがいつのまにか経済行為になってしまったのはなぜかとかんがえてみると、まず第一の原因は商品の出現ということができる。

具体的にいうと、それまでは農村でまったく生産されたことのない品物がある日部落にもちこまれて、それが有用なものであることがたしかめられると、商品として買われることになる。というのは、その品物が生産されたのは部落との関係がないところであり、したがって謝礼とか褒美とかではうけとるわけにはいかないから商品として買われる。つまり、生活そのものが全体として連帯していない生産者相互が品物を交換するのは、経済行為としての商品取引という形をとるのである。

だから逆のばあいをいうと、生活共同体としてふかい連帯感のある部落で、たとえば鍛冶屋が楔一本でもかならず商品として部落の百姓に売るということになると、そのときから百姓と鍛冶屋は他人にならざるをえない。

家庭のなかでも子供が遣いにいった褒美の小銭が労働にたいする報酬になると、そのときから親子関係は他人のはじまりになるのである。

医者にかかればそのつど支払いはきちんとし、鍛冶屋からは楔一本でもただではもらわずかならず代金をはらう、子供を遣いにだせば報酬をわすれない、というやりかたは非常に合理的ではあるだろうけれども、それを合理的であるとする前提には、すべては他人であるということがあるのである。

そして、そのようにすべては他人であるとするのはいいことだという理由に、そうしてはじめて万人の人格の尊厳が維持されるということがあげられる。しかし、なぜ人びとは他人にならなければ相互の人格が尊重されないのであろうか。他人にならなくても相互に人は独立して平等な人間であり、同時に自由な人間でなければならぬというのが家庭であり、そういう家庭の集団を里というのである。

農は仕事であって事業ではない　工業の農業化へ

支配はどこからうまれたか

百姓はなぜ大事にされないか

「農業は工業にくらべてあらゆる点でおくれている、というかんがえかたがいまは支配的でして、会社の社長あたりがそうかんがえているのはしかたがないとしましても、おおくの百姓までがそうなのですからこまったものです」

いかにも残念でたまらぬという顔をして百姓がそういった。

「でも、それがほんとうのことではないのか。国家的な規模からいっても、農業国は工業国にたいして後進国とされ、いかにして工業化を達成するかが農業国の現代的な課題とされているのだ」

「だから残念でたまらぬのでして、むかし、といいましても明治以前は、士農工商といって農は工より優位におかれていました」

「士農工商というのはだな、封建的支配体制が百姓をおだてあげるためにつくりだした言葉で、それをあたかも農が工より優位におかれた証拠だとするのはおめでたすぎる。いつの時代だって百姓はつねに社会の最下層におしこめられていた」

「たしかに百姓は、権力支配のあるところつねに最下層の生活をしいられていました。そのことは否定できませんけれども、だからといって、農をするという百姓の仕事はつまらぬものとはされなかったとおもいます」

「農は聖業だ、国の基礎だといわれたことはある。しかし、それもやっぱりおだての言葉にすぎなかったのだよ」

「でもわたしは、農は国の大本であるという思想をたんなる百姓おだてだとは、どうしてもおもえないのです。もちろん、おだて言葉として利用されたことがあったのは事実ですけれども」

「しようがないな。ねっからの百姓である君にしてさえそういうふうなんだから、日本の百姓がいつまでたってもうかばれないのは無理もない」

「しかし、たとえば日本の祭は、総じて農の祭だといってさしつかえないのです。たんなる百姓へのおだてばかりで祭がいとなまれたとはかんがえられません」

「それはそうかもしれん。だが、かりに大事にされねばならぬのは農だという観念から日本の祭があったとすれば、農をする百姓がなぜ大事にされなかったのか」

「そこでわたしはかんがえるのですが、農は仕事としては大事にされる、しかし事業としては大事にされないと、そういうことではないでしょうか」

「なに、仕事としての農、事業としての農、それはどういうことか」

「仕事と事業ははっきりと区別しなければなりません」

「ふむ、その区別はなんとなくわかるような気もする」

「その区別をほかに例をとって説明しますと、工芸と工業といいます場合、芸は仕事だけれども業は事業であるということができるでしょう」

「ほんらいそうでなければならぬ、というのならよくわかる」

「そして、仕事としての芸は大事にされるが事業としての業のほうは大事にされない、ということもあるでしょう」

「うむ、そこはどうだろうな。たとえば窯業家が皿をやくばあい、それを仕事、つまり芸としてすることは尊重されるが事業としてすると尊重されなくなる、ということはたしかにあるようだ。しかし、たとえ尊重はされなくても事業としてすればおおいにもうかって幅をきかすようになる、ということもあるだろう」

「じつはそこが問題となるところでして、もうからなくてもかまわぬといって芸にうちこむ人はりっぱな仕事をしますけれども、社会的にはたいていみじめな立場におかれています。反対に、生産される品物の質はどうであれ、とにかく事業として物を生産する者は社会的に幅をきかせるようになるのでして、この矛盾はどうにかしなければならぬのではありますまいか」

「非常に根源的な問題のようだな」

「さて、仕事と事業は区別しなければならぬということをはなしましたが、農はもともと仕事そのものだといっていいのでして、だから農は大事にされ、また、されねばならぬものなのです。そして、農は仕事そのものであるがゆえに、けっして事業としてすることはできぬものでもあるのです。ですから、それはあくまでも仕事であって事業ではありえないという農の本質が、農はかならず大事にされるけれども百姓はつねにみじめな生活をさせられてきたことの根拠になっているのです」

事業の本質は狩猟

「農耕の本質は仕事であって事業ではない、という定義にはすこし疑問がのこるけれども、議論をすすめるためにとりあえずみとめることにしよう。だが、それならば事業は何なのか」

「わたしは事業の本質は狩猟だとおもいます」

「へえ、事業をするというのは狩猟をすることだとは、ききなれぬことをいうものだ」

「その点を説明するためにさきほどの窯業家を例にひきますと、はじめ自分に必要なものである皿を自分でやくという仕事だったのが、やがて他人に買ってもらうための事業にかわったのは、目的が手段にかわったことを意味します」

「なるほど。ただひたすらに目的だけを追求するのが仕事だからな。たとえ他人の必要に応じるために皿をやくばあいでも、皿をやくことを目的とするかぎりそれは仕事だといえる」

「ところが、皿をやくことが事業になりますと、それは他の目的を達するための手段になってしまいます」

「それはわかる。だから事業をする窯業家は、よりおおく、よりはやく皿をつくろうとするだろう。しかし、仕事としてもいい皿をやくのでなければ事業として成功しないにちがいない。とすれば、それは事業であるが同時に仕事でなければならぬ、という矛盾がどうしてもうまれてくるのではないか」

「それは非常に重要な問題点の指摘だとおもいます。たしかに、事業として皿をやくばあいでも、皿はあくまでも仕事としてりっぱでなければなりません。そこで、事業をするには労働者の雇用が絶対必要だという事態が生じてくるのです。つまり、りっぱな皿をやくという仕事を労働者にやらせて、それをいかにしてよりおおく、よりはやくさせるかが事業だということになります」

「なるほど、その矛盾関係が、資本家による労働者の搾取となってあらわれるのだな」

「その点をもすこしふかく考えてみるとおもしろいとおもいますけれども、いまはこの程度にしておきましょう。しかし、事業には労働者の雇用がなければならぬということは、のちに農は事業になりえないということを一段とふかくかんがえるばあいのために、頭のすみにのこしておいていただきたいのです」

「しかし、手段としての事業が目的のための仕事を労働者にさせて搾取する、その関係をもっとあきらかにするのはおもしろいとおもうな。剰余価値説など、あたらしくみなおされるかもしれん」

「でも、いまはさきをいそぎましょう」

「事業は狩猟である、という話だったな」

「そこで、ひたすら目的だけを追求するはたらきを仕事というとしますと、事業をするはたらきも仕事というわけにいきませんので、わたしはそれを作業ということにします」

「ふむ、仕事と事業を区別するかとおもえば、こんどは仕事と作業とを区別する。それもいいだろうが、たんなる言葉の遊戯におわらぬようにしてもらいたいな」

「今回は長話になりそうですから、はじめに言葉の整理をしておく必要があります」

「わかった、わかった」

「目的を他にもとめるための手段をととのえる作業、それは狩猟者の作業だとおもいます」

「なんだかややこしいな。もっと具体的に説明できないか」

「狩猟者がこれから狩にでかけるというばあい、身仕度をし弓矢をととのえるのは、仕事ではなくて作業というべきでしょう」

「そうだろうか。鏃のするどい矢でなければ獲物をたおすことはできないから、狩にでかけるまえにそういう矢をつくるのは仕事ではないのか」

「もちろん、それは仕事です。しかし、その仕事はかならずしも自分でしなくてもいいのでして、狩猟者が自分でしなければならぬのは身仕度と、自分がつくったものであれ他人がつくったものであれ、とにかく必要な武器をととのえることだけです」

「身仕度をし武器をととのえるのは、そのこと自体が目的ではない。したがってそれは仕事ではなくて作業である、というわけか」

「ですから、これを事業についていってみますと、事業家が身仕度をするのを工場をととのえることだとみてもいいでしょう。そして、矢を工場で生産される製品だとすれば、弓は販売のための組織機構といえましょうか、そして、それらすべてをととのえてうごかすのが、事業家のする作業だということになります」

「ふむ、なかなかうまいぐあいに話をこしらえたな。いや、うますぎるくらいだ。狩猟者が狩にでかけるときにととのえねばならぬ肝心な矢は、鏃があくまでするどく、りっぱな仕事によってできたものでなければならぬ。だが、それは自分でではなく労働者のした仕事でもよいのは、あたかも事業家が仕事は労働者にさせるのにひとしい、と」

「いえ、これは無理をして話をこしらえたのではなく、事業と狩猟はその生産論理がまったくおなじであることをあきらかにしたまでです」

「だとすれば、近代の工業化社会の文明は、その性格が狩猟文明だということになる」

「これまでの話でわたしのいいたかったのは、まさにそのことなのです。農業はあらゆる点で工業におくれているというばあい、その思想を根源的につきつめれば、文明として、あるいは文化として、農耕は狩猟におよばないということです。しかし、はたしてそうでありましょうか」

分業のはじまり

「かつてわたしどもの先祖は、さまざまな方法で動物の類をとらえ、いろんなところから植物をあつめ、それを食糧にし衣料にし、あるいは住居をつくって生活をしていました。いわゆる狩猟採集の時代がながくつづいたといわれています。つまり狩猟採集の生活とは、必要な物資はとってくるかひろってくるかでおぎなう、というやりかただったわけです」

「とってきたりひろってきたり、などといえば、狩猟採集の生活はまるで泥棒か乞食の生活みたいではないか」

「そうです。わたしどもの目からみれば狩猟採集は結局のところ泥棒か乞食でしかなく、したがって現代の工業化社会の文明、文化は泥棒、乞食のそれだといってさしつかえありません」

「そんなひどいことをいってはいかん。現代文明の腐敗と堕落についてはおおくの人がなげいているけれども、泥棒、乞食の文明だというのはやめたがいい」

「いいえ、ほんとうはもっとひどいことをいいたいのでして、泥棒や乞食はやがて道具をつかうようになりまして強盗、ゆすりにまで成長しました。ですから、むしろ現代資本主義文明は強盗、ゆすりの文明であるといっていいのです」

「現代日本の資本主義が東南アジアその他でやっていることは、まったく強盗かゆすりの行為だといっていいところがたしかにある。しかも、それは個々の企業の逸脱行為ではなく、資本主義そのものの文明、あるいは文化の性格だというのだな」

「そのことをいうのはわたしだけでなく、すでにおおくの人がその点で資本主義を弾劾しています。しかし、なぜそうなるのかといえば、資本主義は高度に発達した狩猟文明であるからにほかなりません」

「ふむ、資本主義を狩猟文明だとするのははじめてきく話だが、おもしろいな」

「ところで、泥棒や乞食が道具をつかうようになって強盗、ゆすりに成長したといいましたが、とにかく狩猟採集生活者たちが道具をつかいはじめたということにはさまざまな意味がありました」

「もちろん、それには歴史的に重要な意味があった。が、僕がいちばん大事な点だとかんがえるのは、かれらがそれを自分でつくったということだ。つまり、狩猟採集とは必要であるけれどもないものをとってきたりひろってきたりすることだったのが、はじめて必要なものを自分でつくったのだ。もし狩猟採集を事業だとするならば、道具をつくるということで彼らは仕事をはじめたわけだ。ということは、狩猟採集生活者たちはかならずしも君がいうような泥棒、乞食ではなくなったということができる」

「狩猟採集生活者というよりもわたしどもの先祖が、道具をつくりはじめたということは重要です。いわれるように、それは仕事をはじめたという意味をもっています。そして、それは同時に農耕をはじめたということでもあったのです」

「それが農耕のはじまりだというのは、すこしおかしい。人びとは道具を自分でつくることによって、狩猟採集の事業――君はそれを事業というから僕もそれにしたがうことにするが――を急速に進歩させることができるようになったと、そういうべきだよ」

「道具が狩猟採集の事業を進歩させたのは、たしかにそのとおりです。しかし、重要なことは、自分に必要なものは自分でつくるということは狩猟採集の生活者にはまったくなかった文明の形式なのです。それは、農耕というあたらしい文明の形式が誕生したということです。歴史的な事実としては、狩猟採集の道具をつくったのと、土をたがやすのと、いずれがさきであったかわたしにはわかりませんけれども、いずれにせよ、道具を自分でつくったのは仕事をするという農耕文明のはじまりなのです」

「仕事をするということが農耕だとすれば、君のいうとおりかもしれん」

「ところが、まもなく狩猟生活者たちは自分で道具をつくることをやめてしまったのです」

「なぜだろう」

「分業がはじまったのです。いや、もともと狩猟が集団でなされるときには分業的なことがおこなわれていたのですが、道具をつくるようになって分業の原則が体制的に確立されたのだとおもいます」

「つまり、狩猟の道具である弓や矢をつくる専門家がうまれたというわけだな」

「そして、分業の制度化ができたということは、道具をつくらせる者がつくる者を支配するという体制の確立となったのです」

「なるほど。それを君の表現でいえば、事業をする者が仕事をする者を支配する体制が確立したということだ」

「さらにいいかえますと、狩猟者によって農耕者が支配される歴史がはじまったのです。現代のわれわれ百姓はけっしてうだつがあがらないのですが、その歴史ははるか昔にさかのぼって、とおい先祖が農耕をおぼえたそのときから狩猟者によっていためつづけられてきたのです」

農はここまでねじまげられている

狩猟者は武器をもつ

「しかしだ、道具をつくらせる者がつくる者をかならず支配する、それが分業だというけれども、なぜそれが可能なのだろう。事実問題として、たとえば弓矢を刀といいかえてもいいが、君の説によれば仕事として刀をつくる者は、他人のためではなく自分がつかってもっともよくきれる刀をつくるにちがいない。つまり、刀はそれをつくる者がもっともよくつかえるはずだ。にもかかわらず、刀鍛冶が武士にかったためしがない。これはいったいどういうわけか、そこの理屈がわからない」

「それは分業とは何かという問題でして、刀をつくる者はそれをつくらせる者がいなくてはなりたたないようにする制度が、ほかならぬ分業だというわけです。たとえば現代企業の労働者は非常に細分化された分業制度のなかではたらいているのですが、彼らの仕事はそれをさせる者がいなければなりたたないのです。あるいは学問も、分業化がすすんで専門分野が細分化されればされるほど、それをさせる者が不可欠になってきます。そして、それをさせる者が支配者となります」

「させる者がいなくてもなりたつ仕事、そういうものはないだろうか」

「じつはそれが農の仕事なのです」

「そうだ。誰からもつかわれなくてよい仕事が農だというわけで、いわば百姓にとってはそれだけが農耕の魅力になっている。だが、それにもかかわらず、とおい先祖が農耕をおぼえたときが、すなわち農耕者が狩猟者からいためつけられる歴史のはじまりだった、と君はいう。それはなぜだろう」

「農の仕事は誰からさせられなくても自立してできるのですけれども、狩猟者はあえてそれを自分の指図によってさせようとします。あるいは、農耕者を狩猟者はおかそうとします。つまり、狩猟者は農耕者を支配し、侵略するのです」

「農耕は仕事であり狩猟は事業であるという君の説によれば、仕事をする者が事業をする者に支配され侵略されるという話はよくわかる。いまは仕事をする労働者が事業をする資本家に支配されている事実からみても、そのことはよく理解できる。しかし、いまもいうように百姓は誰からも支配されないということを一つの誇りにしているといっていい。しかし、それでもなお支配され侵略されているとすれば、具体的にはどういう形でやられているのだろう」

「いうまでもありませんが、狩猟者はつねにすぐれた武器をもっています。歴史的にみましても、農耕民族はすぐれた武器をもった狩猟民族にたえず侵略されています。民族的な規模でなくても、農耕をしている百姓の部落は、本質は狩猟者である武士集団からいつもおそわれていました。つまり、必要なものは自分でつくるという人びとの集団が、必要なものはとってくるという人びとの集団からたえず略奪される。それが歴史でした」

「たしかに昔はそうだった。百姓は武器をもっていなかったから、武器をもった武士どもからの略奪にどうしても抵抗できなかった。ところがいまは、国家以外には誰も武器をもっていない」

「現代の狩猟者である事業をする者、いいかえれば資本家は、弓矢や鉄砲を武器にして百姓を略奪してはいません。しかし、現代は銭が武器です。かつては弓矢をもたぬ百姓がそれをもった者から略奪されていましたが、いまは銭をもたぬ百姓がそれをもった者から略奪されています。弓矢をもたぬ者は弓矢によわく、銭をもたぬ者はどうしても銭にかてません。いわゆる開発の名によってどんどん耕地がうばわれていきますが、すべて銭に敗北しているのです」

「そうか、かつて百姓は武器によって略奪、征服されていたが、いまは武器にかわるものが銭というわけか」

「事業が仕事を征服しているのです」

「しかし、武器には武器を、ということがあるとおもう。かつての百姓が武器によって略奪されていたとき、その武器に抵抗するために百姓もまた武器をもつということがあっただろう。いま資本が銭によって百姓の土地をうばおうとするならば、それと対抗するのに銭をもってすることも可能ではないか」

「武器さえあれば武士どもからむざむざ略奪されることはないだろうと、むかしの百姓がおもったように、銭さえあれば資本にはまけないといまの百姓もかんがえる傾向はあります。しかし、しょせんそれは幻想であることをさとらねばなりません」

「幻想であるかもしれん。しかし、その幻想をふりまいているものはあるようだ」

「そうです。ですから、いまはその幻想をたたきつぶすことが必要だとおもいます」

搾取の本質とはなにか

「そうはいっても、銭さえあれば百姓は略奪されなくてすむというのが幻想だとすれば、百姓が農耕で銭をかせごうとするのは無駄なこころみだということになる。が、おそらくそれでは百姓は絶望するとおもう。百姓である君は自分の胸に手をあてて、『俺は銭をもうけなくてもいい』

といえるだろうか」

「正直なところ、わたしもやっぱり銭がほしいとおもいます。しかしまた同時に、銭をもうけようと努力するのはいかにむなしいことであるかをおもうこともしばしばです」

「その心情はよくわかる」

「そこで、心情の問題としてではなく、百姓が銭をもうけようとする努力の具体的な方法論について、ふかくたちいってかんがえてみる必要があるとおもいます」

「要するに、百姓が銭をもうけるのにどういう方法があるかということだろう」

「たとえば、百姓は耕地面積を拡大して経営規模をおおきくしなければならぬ、ということがいわれるでしょう」

「あるいは省力農業といって、できるだけ機械化をすすめる運動もある。しかし、経営規模を拡大し機械化をすすめた百姓が、はたしておおいにもうけているかどうか、かなり疑問な点があるようだな」

「成功した例がないとはいえません」

「それならば成功した例について、なぜ成功したかをみるのがはやみちだろう」

「そのばあいみおとせませぬのは、規模を拡大し機械化をすすめて成功した百姓は、かならず他人をやとっているということです」

「そうかもしれん。日本の農業の進歩をいうばあいいつもアメリカの大規模農業が手本になるが、畜産にしろ栽培にしろアメリカの大規模農業に不可欠なのは農業労働者だからな」

「ということは、アメリカの大規模農業はもはや農業ではなくなっているといっていいのです」

「それはすこし無茶な話だ」

「ここで、はじめにした話をおもいだしていただきたい。仕事としての農、事業としての農という問題です」

「なるほど。アメリカ流の大規模農業は、いまでは仕事としての農ではなく事業としての農になっている」

「事業には労働者の雇用がなければならぬということを、のちのちのためにおぼえておいていただきたいといったでしょう」

「おぼえている」

「もっとも重要な点ですのでくりかえしますと、農は自分に必要なものを自分でつくる仕事でありますが、事業は他人に仕事をやらせてなりたつのです。ですから、大規模農業が労働者を雇用しているのは、もはや農業が仕事ではなく事業になっていることを意味し、したがってそれは農ではなくなっています」

「農とは土をたがやし家畜をかうことで、それをするのに他人をやとったから農ではなくなるとはいえないだろう」

「そうではありません。わたしどもの先祖が農をはじめたということは、ただたんに土をたがやし家畜をやしなうことをおぼえたという現象面だけでなく、そうすることで必要なものは自分でつくるという生産論理の確立に重要な意味があったのです。だからこそ、それは人類史のうえで画期的だったのです」

「家畜が農に導入されたことは、道具の発明とは非常にちがった意味をもっている。しかも、家畜を導入した先祖たちはまもなく人間を奴隷にしてつかうことをはじめた。そして、奴隷をつかうようになったことは他人に仕事をさせることではなかったか」

「しかし、奴隷は人間としてではなく、家畜としてとりあつかわれたことをわすれないでください」

「先祖の歴史のはずべき面だけれども、奴隷は家畜だとすれば、そうだったかもしれん」

「牛に田をすかせるのではなく牛をつかって田をすくのでありますように、仕事を奴隷にさせるのではなく奴隷をつかって仕事は自分でするというのが、はじめのころの奴隷のつかいかただったのです。しかし、人間を家畜あつかいにするのはゆるされないことでして、やがて奴隷を人間としてみとめるようになり、その段階で仕事を他人にさせることがはじまりました」

「だが、そのとき仕事は事業にかわったというわけだな」

「そうです、そして、仕事が事業になってようやく銭がもうかるようになったのです。なぜならば、銭をもうけるというのは利潤をあげるということであり、利潤をあげるのは他人を労働者としてつかって搾取する以外に方法はないのですから」

「他人を労働者としてつかって搾取する以外に利潤のあげようはない、という議論にはいささか異論がある」

「きっと異論はあるだろうとおもいます。といいますのは、たとえば商業によっても利潤はあげることができるから、商業は労働者からの搾取ではないという議論があるでしょう。しかし、商業についてはあとで話題になるとおもいますが、ここでわたしが搾取といいますばあい、それは他人の仕事を略奪することの意味だとうけとっていただきたい。つまり、他人に仕事をさせておいてそれを自分の仕事にするのが搾取です。ですから、他人に一〇の仕事をさせて八の報酬をやれば二だけ搾取したことになるかといえば、そうではないのです」

「これまでのかんがえかたでは、それが搾取なのだ」

「分配のしかたによってではなく、自分の仕事を他人にさせるということ自体が搾取であり、そういう搾取がなければ事業はなりたたないというべきです」

「搾取とは何であるかのかんがえかたが、まるでかわってくる」

「それはともかく、アメリカの例をとって百姓が農の規模を拡大すれば利潤があがるような幻想がふりまかれますけれども、アメリカの大農場には農業労働者がいるということをわすれてはなりません」

「ということは、アメリカ流の大農場経営は、労働者をつかっているかぎり農ではなくなっているというわけだ。しかし、そうなれば農場経営はかならずしも農である必要はなく、事業であってすこしもさしつかえないではないか。要は百姓の生活水準が向上すればいいのだから」

「ところが、日本の農業政策は農場に労働者を導入せよということはけっしていいません。事実としては、果樹農業、畜産農業、その他各種の農業形態で大規模経営がおこなわれ、かなりな利潤をあげているものがないわけではありませんけれども、すべてそれらは賃金労働者をつかっているのです。しかし、たとえば北海道あたりには非常におおきな経営で賃金労働者のいない農場がおおく、そういう農場がいかに惨憺たるありさまであるか。わたしにいわせれば、日本の農業政策の犯罪性が如実にしめされているのです」

機械化は百姓に何をもたらしたか

「しかし、大規模農業がかならずしもうまくいっていないのは、機械化とのバランスの問題ではないだろうか。いうまでもないことだけれども、規模がおおきくなれば仕事の量はそれだけふえるのが当然で、ふえる仕事の量をこなすに十分な機械化がすすめられれば破綻はまぬかれるだろう」

「機械は道具にすぎません。わたしどもの先祖が鎌や鍬を道具としてつかうことをおぼえたのは、たしかに画期的な進歩ではありました。しかし、その道具が仕事の能率をあげることができましたのは、それを自分でつかえるかぎりだったといわねばなりません。巨大な鎌は絶大な能率をあげる理屈ではありますけれども、それをつかうことができなければなんの役にもたちません」

「それくらいのことは子供にもわかる。農機具の機械化とは、人間の手ではうごかせないような高能率の機械を動力機関ではたらかせることだ。具体的にいえば、手植えで一日に六〇アールうえていた田植えが動力田植機械で一ヘクタールが可能になったとすれば、その比率で経営規模は拡大できねばならぬ」

「そのとおりです。しかし、依然としてわたしがいわねばなりませんことは、子供にもわかりきったことながら、どんなに高能率の機械も自分でつかえなければ仕事の役にはたたぬということです。いいかえますならば、自分でつかうというかぎりで機械化はどれほどすすんでも、したがって経営規模は拡大しても、そのことから利潤がふえる可能性はないということです」

「おおくの百姓は利潤がふえるという期待をもって、機械化をすすめ経営規模の拡大をはかっているのではないだろうか」

「そのような幻想が、政府機関やその御用をつとめる者たちによってふりまかれています。そのため百姓がまどわされていることは否定できません。しかし、農業機械化は何を意味するかをかんがえるにあたって、わたしどもは産業革命の何であったかをふりかえってみる必要があるとおもいます」

「農業機械化を産業革命とならべてかんがえるとは、すこしおおげさすぎはしないか」

「いいえ、けっしておおげさではありません。といいますのは、蒸気機関の発明によって、それまでは手動によっていた紡織事業の拡大ができたのですけれども、それによって資本家がおおいにもうけるようになったのは事業の拡大そのものによってではなく、よりおおくの労働者をつかえるようになったからでなければなりません」

「そうだ。事業をする者、いいかえれば資本家が利潤をあげることができるのは賃金労働者をつかうことによってである。これはうごかしがたい原則だからな」

「ですから、機械化をすすめて農業経営を事業として規模拡大をはかるとすれば、絶対不可欠なことは賃金労働者の導入でなければなりません。アメリカの大規模農業がそうですし、日本でも季節労働者などをやとっているある種の大規模農場で利潤をあげている例はたくさんあります」

「しかし、そういう農業は事業であるかもしれんが仕事としての農ではない、というのが君の説なんだな」

「いちいち例をあげるまでもなく、政府や御用学者たちの口車にのって、厖大な投資をして過重な機械化と規模拡大をはかる百姓があとをたちません。そして、彼らがいかに惨憺たる目にあっているか。それは彼らがあくまでも農の仕事をしているからです。つまり彼らは、事業家ならば賃金労働者にやらせる仕事を百姓なるがゆえに、あくまでも自分でやろうとしているのです。結果はほとんど非人間的な過重労働を自分にしいることでしかなく、ついにはたえられなくてたおれる者がすくなくありません」

「そういう百姓を僕もたくさんしっている。君がいうように、高度な機械化と経営規模の拡大で百姓がうかびあがるような幻想をふりまいている農政の推進者たちの罪は、まことにおもいといわねばならぬ」

「罰せられねばならぬのは戦争指導者だけではないとおもいます」

分業から分担へ

売れるようにすることが必要

「ところで、これまでの君の話を要約してみると、農はあくまでも仕事であって事業にはなりえないということのようだ。ということは、農業の機械化も経営規模の拡大も、それを事業化して賃金労働者を導入しないかぎり利潤をあげえないということになる。しかし、それでは百姓はいきる道がないということではないか」

「けっしてそうではありません」

「では、どうして百姓はいきていけるか。いや、いきていけるというだけなら、かつての封建大名たちも『百姓はいかさずころさず』といっていたくらいだから、現代の政治家もうまい政策をかんがえることができるだろう」

「農政の推進者たちも農は事業になりえないことをしっているものですから、機械化と規模拡大の太鼓はたたいても、けっして賃金労働者の導入はいいません。そのかわりに、商売をしてもうけろといいます」

「なるほど。換金作物の奨励とか特産物産地の育成とか、やりかたはいろいろあるようだけれども、とにかく商売になるような農業をやれということがいわれているようだ。それが百姓のいきる唯一の道かもしれんな」

「もちろん、百姓が農をしてできた物は売らねばなりません。厳密にいえば売らなくてもいいのですけれども、貨幣経済を前提とするかぎり売らないわけにいきません。しかしながら、百姓が農産物を売るというのはどういうことかといいますと、それは耕作という仕事をしてできたものを売るのでして、売らんがためにつくるのではありません」

「なんだかややこしいが、どういうことなのか」

「すでにくりかえし説明しましたように、百姓が農という仕事をするのは、自分に必要なものは自分でつくるということです。そして、かならずできるとはかぎりませんけれども、百姓はつねに必要以上のものをつくります。できたものは、人間平等の原理にしたがって同時に他人に必要なものでもありますので、売れるということが可能になります」

「仕事によってできたものが商売になる、というわけだな」

「本来からいえば、農産物にかぎらずすべての商品はそういうものでなければなりません。ところが、やがて売ることを目的にした商品の生産がはじまり、そこから資本主義がめばえてきたといえるでしょう」

「その点はいろいろ議論もあるとおもうが、資本主義が高度化してくるにしたがって商品が本来あるべき商品でなくなった、ということはいえるようだ」

「とりわけ農産物を商品としてつくることは理にあわぬのですけれども、資本主義とその体制下の農政は無理無体に百姓に商品をつくらせようとします」

「いまはそれがことにいちじるしいようだな。売れさえすればいいというわけで、いたずらにみかけばかりがよくて質の点ではいかがわしいものがおおくでまわるようになった。百姓は自家用と販売用とちがったものをつくる、という噂もながれている」

「そういう事実がないとはいえません。そのため百姓の良心がうたがわれることもあるようです。けれども、百姓が商品をつくることをしいられれば、そうなるのはさけられません。政府機関などで優良農家として表彰されるのは、おもにそういう農家ですから」

「無茶な話だ」

「ミカンが売れると政府はミカンの栽培を奨励します。するとあらゆる地方で大増産がはじまり、まもなく過剰生産になります。米の過剰生産といいますのも、『売れるものをつくれ』政策のちがった形での結末なのです」

「なんとかしてこの事態をあらためられないものだろうか」

「まず第一に、政府機関や農協などが百姓に『売れるものをつくれ』と強調することをやめさせねばなりません」

「いまとなってそんなことをすれば、百姓はいよいよたちいかなくなってしまう」

「百姓が仕事をしてできた農産物を、政府や農協は売らねばならぬのです」

「なるほど。政府や農協は百姓に『売れるものをつくれ』というのではなく、百姓のところでできた農産物が『売れる方策』をかんがえねばならぬのだ」

「その点になりますとアメリカの政府などは、自国の農産物をいかにして売るかに最大の努力をはらっています。たとえばカリフォルニア産のレモンを国外に売るのに、じつに莫大な費用がはらわれているときききました。日本のミカン輸出のために政府なり農協なりはどれだけの努力をしているか、とうてい話にはなりません」

「そうだ。かりに農政が百姓が仕事をしてできたものの売れる道をひらく方向に転換すれば、いまの農産物流通機構はがらりと一変して、農産物の需要者である都会生活者も恩恵をうけるようになるだろう」

「そうです。百姓のところにできるもの、それは百姓が自分でくってうまいとおもう食品ですから、かならず都市生活者もよろこぶものなのです」

地主の思想

「百姓が仕事としてつくる農産物は百姓自身にとっていいものだから、それが売れる道をひらかねばならぬという理屈はあまりにも明白すぎる。にもかかわらず、そういう農政の転換がのぞめそうにないのはなぜだろう」

「それは、いちばん最初にもうしあげましたように、農業は工業にくらべてあらゆる点でおくれているというかんがえかたが支配的だからです。おくれている農業を工業においつかせるには、工業が進歩する過程でたどった道を農業にもあるかせなければならぬとかんがえるのです」

「しかし、農はあくまでも仕事であって事業ではないとするならば、とうていそれはできぬ相談といわねばならない。しかも、そのことは農政推進者たちも承知しているものとみていい。なぜならば、もしもかれらが農業は工業の道をあるかせねばならぬと本気でかんがえているなら、農業の機械化と大規模化をすすめるにあたって同時に賃金労働者の導入を推進しなければならない。それをしないところをみれば、彼らもやっぱり本心では農業と工業は本質的にちがうとおもっているのではないか」

「わたしもそうだとおもいます」

「とすれば、その矛盾は何だろう」

「わたしのかんがえでは、農政推進者の思想がいい意味にもわるい意味にも、発想がじつは地主の思想だからだとおもいます」

「なるほど、地主の思想か。しかし、それをいい意味でうけとるとすればどういうことか」

「地主というものは、小作人がよくなればそれだけ自分もよくなるのはたしかですから、地主の負担にならないかぎりで小作人がよくなることをかんがえます。だからできるだけ説教で小作人をはげましますし」

「多少の投資くらいするだろう」

「できるだけ善意に解釈しますと、農業が進歩すれば百姓はよくなるというのが地主のかんがえです」

「いまの農政推進者たちのかんがえも、農業が進歩すれば百姓は解放されるということだろう」

「しかし、これはわたしが機会あるごとにくりかえし強調していることですが、農業が進歩して百姓が解放されるのではなく、あくまでも百姓が解放されなければ農は進歩しないのです。いいかえますと、百姓が自由に仕事をすることができてはじめて農は進歩するといわねばなりません」

「それは君からはじめてきく言葉ではない」

「何度でもいわねばならぬのでして、たとえば学問について、学問が進歩すれば学者が解放されるのではなく、学者が自由に学問をすることができるように解放されて学問は進歩するのです。それが進歩の法則です。しかし、小作人が百姓として解放されれば、地主は地主でなくなってしまいます。ですから、地主は小作人が解放されないかぎりでの農業進歩をかんがえねばなりません」

「地主の立場をできるだけ善意にうけとれば、そういうことになるかもしれん」

「ところが農政推進者たちの立場は地主ほどの善意にはうけとれないのでして、それはなぜかといえば、農政は百姓を資本主義にしたがわせねばならぬ使命をもつからです」

「ふむ、その点をすこし具体的に説明してみてくれ」

「農業は体制のなかの一産業部門としての分業である、というふうに農業の位置づけをするのが農政であります」

「農業は国民の食糧を生産するという厳粛な使命をもつという、それはもう分業のおしつけだ」

「そこで、これもはじめにもうしましたように、分業の仕事はそれをさせる者がいなければなりたたないのです。ということは、農業は体制によってさせられるものとするのが農政にほかならぬのです」

「現代の体制とは資本主義の体制だ。してみれば農業を分業とするのは、百姓を資本主義の支配下におくことでしかない」

「事実そのとおりです」

全世界を農の体系でぬりかえよう

「ぼつぼつ話の結末をつけなければならぬが、これまでの君の話を総合してみると、百姓の、というより農の将来にはすこしも希望がもてない。おさきまっくらという感じだけれども、はたしてそれでいいだろうか」

「しかし、わたしのはなしたことをおもいだしてくだされば、わたしは農に絶望しているのではなく、農を農以外のものにすることの絶望的であることをかたったにすぎぬことがわかっていただけるとおもいます」

「そういえば、君は農という仕事を事業にすることは不可能だということをさまざまな面から力説したようだ。が、それならばどういう点から農は将来に希望がもてるというのか？」

「これもやはりおもいだしていただきたいのですが、とおいわれわれの先祖が狩猟採集の生活から農耕の生活にうつったとき、それは文明と文化のあらゆる面での画期的な進歩でありました。そして、いまわれわれがそのなかに生きている文明と文化は、かつての狩猟採集時代のそれの復活にほかならぬではありませんか。わたしどもは自分に必要なものを自分でつくることをわすれ、それらはとってきたりひろってきたりするしか方法をしらないのが現代というべきです。ほとんど絶望的なこの不安から解放されるため、わたしどもはふたたび農の文明と文化を再興しなければなりません」

「現代、それはおそろしい時代である。われわれのどの先祖も、これほどの堕落に腐敗、くわえておそるべき破滅の危機をはらんだ時代を経験したことはないだろう。だがしかし、かりにこの危機が農の復活によってすくわれるとすれば、これにこした希望はないといえる。どのようにして農は復興することができるか」

「なによりもまず、分業を打破して分担を復活しなければなりません」

「農のなかには、すでに分担はあるのではないか。たとえばどの農家でもいい、そこでの仕事はたいてい分業ではなく分担なのだ」

「そうです。農は分担でなければ成立しません。ですから、その分担を現代の狩猟事業である企業において復活させなければなりません」

「ふむ、それはおもしろい。企業のなかで分担が復活すればどういうことになるか。それを具体的にいってみてくれ」

「現代の企業では、労働者は仕事を分業として資本家にさせられています。ということは、仕事を資本家に略奪されているのです。ですから、そのうばわれた仕事を労働者は奪還し、それを分担として再編成しなければなりません」

「もっと具体的に」

「たとえばいまの鉄道の列車は、運転士、車掌、車内掃除人などの専門家による分業によって運転されています。そういう分業をさせている管理者は、もちろん別にいます。ところがこれが分担になりますと、分担とは字のように『分けて担うこと』ですから、それぞれの専門家は列車運転について全般的な責任をもちます。あたかも農家の子供が鶏を分担としてかっておれば、そのことで子供は農家全体の仕事に責任をもつことになるのと同様です」

「非常に大事なことのようだが、子供が鶏を分担としてかうことが農家全体の仕事に責任をもつことになるというのが、すこしわかりにくい」

「仕事の分担でありますので、子供が鶏をかう仕事から牛をかう仕事への交替ができねばなりません。すくなくとも、そういう原則がなければならぬのです。そして、この原則があるということで、子供は全体を担うことができます」

「なるほど。そのような分担の仕事を、子供はだれからもさせられているのではない。しかし、父親から統御はされているだろう」

「いいえ、父親は子供の仕事に参加するのです」

「まだよくわからないが、それが列車運転のばあいにはどうなるか」

「列車運転にあたるそれぞれの専門家は、仕事の分担者でありますから、原則的に仕事の交替ができねばなりません。そして、分業のばあいに専門家に仕事をさせていた管理者は、もはや管理者ではなくやはり分担者として、かつての分業者たちの仕事に参加することになりましょう」

「そうすると企業全体についていえば、その企業が分担体制となったとき経営者は、労働者たちの仕事に参加するという形になる」

「ちかごろは労働者の経営参加ということがいわれます。しかし、労働者の経営参加というかぎりでは、企業は依然として分業体制であり、したがってまだ労働者の仕事は経営者にうばわれたままだといえます。ところが経営者のほうが労働者の仕事に参加するというときに、はじめて労働者は自分の仕事の奪還を実現します。そして、そこでは農が復興したことを意味します」

「つまり、労働者は自分が必要だとおもうことを自分でするという自由を回復する。それが農の復興だというわけだな。すばらしいことだとおもう」

「さて、わたしどもは暗澹たる現代の狩猟採集の文明と文化である資本主義に終末をつけて、あたらしい農の世界をきずきあげねばなりません。農の将来はたんなる農だけでなく、世界そのものを農の体系にするのです。そして、そのときに百姓は真の解放をみるでしょう。しかもそれは、人間が人間として解放されることであるのです」

戸村委員長逝く

三里塚空港反対闘争という大闘争に私のような立場のものがかかわるにあたっては、はじめに戸村一作委員長をおたずねして話をきくのが常識というものであろう。ところが私のばあい、特に意識的にそうしたわけではもちろんなかったけれども、直接には反対同盟農民との接触がさきであった。

記憶にまちがいがなければ、第一次代執行の直前のころ、まだ親爺さんが健在であった柳川さんの家で、たしか石毛常吉さん、岩沢吉井さん、その他からいろいろと話をうかがったのが、私が三里塚に足をふみいれた最初であったとおもう。そのとき、それらの人びとから口をそろえて強調されたのは、三里塚の地に空港建設計画がもちこまれたことにより肥沃で母のような大地が荒廃していく無残さもさることながら、平和であった部落のなかに賛成派と反対派との分裂がうまれ、そのため兄弟が兄弟でなくなり親子でさえもたがいに反目するようになるという悲劇がつぎつぎにおこるのが何よりもつらい、というなげきであった。

このような悲歎は、最近にも能登は七尾で火力発電所建設に反対してたたかっている漁民かられもきいたのであるが、公害反対、開発反対でたたかっている全国の住民闘争で例外なくきかさるといっていい。そして、戸村さんの心をもっともいためていたのは、ほかならぬそのことであったようにおもえる。

周知のように、戸村さんは熱心なキリスト者であり、また彫刻家としてすぐれた芸術家でもあった。もし三里塚空港建設という降って湧いたような災難にみまわれることさえなかったならば、おそらく戸村さんは一生を彫刻に専念され、その仕事で大をなしただろうことはまちがいない。つまり、あきらかに三里塚闘争が、芸術家戸村一作を挫折させた。しかしその挫折は、人間戸村一作の挫折ではなかったということが重要なのである。

芸術家としての戸村さんの美への情熱は、空港反対闘争でそのまま正義への情熱として転換される。そしてその正義とは、イデオロギーを背景にした正義ではなく、具体的な人間の情念を基盤にして位置づけされる。だから戸村さんが彫刻をあきらめて絵筆をとり、あるいは小説のごときものをかくばあい、そこに表現されるものはけっしてイデオロギーではなかった。たまにイデオロギーらしいものがみえかくれしても、それはいかにも、借物らしさをかくすことができなかった。戸村さんの心をもっともいためていたものが反対同盟農民の利害関係による分裂であったとはじめにいったが、かつては反対同盟最高幹部であった大竹ハナの寝返りを口をきわめて攻撃し、あるいは壮絶なたたかいをたたかいぬいた極貧農の大木ヨネを聖とまでいったのは、戸村さんが反対同盟の結束を何にもとめていたかをよくしめしている。

つまり、戸村さんは同盟の結束を、利害・損得からはなれたところにもとめていたのである。集会やデモに参加するばあい、いつも「三里塚空港絶対反対」「真理はあなたに自由をあたえる」と墨書した輪袈裟をかけていたが、あるとき私が「真理」という言葉にこだわって「道理といいかえてはわるいですか」といったところ、「道理といってもいいし、正義といってもいい」とこたえてくれたことがある。これは戸村さんの思想のふかさをしめすもので、同時に三里塚闘争の意義の重大さを表現するものということができる。

このように、キリスト者で芸術家的な思想家であった戸村さんは、だからいい意味でもわるい意味でも政治家ではなかった。ときには政治家的な振舞がなかったわけではないけれども、私のしっているかぎりでは成功したためしがない。たとえば一九七八年の開港阻止闘争の前であったか後であったか、三里塚で轡《くつわ》をならべて闘争に参加している新左翼諸党派間の足並がみだれるのを苦にし、戸村宅に各党派代表を招集して協調を要請したことがある。これは反対同盟委員長としてではなく戸村個人としての要請であったが、なんらみるべき成果はえられなかった。

またある時期には、三里塚空港反対の理由の一つとしてそれが内陸空港であることをあげ、羽田空港を拡張すべしととなえていたことがある。これにたいして私が、「われわれは三里塚に空港を建設することへの反対だけをいえばいいので、どこにつくるべきであるなどいう必要はないではありませんか」といったところ、「それでは無責任な反対闘争と非難されるだろう」とこたえられた。戸村さんはそういう発言で政治家的な識見を表明しようとしたのかもしれないが、むしろそれは戸村さんの弱点の表現であった。

戸村さんがけっして政治家でなかったということが、じつは反対同盟にとっておおきな幸であったということができる。なぜかといえば、周知のように三里塚にはそれぞれに主張のちがう新左翼諸党派が参集しており、同盟代表の戸村委員長が政治的でなかったからこそ、それらの諸党派間の相互排他的な行動を最小限度にくいとどめることができたといえるからである。かりに反対同盟代表に政治性が濃厚であったとすれば、その政治的判断は当然に諸党派にたいして選択的に影響をおよぼすこととなり、ひいては反対同盟全体の闘争にかならず負のはたらきをしていただろう。だが、そういう意味で、戸村さんはけっして政治家ではなかった。そしてそのことが、党派性をこえて全国津々浦々の人民大衆が三里塚に結集するのをたすけたか、はかりしれないほどおおきなものがある。

戸村さんが三里塚闘争について不抜の信念を獲得されたのは、七七年にパレスチナを訪問された以後ではなかっただろうか。私がそうおもうのは、さきにもあげた「羽田空港を拡張すべきである」といったたぐいの発言が、パレスチナ訪問以後にまったくなくなったことである。このことは、戸村さんが俗流政治家的発想から脱却した以上に重要な思想的な意味をもつものであるが、とりわけ私が感動したのは、東京の外人記者クラブでおおぜいの外国人新聞記者たちと共同会見をしたときの戸村さんの発言である。じつに堂々たる英語で反対同盟の主張を表明したあと、ある外人記者から、「空港反対というが、それは空港がもたらす各種の弊害をなくせということか、それとも既設の空港設備をすべて撤去してもとの沃野にかえせということか」と質問されたのにたいして、「一切の既成事実としての空港を廃絶してもとの農地にもどせ、というのがわれわれの主張である」と、戸村さんはきわめて明快にこたえたことであった。戸村さんのこの発言は、パレスチナ人民の闘争からまなんだものにちがいないのである。というのは、パレスチナ人民は帝国主義大国からうばわれた祖国の土地をうばいかえすたたかいをすすめているのであり、そのたたかいは既成事実化されようとしているイスラエル国家否定のたたかいで、まさにそれは三里塚農民が侵略的既成事実としての空港を廃港においこもうとするたたかいと同質のたたかいであるからである。

無辜《むこ》の人民を強大な権力と資本が侵略するばあい、武力や金力をもちいてかならず既成事実につくっていく。そして、いったん構築された既成事実はけっして後へはもどらぬ、という神話をつくりあげる。しかし、かつて私はそのことを私の個人通信で、既成事実を歴史的事実にしようとするのが侵略者であるけれども、その既成事実を全面的に否定する人民のたたかいこそが真の歴史的事実となるのである、とかいたことがある。たとえば、かつて日本帝国主義はアジアの広汎な地域にわたって壮大なともいえる侵略的既成事実をつくりあげたけれども、中国人民をはじめとする巨大な被侵略人民大衆の抵抗にあって一朝にして崩壊してしまい、その人民抵抗が永久に歴史的事実としてのこるのである。

パレスチナ訪問以後を戸村さんの晩年といってもいいとおもうが、その晩年の戸村さんは、権力と資本が侵略的にきずきあげた既成事実がいかに巨大でうごかしがたくみえようとも、人民大衆の抵抗はかならずこれを紛砕することができるという確信にたっていた。そして、それは反対同盟全体の確信となり、さらには全国で侵略にくるしめられているおおくの人びとの確信となっていった。たとえば横浜新貨物線は去る一〇月一日から全線開通という既成事実となったけれども、これを廃線にしようとする反対同盟は依然として健在でたたかっている。あるいは東北新幹線のかなりの部分は工事を完成して試運転もおこなわれているにもかかわらず、浦和の市民大衆は一切のそれらの既成事実を無視して開通阻止のたたかいをすすめているのである。

戸村さんの、そしていまや三里塚空港反対同盟の基本的でゆるがない思想となった既成事実の否定は、しかし、単なる開発反対の人民闘争にとどまらず、労働者の首切り、合理化既成事実にたいする闘争、農民の減反政策や農産物価格政策の既成事実化にたいする闘争、あるいは原子力発電計画の既成事実化にたいする全人民的規模の闘争となって、広汎な人民統一戦線の構築にすすむであろう。

三里塚空港反対同盟の戸村委員長は、その基礎をきずくたたかいのなかばにおいてたおれた。しかし、その偉大な志はうけつがれていくことは確実である。

＊戸村一作　一九〇九年五月二九日～一九七九年一一月二日

魚たちへの罪

1

水俣で悲惨きわまる事態が発生したとき、行政当局は有機水銀に汚染された魚をコンクリートにつめて海にすてるという、まことに姑息なやりかたで当面を糊塗しようとしたことがありました。そのとき、コンクリートにつめられる魚をまのあたりにみた漁民たちは「魚があわれだ」といって涙をながしたという話がつたえられています。

非常に感動的な話ですけれども、ある一面からは、なんとも理解にくるしむ話のようにきこえないでもありません。もともと彼らは水俣湾で魚を漁獲することをなりわいとする漁民であり、したがって湾内ですこしでもおおくの魚を殺害することが彼らのほこりであり、生きた魚を俎のうえでぶったぎることをなんともおもわぬ彼らであります。そういう彼らが、死魚がコンクリートにつめられるのをみて「あわれだ」といってなくという、そこには現代人の合理的精神では理解しがたいものがあるだろうとおもいます。

　また、これは私が本人から直接にきいた話ですが、北海道の伊達火力発電所建設にたいする反対運動のなかで環境権訴訟の原告である有珠の一漁民は、法廷での証言で「魚にたのまれていう」とよほどいおうかとおもったそうです。しかし、あたかも魚との会話があったかのようにおもわせるそのような証言の意味を裁判官はとうてい理解できないだろうからと、そうは言葉ではいわなかったけれども、彼の信念としてはうそいつわりなく魚にたのまれて証言をしたつもりだったということです。

　以上、漁民にかかわる二つの話をいたしましたが、農民にもおなじような話があります。かつて私が村長をしておりましたときに大旱魃にみまわれまして、ある日一人の百姓が村長室にうちしおれてあらわれ、「村長、なんとかしてくれなきゃ、おどま田まわりしてても稲にあわせる顔がねえ」となげかれたことがあります。

　このばあい、雨のふらないことについて百姓はいささかの責任もないことはいうまでもなく、したがって減収をおそれて天をうらむのであればまだしも、あたかも罪悪感にうたれて「稲にあわせる顔がねえ」といってなげくとはどういうことでありましょうか。現代の教養ある人びとの理性にとっては、とうてい理解しがたいところではなかろうかとおもいます。

　非理性的というか超理性的というか、いずれにしても現代人のいう理性的、いいかえれば論理的なもののかんがえかたからはとおくかけはなれているかのようにみえる、これら漁民や農民たちのかんがえかたを、わたしたちはどのように解釈すればいいのでありましょうか。

まず、彼らは、魚や稲に牧歌的に感情移入して感傷にひたっているのではなく、あるいは神がかり的にそれらを擬人化しているのでもなく、あくまでも冷厳にそれらを客観的な自然物とみなしている、という点は強調しておく必要がありましょう。といいますのは、魚や稲を客観的な自然物とみなさないかぎり、彼らは生活者として漁民であり農民であることがなりたたないのは自明の理だからであります。

とすれば、その客観的自然物である魚がコンクリートにつめられるのをみて涙をながしたり、魚にものをたのまれたり、あるいは稲にあわせる顔がないといったりするという、そのような感情をもってつながる関係は何によって成立するのでありましょうか。私はそれを、自然にたいして人間がする約束の関係だとかんがえるのであります。

自然をあくまでも客観的な存在物とみなしながらも、なおかつその自然にたいして非自然である人間はまもるべきある種の約束をしているのであって、その約束ごとのうえに人間が生活をする自由はなりたっているという自覚が、漁民や農民たちにあるのであります。

説話風にいえば、かつては自然そのものであった人間はエデンから追放されて以来、もはや自然には絶対にかえれぬ永遠の非自然的存在物として決定づけられているといわねばなりません。自然と人間との関係で現代の絶望的な状況に直面して、われわれは「自然にかえれ」という声をしばしばききますけれども、それはとうてい不可能なこととさとる必要があります。

しかし、断絶した自然と人間との現代の関係は、なんらかの形で連続した関係へと回復されねばならぬのでして、その連続を超越的存在者による媒介にもとめるのではなく、自然にたいする人間の直接的な約束になって関係づけられる、というのが漁民や農民たちのかんがえかたです。そして、その約束をやぶることは、自然と人間との関係にふたたび断絶をもたらすことであり、意味するところは自然のなかで生活をする人間の自由の喪失であります。したがって人間の自然にたいする約束をやぶることは、人間における最大の罪なのであります。

水俣の漁民たちは、具体的な自然である水俣湾にたいして直接的な約束ごとがあって、その約束をやぶるという罪をおかさないかぎり、そこで自由に漁をして新鮮で安全な魚を豊富に漁獲することができます。それが漁民における生活する自由の自覚であります。ところが、そこに企業が有機水銀をながすというおそるべき大罪をおかし、その罪のむくいが罪をおかした当事者へではなく、おおくの無辜の住民へのあの悲惨きわまる事態としてもたらされました。

これであきらかなのは、罪の罪たる所以はそのむくいが自業自得としておかした本人へではなく、ひろく他者におよぶところにあるということです。だから、コンクリートにつめられる魚をみて漁民が涙をながしたのは、企業がおかした罪のふかさへのいきどおりと、人間が食えてこそ魚であるのに罪によって食えなくなった魚をあわれにおもう心からでした。あるいは有珠の漁民は、火力発電所が多量の温排水をながすことは有珠の海にたいする人間の約束をやぶる罪をおかすものであり、その罪のむくいは魚にはじまって漁民からさらにおおくの人びとにおよぶであろうことを、魚にたのまれていうという表現によってうったえようとしたのでした。さらにまた早魃になやまされる農民は、そのため自然としての稲にたいする農民としての約束がまもれなくなったことを、稲にあわせる顔がないといってなげいたのですが、ここではまだ罪の意識は表面化していないようですけれども、「村長、なんとかしてくれなきゃ」といった言葉からは、水利行政の責任者の罪を問うという下心をよみとることができます。

このように、漁民や農民たちが自然にたいしてある種の約束をしてそれをまもることによって自由な生活を維持できるとし、したがってその約束をやぶることを罪としているという事実は、罪の意識をすててすでにひさしい現代人にむかって重大な警告を発するものといわねばなりません。

もいちど水俣を例にあげれば、最近チッソ工場長らにたいする刑事裁判の判決がありましたが、判決は被告らのあやまちをとがめているにとどまって、いささかも罪を問うているものでないことはあきらかです。そして、問われることのなかった罪のむくいは、あきらかにされることが行政的に阻止されているとはいえすでに数万人の人びとにおよんでいると推定されており、いまもそのおよぶ範囲はひろがりつつあります。しかも、あやまちとしてしかとがめられなかった罪は補償金によってつぐなえるとしたために、補償金はあらたな罪をつくりつづけているという事実はさらに重大だといわねばなりません。

つまり、ひとたびおかされた罪はなにものによってもつぐなうことができず、問われなかった罪はあらたな罪をつぎつぎに再生産するのであります。とすれば、現代人であるわたしたちは、喪失してひさしい罪の意識をいまこそ回復しなければならぬときでありますまいか。端的にいえば、いまわたしたちは漁民や農民たちにならって、自然にたいしていかなる約束をすべきであるかという、一般的な原則の確立をせまられているといえます。もしそのことをなしえないとすれば、わたしたちの前途にはほとんど絶望的ともいえる破滅あるのみで、そういう危機にたつ世界の最前線に位置しているのが日本であるようにおもえてなりません。

2

現代の危機をこのようにうけとめますときに、わたしたち現代人に罪の意識のうしなわれていることの意味がいかに重大であるかをおもわないわけにいきませんが、それでは、いったい罪なるものはどのようにしてつくられるものでありましょうか。

周知のようにチッソ水俣工場は、アセトアルデヒド製造過程を通じて多量の有機水銀を水俣湾にそそぎこんだことが原因であのような惨害をもたらしたのですが、そのアセトアルデヒドを製造すること自体はけっして悪事とはされていません。いや、むしろ善行とみなされるがゆえに、会社はおおくの利益をあげることができるのであります。また、アセトアルデヒド製造過程で有機水銀を海にすてたためにおそるべき惨害をひきおこしつつあるということが判明したときに、それを隠蔽しようとした事実はあるものの、最初から惨事を予知しながらすてた故意の犯行ではなかったこともみとめてよいでありましょう。つまり水俣湾に有機水銀をすてたことが罪とはされない根拠は、アセトアルデヒド製造の善行であることは会社が利益をあげたことで証明されており、有機水銀の投棄があのような惨事をもたらすとはなん人も予知しなかった、ということで免罪されるのであります。罪はそのようにしてつくられ、罪の意識はそのようにして欠落していきます。

いま日本の政府は、原子力発電から生ずる廃棄物である死の灰を日本海溝数千メートルの海底にすてるという、おそるべき犯罪行為をおしすすめています。ところが、それを罪とはしない根拠を水俣のばあいとまったくおなじ論理でもとめているのです。すなわち、まず国民の電力需要をみたす原子力発電事業は善行であるという前提を設定し、つぎに原子力発電にともなって不可避的に蓄積される死の灰には科学的に人智のおよぶかぎりの安全策をほどこして深海にすてるのであるがゆえに、将来に万一の大災害となってもそれが罪として問われることはない、という筋書きです。

しかし、このばあい水俣とちがっているのは、水俣で有機水銀をすてることの危険を事前に警告したものは誰もいなかったのに反して、死の灰を海にすてることに関してはおおくの人が危険を予知して反対しているのであります。にもかかわらず政府は、反対意見を非科学的ないし弱科学的とみなして計画をやめようとはしていません。無謀もきわまるというべきでありますが、なぜそういうことが政府にできるかといいますと、このばあいは企業の論理にくわえていまひとつ権力の論理がはたらくからであります。

では権力の論理とは何か。それはまず統治者としての政府は国民大多数の利益を代表して権力を行使するものであるという前提があって、その前提の根拠となるものは選挙であることはいうまでもなく、したがって権力行使はそれ自体として善行、すくなくとも善政の意図をもってなされる行為とされます。そしてさらに、権力行使にあたって政府は、政府がみとめる最高水準の学者、技術者を動員し、あるいは有識者の意見もとりいれるなどの万全の策を講ずるがゆえに、権力行使の結果がたとえ裏目にでてもその罪を問われることはない、というわけです。

しかしこのばあい、いったい選挙とは何であるかが一つの問題点であります。近代国家において、政府の権力行使が是認される論理的前提条件成立の根拠となる選挙は、政権担当者たるべき立候補者が国民にたいしてする約束の内容を選挙民が検討して政権担当者を選択するという仕組であります。つまり選挙は、政権担当者と国民とが契約締結をする形式行事にすぎぬということができます。そして、重要なのはこの契約においては、政権担当者はあくまでも債務者であり国民はつねに債権者でなければならぬということ、それは民主的選挙そのものの本来的な性格からして自明のことであると同時に、うごかすことのできぬ主権在民の原則であるといわねばなりません。

したがって、もしこの原則をくつがえして債務者であるべきものが債権者となり、債権者であるべきものを債務者にするようなことが意識的、計画的におこなわれているとすれば、それはまちがっているとか堕落しているとかいった程度ではなく、そこにこそおそるべき本質的な罪つくりの構造があるというべきであります。

ロッキード事件を通じてわたしたちがみたものは、まさにそのような罪つくりの構造そのものでありました。すなわち、はじめにある野心家が私的な財力を道具に選挙を通じて政界におどりでます。やがて彼は、手腕と称するさまざまな術策を弄して権力機構最高の座をしめるにいたるのですが、なんら生産的な意味をもたぬその術策の内容は、人事と利権に関する約束ごとがすべてであるといっていいのです。そして、公的にはみとめられないその約束ごとを世間の目のとどかないところでいかに実行するかが政治手腕のかかるところで、同時に、そういう隠密裡の約束は人事にしても利権にしてもはじめは債務としてしたものをいつのまにか債権となしうるような手腕が、いわゆる政治手腕なるものであります。

これはきわめて重大な罪つくりでありますがゆえに、いまいいましたようにそういう政治手腕の発掘はおおく政治の舞台裏でおこなわれますけれども、次第にそれは公的な場面でもおこなわれるようになります。すなわち、彼が政権の座につきえた根拠はいわゆる公約によって選挙民にたいして債務を背負ったことにあるにもかかわらず、債務であるべきその公約をあたかも選挙民への恩恵であるかのようにおもわせるすりかえをおこない、逆に彼は債権者としてたちあらわれるのです。そして、このような主客転倒を可能にするのが権力の実体であり、そのからくりの中身は財政力と警察力という力を背景にした行政にほかなりません。

しかもゆるしがたいことには、こういう主客転倒をおこなう詐術によって選挙民はそれが善政であるかのように瞞着され、あらゆる批判にもかかわらず彼は選挙のたびごとに高位当選をくりかえすのであります。

このようなことは、水俣のチッソ工場があのような罪業をおこないながらその罪が問われなかったのとおなじ構造によるもので、ことに権力のばあい、虚構された善政の名によって罪業の実態は隠蔽され、そこでなされる悪事もうちけされてしまいます。ロッキード裁判をめぐって権力者たちのうごきをみれば、そのことがあまりにもまざまざとしめされていることがわかるのでして、つまり、罪の意識が欠落するなかで悪も悪でないとする構造、いわゆる政治にからむ贈収賄行為のごときは悪事ではないとする構造、それが権力と資本の力による支配構造であるということができます。

そしてさらに重要なことは、このような支配構造における罪の意識の欠落は一般的な悪の意識の喪失をよびおこすのはさけがたいということで、一切にわたって力のみが優先し、幼児が理由もなく殺人事件をおこすにいたるほどの戦慄すべき今日的社会状況の病巣は、まさにそこにあるといってさしつかえありません。

すなわち断言できることは、現状にみるあらゆる社会的、政治的罪悪の根源は、本来は国民にたいして債務者であるべき国家権力が債権者となり、債権者であるべき国民が債務者にされているという、この理不尽な主客転倒が力によって強行されているところから発するということであります。したがって、自然と人間との双方の世界において同時に進行しつつあるおそるべき破滅状況をすくなくとも停止させるためには、なによりも国家構造において転倒されている債権者と債務者との関係の再転倒をはかる以外に道はないというべきでありましょう。そしてその道は、かつてジャン・ジャック・ルソーの志した道であったと私はおもうのであります。

3

いわば日本におけるルソー研究の総本山ともいうべきこの京都の地で、私は自分のルソー理解の浅薄さを披瀝して恥をかくつもりはありません。しかしながら、少年時代からの私にルソーがおよぼした影響はマルクス主義のそれとともに決定的であり、いまここで自然にたいする約束ということを私が提唱するのも、ルソーの社会契約の説を念頭においてであることはもうすまでもありません。

ですが、私の確信するところを一口でいえば、人間社会においての罪とは何であるかをあきらかにすることによって人間の自由と平等の獲得をめざした、それがルソーの本領であったといえるとおもいます。すなわち、たとえば盗みを罪とする所以は、それが神によってさだめられた掟であるからではなく、盗みをしないということを自由で平等な人びとのあいだの約束ごととするがゆえに、その約束をやぶることが人間の自由と平等を侵害する罪であるとしたのであります。

ルソーのこの宣言がもつ意味の重要さは、当時のヨーロッパにおいては一般的であった専制君主制のもとで、罪は神によって規定されるものとされており、同時に専制君主の統治権限も神によって規定されたものとしてあり、この関係のなかで罪を問い罪をさばく権限の一切が神によって専制君主にゆだねられているとされていた、という点にあるのです。

したがってルソーの宣言は、力によって維持されている専制君主の虚構の権限の行使こそを罪とし、その権限の否定によって自由と平等への人民解放の道をひらこうとしたものでありました。ということは、自由と平等の大儀の旗印によってではなく、人民において約束として確立された罪の原則にもとづいて権力を断罪し、結果として自由と平等の獲得をめざしたのでした。

ところで、マルクスにおける革命思想は、最終的には国家権力の消滅をめざすものであることは周知のとおりであります。そして、マルクスの思想を継承する社会主義者たちの指導する革命がまずロシアで成功し、すこし間をおいて第二次世界大戦を通じてつぎつぎにおおくの社会主義国家が成立しましたが、それらいずれの社会主義国をみても、そこで国家権力が消滅するであろうことをしめす徴候はまだどこにもあらわれていません。

現在の世界情況のなかで、カンボジアという国家の、あるいはアフガニスタンという国家の主権が万が一にもきえるような事態がおこったとしても、それは消滅すべきはずの国家権力がむしろ跋扈《ばっこ》をつよめたのでしかなく、国民主権のほうは反対にけされてしまう意味をもつもので、社会主義のめざすところとはおよそ逆の方向であるのはいうまでもないことです。

中国革命のある時期に毛沢東の提唱した造反有理の思想は、権力と権威にたいする反乱が道理にかなっていることをしめし、そのかぎりでは国家権力の消滅をめざす永久革命の道をひらくかにみえましたけれども、まもなくそれは失敗におわらざるをえませんでした。

このように、本来的にはきわめて高邁な理想をかかげてたたかいながら、いったん革命をなしとげて権力を掌握するや、社会主義者たちはたちまちにして当初の理想とは逆の方向にはしるにいたるのはなぜでありましょうか。たとえばベトナムの人民は、地球上で有史以来最強の軍事力をほこっていたアメリカの侵略に、初期のころは落し穴でしか抵抗できなかったのについに勝利したのですけれども、その勝利以後に権力をにぎった社会主義者たちはあまりにもはなはだしくわたしたちを失望させています。

いったいこれはなにがゆえであろうかとかんがえますときに、やはりルソーの社会契約の思想におもいあたらざるをえません。すなわち、ベトナム人民は強国が弱小民族を侵略し支配することの犯罪性についての強烈な自覚をながい歴史を通じてつちかっており、その犯罪を断罪することに不退転の決意をしめして人類史のうえでの奇蹟ともいうべき勝利を獲得したので、けっして社会主義の大義のためにあの大事業をなしとげたのではありませんでした。

もちろん長期にわたる解放戦争のなかで社会主義者たちのはたした指導的役割は否定できませんけれども、それは人民にたいする債務者としての限度をこえるものではなかったにもかかわらず、ひとたび勝利したあかつきにはたちまち債権者としてたちあらわれ、社会主義を大義として人民に強制するにいたりました。ということはしかし、社会主義それ自体が否定されねばならぬのではなく、それが大義であるがゆえをもって人民にたいして債権者たることが否定されるという意味です。このことは中国革命の過程で毛沢東のもっとも強調したところであることはよくしられており、いわゆる造反有理の思想もその延長であることはあきらかというべきです。しかし、中国でその造反有理の思想はなぜ敗北しなければならなかったか、それはわたしたちにとっても他人ごとではないはずであります。

このようにかんがえますと、目下のわたしたちにとって重大な課題は、なんといっても平和の問題であろうとおもいます。国の内外で直面している諸状況についての分析をこころみるまでもなく、平和がやぶれるかもしれぬという危機感はいたるところにみなぎっていることは否定できません。そして、この危機感に呼応して日本の政府は、軍事力の強化をはからねばならぬということをしきりに宣伝しており、その宣伝はつよい説得力をもっているかのようにみえないでもありません。

しかしながら、かつてのいわゆる大東亜戦争が「東洋平和のために」という掛け声によっておしすすめられたことを、わたしたちはわすれてはいません。またアメリカは、「アジアの平和のために」という合言葉でベトナム侵略をおこないました。あるいは日本の武器製造業者は、開発途上国間に侵略行為のあることをふせぐために武器輸出が必要であると公言しています。そのほか、この半世紀のあいだに大小どれほどおおくの戦争行為が平和の名のもとになされたかかぞえきれないほどで、また、おなじく平和維持のためと称する戦争準備が現在どのように進行しつつあるか、これも指摘しきれないほどであります。

ということは、すくなくとも近代国家が国際政治の手段を戦争にうったえようとするばあい、平和を大義の旗印とする以外に国民を説得しえないことをしめしているのです。ということはまた同時に、国家権力が戦争につっぱしろうとするばあいこれを阻止する国民が、「平和獲得」を旗印に運動をおこしてもかならずしも有効でないといえることとなるのです。

つまり、国民のあいだで「平和を、平和を」という切実な大合唱がおこるときに、国家権力は「だから戦争を」と号令することがきわめて容易となります。いまはそういう不条理がまかりとおるもっとも危険な状態にあるのですが、それは何によるかといえばほかでもなく、主権在民の原則として人民と国家権力とは債権者と債務者との関係でなければならぬのが、財政力と警察力とを手段にした行政によって国家権力が債権者として人民を支配する体制を確立しているからです。この転倒した関係を別の言葉でいえば、平和をまもり繁栄を維持するのは国家権力であり、したがって人民は国家権力にしたがわなければならぬ、という理屈です。

しかし、主権在民の基本原則においては、平和をまもり繁栄をはかる主体は人民そのもの以外ではなく、したがって国家権力は人民の意にしたがわねばならぬのであります。この基本原則を法的に単純化していえば、憲法をまもるのは人民であり、憲法にしたがわねばならぬのは国家権力であります。しかし国家権力は憲法にしたがうまいと決意していますがゆえに、憲法制定の記念行事などをけっして国家行事としてしようとはしていません。

とすればわたしたちはいま、人民と国家権力との約束で転倒している債権者と債務者との関係を再転倒し、人民の「平和を」のねがいを「では戦争を」と転化できないようにすべく、ここであらためて法の本来についての再検討が必要となるのであります。そしてそのばあい、水俣や有珠の漁民、または農民が自然にたいしてする約束をおもいださざるをえません。なぜなら、法とは自由にして平等な人間が相互にする約束にほかならぬのですから。

4

海にたいして約束があるという自覚をもっているものは、水俣や有珠の漁民にかぎらずきわめて一般的な事実であります。部落のなかをながれている川に汚物をながさないということは、どこの部落の人たちのあいだでもかわされている約束です。いわゆるタブーとしてどこの村落共同体のなかにもあるこの約束は、おおくのばあい超越的存在者を媒介にして存在の意味をもっています。つまり、部落のなかをながれている川に汚物をすてると、水神さまの祟りがある、あるいは罰《ばち》があたるというふうに、その約束をやぶることの罪へのむくいが超越的存在者を媒介としてもたらされる、という自覚となっています。

しかし、いまや超越的存在者そのものの存在が否定されるにいたって、あたらしく自然と人間との関係を媒介するものとしてたちあらわれたのが権力であります。具体的にいいますと、この川に汚物をすてることを禁止し、禁をおかすものを処罰する、といった類の権力介入であります。そしてこのような権力介入を行政としておこなうことによって、権力は人民にたいして債権者の立場を獲得します。

しかしながら、川に汚物をすてないということは、川にたいして自由で平等な人間がたがいにする約束であって、権力が人民にたいしてする規制であってはならぬものであります。このことは、わたしたちが川に汚物をすてないのは水神の祟りをおそれるからではないのと同様に、権力からの処罰をおそれるからではないという自覚の要請を意味しています。

したがって権力による行政が意味をもつとすれば、それは人民の自覚をうながし、自覚されたかぎりの人民の約束にしたがう以上のものであってはなりません。水俣や有珠の漁民が国家権力にたいして反乱するのは、権力が漁民たちの自然にたいする約束にしたがわないのみならず、約束をやぶるというつぐないようのない罪をおかす資本をとがめず、権力みずからがその共犯者になっているからです。

自然にたいしてする人民の約束がきわめて具体的であることは水俣や有珠の例でもよくしめされていますが、部落共同体における一種のタブーのばあい、たとえば水神の祟りをいうときその水神は水神一般ではなく、この川の、この淵のといったぐあいに個別的に表現される点からも理解されます。ということは、自然にたいしてする人間の約束は一般的な公衆道徳の次元ではなく、いいかえれば人間の徳性としてではなく、具体的な罪の自覚によってなされているということであります。したがって、約束をするにあたって対象となる自然と、約束がやぶられたばあいにもたらされる罪のむくいの内容が、具体的にあきらかにされているのが通常であります。

先般、琵琶湖の汚染をふせぐために滋賀県が条例をもうけて有機洗剤の使用を禁止したことが世間の注目をあつめ、政府もそれに類した行政措置をとるにいたりました。しかしながらここで重要な点は、有機洗剤をつかうべきではないという発想が滋賀県の住民のあいだでなされたのは、きわめて具体的に琵琶湖を汚染することによってのわざわいがはかりしれないものであるとの自覚からであったのです。すなわち、琵琶湖周辺の住民が直接に琵琶湖にたいする約束の必要性を自覚したのであって、その約束を権力が県条例としてうばいとることをゆるすのは、権力が人民にたいして債権者としてたちあらわれる根源をつくることでしかありません。それは法をまもるものは人民であり法にしたがうものは権力であるという主権在民の基本原則が、そのようにして逆転していく好例であります。

わたしたちは平和の保障されたなかで自由と平等を獲得していかねばならぬのでありますが、それには何よりも人民と国家権力とのあいだでいまみるような債権者と債務者との転倒した関係の再転倒をはからねばならず、さらにそのためには、超越者の媒介を否定したのと同様な理屈で権力の介入を排除し、自然にたいする人間の直接的な約束を法として確立する必要が、こんにちほど急を要するときはありますまい。国家権力の消滅とはそういうことであり、したがってその一般的な原則の何であるかが問われているのです。

（去る〔一九八〇年〕四月五日、京都の京大会館でひらかれた私的な集会での談話の一部を文章化したものである）

パラオ人民の文化

1

いわゆる非核憲法で有名になったパラオ（ベラウ）共和国が、今年（一九八一年）一月一日に自治政府を発足させ、アメリカの信託統治下からの独立第一歩を踏み出した。かつては日本の長期占領下にあった関係で日本語を話せる人の多いこの国に、私はまる一週間ほど滞在する機会に恵まれた。初代大統領の就任式が行われる直前であったが、その時点での政治情況は、大統領は決まったけれども行政機関首脳の人事はまだ決まっていないという、不安定というよりむしろ危機的な情況があるようにみえた。

それはアメリカの軍事力と日本の巨大観光資本とが抗しがたい力をもってこの国におそいかかっていることに起因しており、したがっていまパラオについて語るとすれば、アメリカの軍事力と日本の観光資本とがそこで何をたくらんでいるかを具体的にあきらかにすべきであろう。しかし、あえて私はそれをさけて、足りることをしらず平和を愛することを忘れてしまったかにみえる現代日本の風潮の中に生きる身として、あまりにも教えられることの多かったパラオ人民の文化について語ってみたい。

穀物の栽培をしない

もちろん、短期間の滞在でその国人民の文化の全体像を把握することなどできるはずもない。しかし、滞在数日めにして私がまず衝撃的におどろいたことは、パラオの人たちは食糧の備蓄ということをまったくしないのである。その点をもっとも端的にしめしているのは、パラオでは穀物の栽培が全然おこなわれていないという事実である。いわゆる五穀がとうとばれるのはそれが備蓄食糧としてすぐれているからで、かつて日本の占領下にあって水稲栽培がかなり普及した時代があったらしいけれども、いまはその影も見えない。つまり、パラオでは食糧備蓄の必要がないのである。

パラオの人たちの主食は里芋の類のタロ芋や、タロ芋より美味だといわれる水田栽培のミズ芋、それに灌木にちかいタピオカの根からとれる澱粉。この澱粉を団子にした汁粉風のものをご馳走になったが、弾力があって舌ざわりのやさしさは白玉粉の団子ににていてとてもうまかった。また、パンの実も主食として料理される。ココ椰子《やし》の実は料理されずにそのままが完全食糧で、甘酸っぱい果液と落花生の味をうんとあわくしたような果肉の味に、私はすっかりとりこになってしまった。

ところが、これらはいずれも備蓄食糧としては完全に不適なのである。しかし、パンの実をのぞいては年間を通じていつでも収穫できるので、バナナにしても花の咲いたのがあるかとおもえば実の熟したのもあるといった具合である。

海鼠の肉は捨てる

山の幸、野の幸についてはこのようであるが、海の幸についても同様である。しかし、海の幸のことを概括的に説明するのはむずかしいので、滞在中に私の経験した事実の二、三を紹介してみよう。

パラオの人たちは夜ふかしに平気で、部落の人たちが私どもの歓迎のためにひらいてくれた宴会は夜中の一二時ころまでつづき、それがおわって部落の人の二人が漁にでかけた。舟で漁場までの往復に一時間を要し、漁法は一本釣りで一時間ばかりのあいだに魚価にして（普通は売らないのだけれども）五〇ドル相当の漁獲をえて帰ってきた。

また、日本の占領中にボーキサイトを採掘していたカラスマオというところに案内されたとき、そこに行くには珊瑚礁《さんごしょう》の内側を快速艇で四〇分くらいかかるのだが、その途中で私どもは鰹の大群に三度もあった。鰹そのものを直接にみたわけではないが、海面すれすれに海鳥の大群が舞っているのがみえ、それは鰹の大群がその下にいるからだとのことであった。

カラスマオで一晩とめてもらった翌朝、私は隣家を訪問し、ちょうどそのときその家の若い主婦が近所の主婦らしい人に、小笊《こざる》のなかから小魚の腸のようなものを手づかみでわけてやっていた。よくよくみると、なんとそれはコノワタではないか。およそ、どんぶり二杯分ほどのそのコノワタは、その朝彼女がちかくの浜でとってきたものだという。では海鼠《ナマコ》の肉のほうはときくと、それはみんな捨ててしまった、と。

また、台湾国籍の密漁船一隻が拿捕《だほ》されていて、おそらく四、五人乗組み程度のその木造船が漁獲していたものはシャコ貝の貝柱七トンと若干のタイマイ亀であったとのことであるが、いかに大きな貝であるとはいえシャコ貝の貝柱七トンを数日間の密漁で漁獲したとは、パラオの海のゆたかさのほどが想像できるというものであろう。

このように、野の幸、海の幸にあまりにもめぐまれているパラオの人たちが食糧の備蓄をしない理由はわかりすぎるほどよくわかる。しかしながら、私の胸の中をよぎった大きな疑問は、このように〈貯える〉ことをしらぬ人たちのあいだに文化がありうるだろうかということであった。

日本に退廃の風俗

もともと私は、〈貯える〉ことのないところに文化はありえないと考えているものである。たとえば小麦という穀物をどのように加工調理してうまい食物にするかは文化の問題であって、その過程が〈貯え〉のうえになりたっているのでなければ文化とはいえないと考えている。

むかし日本の百姓は収穫した小麦を〈貯え〉ておいて、べつに〈貯え〉てあった知識、経験、技術をつかって随時に製粉し、さらに風土にあった饂飩《うどん》にうってたべていたのであるが、このようにすべて〈貯え〉によって成立する饂飩のたべかたこそが、みかけの華麗さはなくとも完全な文化であるということができる。ところが現代日本では、家庭でたべるばあいでも生饂飩を店から銭で買ってくるのがせいぜいで、たとえその銭が〈貯え〉のなかからであっても文化というにはほどとおく、まして饂飩屋で饂飩をたべるにいたってはもはや単なる風俗でしかないのである。

そして、このことは万事にわたっていえるのであって、思想、学問、芸術についていうならば、それはながい歴史を通じて庶民のあいだに〈貯え〉られてきた思想的なるもの、学問的なるもの、芸術的なるものの消化によって生産されるあたらしい思想、学問、芸術であってはじめてその名に値するものといえるだろう。

そう思いながら現代日本における思想、学問、芸術をみわたすときに、私にはそれらが所詮は饂飩屋の饂飩にすぎず、体制内で利を追う退廃の風俗でしかないように思えてならない。

2

〈貯え〉はあった

だが、その問題はしばらくおくとして私のいいたいのは、いやしくも文化といわれるかぎり主体的〈貯え〉のないところには成立しないということで、知識、経験、技術などの〈貯え〉はその必須条件であるけれども、より根本的な問題として人間の生活文化には物質的な〈貯え〉、とりわけ食糧の〈貯え〉は絶対不可欠であると考えられる。

そこで、私がパラオの人たちに食糧を〈貯え〉ることがないのをみたときに、いったいこの人たちにおける文化とは何であろうかという疑問をもったのは当然だったといえよう。しかし、よくよく観察すれば、やっぱりパラオの人たちにも食糧の〈貯え〉はあった。しかもおどろくべき形でそれはあったのである。

よくしられているように、パラオ諸島のうちペリリュー島は大戦中にもっとも凄惨な戦闘のおこなわれたところで、いまも島内の随所でそのあとをみることができる。パラオのコロールからこの島へいくのに快速艇でも一時間半くらいかかるのだが、途中で七十島と呼ばれる小島の群れのそばを通る。ちいさな岩の島が七〇くらいひとかたまりになっているからその名があるのであって、じつはこの七十島の海こそが、パラオの人たちにとって食糧としての魚を〈貯え〉る倉庫なのである。つまり、七十島の海はおどろくほどすばらしい魚の繁殖場で、何時いっても魚がうようよしている。そして、それが魚を〈貯え〉る倉庫になっているというのは、それほどすばらしい海なのでパラオの人たちはそこで漁をすることをタブーにしているからである。こういう文化のあり方は、われわれに重大な警告をあたえるものといわねばならない。

漁場のまま〈貯え〉

われわれが普通に食糧を〈貯え〉るというばあい、常識的には狩漁獲したもの、収穫したものを〈貯え〉るという意味でいう。いってみれば、一旦は自然から収奪したものを個人としての、あるいは集団としての人間の管理下におくというのが、現代人の常識としての〈貯え〉るということである。ところがパラオの人たちは、自然からとりあげたものをではなく、それを自然のあるがままに〈貯え〉ておくのである。これはきわめて重大な問題であって、なぜならば、パラオではそれが個人としてであれ集団としてであれ人間の〈貯え〉であるかぎり、管理下におかれるのは人間のほうでなければならぬからである。タブーをそういう意味の文化として理解しなければならない。

足りることをしる

パラオの人たちは漁をするのにけっして網をつかわない。彼らの漁具は釣り針と銛《もり》でしかないのだが、あるいは人はこれをみて、彼らは漁労法に関してきわめて未開であるというかもしれない。だが、はたしてそうであろうか。彼らが西欧文明の侵入をうけて以来一〇〇年をこすが、その間に漁網をつかう技術を導入する機会はいくらでもあったにちがいなく、にもかかわらずいまも漁網をかたくなに拒否しているのはなぜかといえば、漁網をつかう文化とは全然異質の文化を彼らが堅持しているからである。そして、それはタブーの文化であり、タブーの文化とは〈足りることをしる〉の文化ということができる。すなわち〈足りることをしる〉の文化が漁網の使用を拒否しているのである。

しかしながら、パラオの人たちといえども人間であるからには、なかには足りることをしらず大儲《おおもう》けをしようと漁網をつかう人がでても不思議であるまい、と思う人もあるだろう。だが、そういう野望が頭をもたげる余地がないほど水準の高い文化が、パラオにあることをしらねばならない。それはたとえば、誰かが家を新築するとしたばあい、彼は親族や部落の人たちを招き宴をもうけて必要経費を公表する。そこで、招かれた人たちが分に応じて経費を醵出《きょしゅつ》するわけだが、必要経費が満額になるまで宴は連日してつづくのである。これはいうまでもなく、日ごろ親族や部落の人たちからの信頼をえている人は一晩で満額に達するが、そうでない人は延々と宴をつづけねばならぬということである。

日本にも普請という言葉があり、かつてわれわれの共同体社会もこれと似た機能をしていたことがしられている。そしてこれこそが文化であり、この文化は、人びとがその属する社会にいわば徳を〈貯え〉ることによって成立するものである。また、このような文化は〈貯え〉るという経済的概念に裏打ちされているとすれば、同時にこれを〈足りることをしる〉の文化といいかえることもできよう。ということは、パラオの人たちは〈足りることをしる〉の経済学によって、大儲けの野望が否定されているのである。

そこで考えてみれば、われわれ日本人はとりわけ戦後において〈足りることをしるな〉という号令と宣伝に追いまくられて、とにもかくにもこんにちのいわゆる豊かさに到達することができたといえる。そしていまもなお、飢餓感の強制はけっして衰えていなくて、それが何をもたらしつつあるかについてはいう必要もあるまい。ただ、パラオの人たちは原子力発電はおろか漁網でさえ拒否しているのだが、不遜《ふそん》にもそれを未開のせいだと判断してはならぬのである。

日本が失ったもの

私はおおくのパラオの人たちに接して聞いたのであるが、いまパラオ共和国は財政援助を餌に総面積の三〇%をアメリカから軍事基地として要求されており、これにたいして「俺たちは鐚《びた》一文もらわなくてもよい。俺たちは俺たちだけでりっぱにやっていけるのだ」という声が圧倒的であった。もちろん彼らは近代文明のいかなるものであるかをしらぬのではなく、それよりもっと大切なものが彼らにあることを自信をもってしっているからである。そして、彼らが何より大切にしてもっているものこそが、われわれが獲得した豊かさと強さのかわりに失ったものにほかならない。かつてのわれわれにも、いまパラオの人たちが維持発展させているような文化があったのである。たとえば日本の百姓は〈米をつくる〉といわずに〈田をつくる〉というのであるが、それは田という自然のなかに農耕労働力を〈貯え〉るということを意味し、そうすれば田から米を収穫する自由が得られるのである。だから〈米ができる〉という。〈反物を織る〉といわずに〈機を織る〉というのも同様で、これはパラオの人たちが七十島を自然そのものとして大切に守るのと同じ文化の系列である。

しかし、このような文化においては人間は自然の管理下におかれるとまえにいったが、それは自然にたいして人間はなんらかの約束をしてその約束は守らないわけにいかぬということで、その約束を守ることをささえるものは〈足りることをしる〉という経済的な理念である。そして、そのような約束は社会的でなければならない。というより、そのような約束が人びとのあいだで共有されるかぎりで社会は成立するというべきであろう。

だから、もいちどいうならば、われわれが足りることをしらず飽くことのない追求で獲得した豊かさと強さのかわりに喪失した文化、それは文化そのものの喪失にほかならなかったが、したがって同時に社会そのものの崩壊をもたらしたのであった。いまや着々と完成にむかってすすみつつあるかにみえる管理社会は、もちろん社会ではない。それが社会ではない証拠をいえというならば、たとえば管理社会化がすすむにつれて〈生きのこるのは誰か〉というおそるべき発想の普遍化がもたらされたが、このような発想の否定されるところこそが社会でなければならぬのである。

パラオ人民のあいだに、私は、あこがれている社会のあることをしった。コンピューターもなければ強大な軍事力もない社会ではあるけれども、そこには人間の自由と平等と、そして平和があったのである。そして、そのような社会は〈足りることをしる〉の文化によってささえられていることをしったのである。

わが抵抗のドブロク

「昨年（一九八一年）の冬、僕が三里塚の瓢鰻亭で自家醸造のドブロク利き酒会をひらいたことは、君もしっているだろう」

「しってるくらいではありません。新聞やテレビなどにもでたし、図々しいというか、はずかしげもなくというか、日頃のあなたには似合わぬことをするとおもいました」

客は近所の食料品店の親父である。

「あれは僕がかいた脚本どおりにやったことだからしかたがない。が、それはともかく、その日、横浜で北欧から高級ワインの輸入をしている人がかけつけてくれて、その人がいうには、『西ドイツやオーストリアの農村をまわっていると、ときに宝石のようなワインにめぐりあうことがある。それは金ラベルをはった高価なワインよりはるかに芳醇で、農家の自醸したそういう見事なワインが、じつは北欧全体のワインの質を向上させている。ところが日本のばあいは事態が正反対で、酒類の醸造は酒造業者に独占されて民衆は自家醸造の自由をうばわれているために、酒の質はどこまでも堕落していくばかりである。私は文化としての日本酒の質の向上をねがう立場から、ドブロク自家醸造の自由化に賛成です』と、こういう話をしてくれたのだ。なかなかりっぱな説だと思わないか」

「りっぱです。ひとかどの文化論ですからね」

「ふむ、文化論か。僕は反権力的な政治論としてかんがえてもらいたいのだが」

「いずれは政治的な問題にならざるをえますまいけれども、その横浜の人がいいたかったのは、酒の質を風俗としてではなく文化の問題としてかんがえたいと、そういうことではなかったでしょうか」

「なんだと、風俗か文化かの問題だと」

「そうです。風俗と文化はちがうということがありまして、おおくの日本人はどういう酒をのんでいるかは風俗の問題ですけれども、日本人はどういう酒をつくっているかは文化の問題であるのですから、その文化の問題としてドブロクの自家醸造をかんがえねばならぬと、横浜の人のいう文化論はそういうことにちがいありません」

「いや、横浜の人の容貌や話しぶりには詩人の風があったけれども、そんなむずかしいことをかんがえているようにはみえなかった」

「そうみえなかったのは、あなたの目にはまだ鱗がついているからです。その鱗をおとすために、すこしちがった方面から風俗と文化の問題をかんがえてみようではありませんか」

「政治的には君の目のほうに鱗があるとおもうんだが」

「そうかもしれません。が、それはいつかあなたにおとしていただくことにしまして、ちがった方面とは、ちかごろ〈手づくり〉ということがたいへんはやっているようですが、これについてあなたはどうおかんがえですか」

「どうかんがえるかって、たとえば〈手うちうどん〉〈手うちそば〉など、あれはたしかに〈機械うち〉よりうまいとおもうよ」

「なぜそうだとおもいますか」

「それはだな、機械そのものが味をわるくする性質をもっているのではない。そうではなく、味のよいものをつくることで機械まかせにせず、自分にとってうまいものができるよう手でたしかめながらつくるから、〈手うち〉というのだ。僕がドブロクは〈手づくり〉でなければならぬというのも、そういうことなのだ」

「そのとおり。つまり、機械とは関係なく自分にとってうまいものを自分でつくることを〈手づくり〉といい、そのうまさが自分だけでなく万人にとってもうまいものとなるときに、それを食文化というのです」

「すこしわかる」

「ここで大事な点は、自分にとってうまいものを自分でつくって自分でたべるということで、これが文化の原点だとおもいます。ところが、かならずしも自分ではくわないものをつくっても、やはりりっぱな食文化といわれるものがあるのです。これもちかごろはやり言葉になっている

〈おふくろの味〉という、あれです」

「〈おふくろの味〉か。その言葉は〈手づくりの味〉とはすこしちがった意味あいがあって、やはり人の情緒をくすぐるものがあるようだ」

「そこで、〈手づくりの味〉と〈おふくろの味〉とは意味のうえでどのようにちがっているかといいますと、自分にとってうまいものを自分でつくるのが〈手づくり〉なら、〈おふくろの味〉はおふくろが自分にとってではなく可愛い子供たちにとってうまいものをつくるという、そういう味です」

「しかし、それはおふくろ自身にとってはまずいもの、ということではないだろう」

「もちろんそうです。けれども、たとえば歯がわるくなったおふくろは沢庵漬をあまりたべなくても、歯の丈夫な子供たちのためにそれを漬けるということがあるでしょう。でも、それもやっぱりりっぱな文化です」

「そうだ、そのとおりだ。いまそれでおもいあたるのは、奄美大島の婦人たちが織っている大島紬のことだ。あのみごとな大島紬は、はじめはきっと奄美の婦人たちが自分で着るものとして、自分たちのこのみにあわせて自分で織っていたのにちがいないが、そのこのみは同時に万人のこのみにあっていた」

「だから、そのかぎりで紬織りは文化であったのです」

「ところが、自分では織らないけれども大島紬のよさにひかれて、奄美の婦人たちにそれを織らせるものたちがあらわれた」

「まってください。織らせるものたちがあらわれるよりさきに、奄美の婦人たちがその作品に自信をもって、それを知人におくったり、あるいは藩主に献上するというようなこともあったとおもうのです。それは、おふくろが自分のつくった料理に自信をもって、自分よりさきに子供たちにたべさせるのとおなじことでしょう」

「とすれば、それはそのかぎりで文化であるというわけだな」

「なぜそのかぎりでというかといいますと、直接であれ間接であれ奄美の婦人から見事な大島紬の献上をうけた島津藩主は、すぐにこんどは藩主命令をもって多量に大島紬を織ることを要求したにちがいありません。そして、そうした強制によって織られた大島紬は、もはや文化とはいえなくなるからです」

「僕がいいたかったのもそのことだった。むかしは藩主の強権によって織らされていただろうが、じつはいまも織らされている。どういう形でかというと、その図柄なり色合いは東京や大阪でつくられた流行によって資本家から指定されるのだ。だから、あの大島紬のよさとは何だったのか、いまではわからなくなっている」

「それは、大島紬の文化が強権や資本によってうばいとられた、ということを意味しています」

「酒についても、まったくおなじことがいえる。かつて日本人はだれでも、自分がのむ酒は自分のこのみにあわせて自分でつくっていた。だからそれは文化であった。だが、明治の世になって文化だけでなく、つくることそのことまで強権によってうばわれてしまった。だから僕のドブロクづくりは、うばわれた人民の文化をうばいかえそうということなのだ」

「おおいに結構だとおもいます。でも、強権と銭によってうばいとられた文化は酒や大島紬にかぎらなくて、厳密にいえば、現代の日本では文化という文化はことごとくそうしてうばいとられているといってさしつかえありません」

「それはすこしきびしすぎる見方だろう。だって、さっき君が〈手づくりの味〉とか〈おふくろの味〉とかいう言葉がはやっているといったのは、そういうところに文化があるということだったのではないか」

「まことに残念なことながら〈手づくりの味〉も〈おふくろの味〉も、いまはすっかり風俗になりさがってしまいました」

「文化が風俗になりさがるとは、それはどういうことだろう」

「ここで、あなたの目にくっついている鱗をおとしていただかねばならぬのです。いいですか。例をいまの大島紬によって説明しますと、はじめ奄美の婦人たちは非常にたかい水準の文化として紬を織っていましたが、それに目をつけた権力者や資本家は、こんどは権力者や資本家の気にいった紬を婦人たちに織らせます。それが文化の収奪ですが、つぎに権力者や資本家は、これが本物の大島紬だと自慢します。すると世間の人びとは、目のある人がいいというのだからいいにちがいないとおもいこんでしまい、やがてそれが風俗になるというわけです」

「ふむ、風俗と文化にちがいがあるということはそれですこしわかったが、横浜の人はそんなことをかんがえていたのだろうか」

「わたしはそうおもいます。が、それはともかくここで大事なことは、文化はかならず抑圧されている人民のあいだからおこり、すぐにそれは抑圧者によって収奪されてしまい、その結果はあたかもより洗練された高度の文化が獲得されたかのようにみえますけれども、もし洗練されるとすればそれは風俗としてにしかすぎず、その風俗はやがて抑圧されている人民のあいだにあらたな抑圧として還流していくことになります」

「その説には、僕は全面的に同意はしかねる。というのは、たとえば松尾芭蕉という大俳人はかずかずの秀句をのこしているが、彼は庶民のあいだにあった俳句の文化性をうばいとり、それを高度に洗練されたものとして句作したのだということはできない。だから、文化は抑圧されている人民のあいだだけにあって社会の上層部からはうまれないなどという奇妙な説はうけいれられない」

「芭蕉の句を文化としてかんがえてはいけないとおもいます。あれは芸術なのです」

「なになに、芭蕉の句は文化ではなくて芸術だと」

「そうです。芭蕉は俳句でおおくの人にたいへんな影響をあたえまして、そのことが人民の文化を形成するうえでおおきなたすけとなったことはみとめねばなりませんが、芭蕉の句そのものは文化ではないというべきです」

「そんなの、あまり意味のある説ともおもえんな」

「コペルニクスがはじめて地動説をとなえて後世の文化に重大な影響をおよぼしましたが、地動説自体は文化的発見ではなく学問的発見でした。また蒸気機関の発明も文化としてではなく技術としての所産でしたが、その後の文化の性格をかえてしまったことは事実です。ただし、学問の文化性、芸術の文化性、技術の文化性という問題がありまして、たとえば原子力エネルギー開発技術など、文化性などまったくないということが、重要な問題点です」

「そうか、文化性のまったく欠如した学問、芸術、技術というものがたしかにあって、そういうものが非常に高度なものとされる傾向がつよく、危険なことだな」

「そこで、かりに原子力エネルギー開発技術が文化性を獲得するとすればどういうことになるでしょうか。それはまず第一に、万人が自分で原子力エネルギーを生産し利用できるような技術であること、第二に、原子力エネルギー生産にともなう危険について万人が自分で防止しうるという保証が確立されること、すくなくとも以上の二点が、たとえばマッチは子供にもつかえるように保証されるならば、原子力エネルギー利用技術は文化性を獲得したということになりましょう。ところが、原子力エネルギー利用技術はけっしてそういう文化性を獲得できないというごかしがたい前提があり、だからその技術には犯罪性があるというわけです」

「しかしだ、話をはじめにもどすと、〈おふくろの味〉ということを君はいって、たとえば歯がわるくなって自分ではたべない沢庵を可愛い子供たちのために漬けるのも文化であるといった。

してみれば、自分では利用しないが愛する同胞のために原子力エネルギーを生産するということも、これまた文化といわねばならぬ理屈ではないか」

「原子力発電を推進している連中の言い分は、つきつめればそういうことかもしれません。しかしながら、沢庵は誰でもつくることのできる漬物であるということがあって、おふくろはよりうまい沢庵を子供たちのためにつくるのです。もしおふくろが、とうてい誰にもつくれないような沢庵を漬けるとすれば、それはもはや芸術品です」

「なるほど。沢庵は誰にでもつくれる、しかし、おふくろの沢庵はとうてい誰でもつくれるようなものではない、だから芸術品である。つまり、俳句は誰にでもつくれるが、芭蕉のような作品はとても万人がつくれるようなものではない。だから芸術品である。ヨーロッパの百姓は誰でもワインをつくる、だが、とうてい余人にはつくれないような芸術品といえるワインがたまに農村でみつかる、そして、そのワインがヨーロッパのワインの質を向上させる。それは、誰も真似ができない芭蕉の作品が日本人の俳句の質を向上させるのとおなじことなのだ」

「原子力開発の技術にはそういうところがなく、それは本質的な問題ですからね」

「それと僕がおもうのは、原子力開発技術にかぎらずちかごろのいわゆる先端技術には、それをやるときにたのしさというものがあるだろうか、という疑問についてだ」

「野心にもえたつという緊張感はあるとおもいますよ」

「ふむ、野心か。人間がそれにとりつかれるとどうしようもなくなるからな」

「しかし、文化は野心を排除する清潔さがあります」

「そうだ、たのしさは野心と縁がない。それをつくづくおもうのは、ドブロクをつくるときのたのしさをあじわうときだな」

「でしょうね。では、そのドブロクつくりのたのしさをはなしてください」

「とにかくたのしいんだな。僕はいつも仕込むのは四斗樽にだが、本仕込みをして二日ないし三日目からさかんに泡がたちはじめて、その泡がじつにかわいいのだ」

「ちょっと、四斗樽に仕込むときの米、麴、水の量とか、温度の加減とか、それはどんな工合ですか」

「ここでそんなことを説明してたら日がくれてしまう。君も自分でつくるつもりだったら、僕が編集者になっている本やもっぱら技術的ないい本が農文協からでているから買ってよんでみるがいい」

「そうしましょう」

「ドブロクは四斗樽でといったが、大型のガラス瓶でグミ、モモ、桑ノ実、西瓜、梅などでワインをつくってみた。ガラス瓶だと泡ができるところまでよく観察ができて、いつまでもみていてあきないのだ。四斗樽のドブロクのばあい、ブクブクいう泡の音までかわいいのだからおもしろい」

「ときどきまぜるでしょう」

「そうだ。まぜていると、次第に泡がかわってくる。杜氏は変化する泡にそれぞれ名前をつけているそうだが、泡の形などで発酵の進行状態を判断するのだな」

「よく匂うそうではないですか。むかし税務署の摘発がその匂いをかぎつけてくるというので、百姓たちはその匂いを消すのに苦心したときいていますが」

「たしかに匂う。が、それがまたじつにいい匂いなのだ。そして、次第に味がかわっていく。はじめは甘味がましてきて、やがてすこし酸味もでてくる。熟するにしたがって苦味もくわわる。が、甘味も酸味も苦味もすっかりとれて、ついに芳醇なドブロクができあがるのだ」

「仕込んでからできあがるまで幾日くらいかかりますか」

「それは季節や仕込みのしかたによっていくらかのちがいがある。最適期の真冬に本格的仕込みをして四十日くらいだろうか」

「いろんな果物でワインをつくったそうですが、何がいちばんよかったですか」

「桑の実とグミが最高だったな。枇杷も口あたりがやさしくてよかった。梅は酸味があまりにも強烈で万人向きではない。西瓜は僕のつくりかたがわるかったせいだとおもうが、あまり人にすすめられない代物ができた」

「これからもつくるつもりですか」

「もちろんつくる。ドブロクはこれからが季節だし、いろんな果物で各種のワインをつくってみたい」

「ところで、日本の法律ではアルコール成分一%をこえる飲料を許可なくつくってはいけないことになっているでしょう。ところがあなたはその禁をおかして酒をつくるというのですから、それはそれなりの覚悟があるにちがいないとおもいますが」

「覚悟というと」

「最高五年以下の懲役刑に処せられるときいています」

「おもしろいではないか。実際には二万三〇〇〇円の罰金の通告があり、僕はそれを払わないといったので告発されて検事の取り調べをうけた。法廷では憲法論争になるだろうが、いまの裁判官が無罪判決をだすとはとうていかんがえられないが、どんな判決がでようとも僕はつぎつぎにドブロクやワインをつくっていくつもりなのだ」

「最初は二万三〇〇〇円くらいの罰金ならたいしたことはないとおもいますが、二度目は再犯ということになり、それでもまだつくるとすれば常習犯となりましょう。となれば、刑務所いきはさけられぬかもしれません」

「ますますおもしろくなる。これまででも国税庁や検事とのやりとりでは非常に愉快なおもいをしたが、僕がドブロクつくりで逮捕されるときのことをおもえば、いまから胸がわくわくするくらいだ」

「あなたも自分の年齢のことをかんがえてください」

「ありがとう。しかし、ここで君の目から鱗をおとしてもらいたいのは、人間に固有の自由である自分に必要なものを他人に迷惑をかけず自分でつくるということを、何者が禁圧しうるかということだ」

「それはよくわかります。けれども、その自由を回復する手段としては、たとえば署名運動をするとか、政党をうごかして法改正での実現を期するとか、そのほかいろいろ合法的な手段があるとおもいます」

「検事もそういっていた。しかしながら、君の目から鱗をおとしてもらいたいのはここのところで、つまり、僕は国家にたいして何らかの要求をしているのではなく、僕は自由なる人間としての主張をしているのだ。ちかごろの日本政府のありかたをみると、僕は深淵にのぞむような恐怖をおぼえる。こういうときに僕たちは要求をかかげて政府にせまっても格別の効果はないといわねばならない。反戦について反安保について、あるいは反侵略について、僕たちは勇気をもって主張をつらぬかねばならぬとおもう。いわばその初歩として僕のドブロクつくりがあるのだ」

「そうですか。しかしかんがえてみますと、いま日本で酒の自家醸造の自由が獲得できるとすれば、それはもう革命ですね。そして、ほんとうの革命とはそういうことかもしれませんね」

人間の罪について

わが晩年

今回は「人間の罪について」比較的簡略にかく予定にしていましたところ、花崎皋平の「共感とレトリック」という論文を『新日本文学』の一二月号（一九八二年）でよみ非常にかんがえさせられましたので、そのかんがえさせられたことを中心にかいてみたいとおもいます。ところがこの花崎論文は彼の前著『生きる場の哲学』（岩波新書）が土台になっているようですけれども、私の怠慢でまだその本はよんでいません。また、花崎論文のなかで紹介されている土居健郎の『甘えの構造』も、大塚久雄、川島武宣、土居健郎の鼎談『甘えと社会科学』も、内田義彦の『作品としての社会科学』も、いずれも名著のようですけれどもまだよんでいません。というわけで、私は文中でこれらの本の中身にふれることになりますが、それは花崎論文を通じてであることをおことわりしておかねばなりません。

1

花崎論文によれば、大塚久雄は『甘えと社会科学』鼎談のなかでピエテートという言葉をつかっているようで、これは私にとってははじめてきく言葉なのでたいへん刺激されました。言葉の意味はどういうことかといいますと、それは親にたいして子が内面的に服従する規範意識で、保護者＝強者が、被保護者＝弱者を庇護し、後者がすすんで前者に服従する関係から発生する恭順、敬虔の意識のことだそうです。そして、一軒の家の家族共同体の内部でピエテート意識がうまれ、そのピエテート意識にささえられて権威がうまれる、という指摘を大塚がしているようです。だとすれば、大塚のこの指摘は現代的に重大な意味をもつものといわねばなりません。なぜならば、この指摘は権威、権力についての根本的な批判であり、とりわけ現代の政治的、文化的諸情況について憂慮するものにとってはふかくかんがえねばならぬところであるからです。

そこで、まず初歩的に、保護者と被保護者としての親子の関係を子の成長を軸にしながらかんがえてみますと、親は生まれたばかりの子にたいして、はじめはもっぱら庇護にのみつとめて親風をふかせるようなことはけっしてしないものです。夜中になきだしても便をもらしても、親はひたすら子を快適な状態におくよう庇護につとめます。やがて這いだすくらいにまで成長した子が危険なところにちかづいたり異物を口にいれようとしたりしますと、親は口でも叱りながら手で制止しますものの、この程度はまだ親風をふかせるまではいかなくて全面的な庇護の域をでません。

ところがさらに子は成長して多少は言葉もわかるようになりますと、こんどは危険にちかづかないよう言葉で警告し、警告を無視すれば親は言葉でも叱りながら力ずくで安全なところにひきもどします。親のこの行為は依然として庇護であることはいうまでもありませんが、このとき子がすすんで親の警告に服従するという関係ができ、そこで子におけるピエテート意識がうまれるというわけでしょう。つまり、子はまだ安全性についての客観的な判断はほとんどできなくて、親のいうとおりにしておればまちがいはないという経験的な判断はできる程度までには成長しており、この段階ではじめて親の権威の芽生えができたといえるのでしょう。

この点に注目して大塚は「ピエテート意識にささえられて権威（支配）がうまれる」といってるのだとおもいますが、これは、権威がさきにあってそれへのピエテート意識がうまれるのではない、という指摘であるから重要であります。つまり、判断能力が親にあることは否定できないけれども、その能力が即権威になるのではなく、能力の発動にすすんで恭順するピエテート意識が能力を権威化するというので、当然これは権力についてもいえることです。すなわち、為政者の統治能力が即権力であるのではなく、為政者のおこなうゆたかな経綸に恭順する人民のピエテート意識によって権力がうまれるということですから、この指摘の重要性はくりかえし強調されねばなりません。

大塚のこの指摘をふまえて子の成長のつぎの段階をかんがえてみますと、やがて子は何が安全で何が危険であるかをすこしずつ自分でも判断できるようになり、ときには親の制止をふりきって行動するようになります。するとこの段階で、いわゆる家産制的支配がものをいうようになり、「親のいうことをきかぬとこれこれのことをしてやらぬぞ」という脅かしがききはじめます。しかしながら、すでにそのころにはある程度の嗜好傾向も子にはめばえており、「飴玉をやるからいうことをききなさい」といっても、飴玉に魅力を感じない子はかならずしも親のいうことをきくとはかぎりません。そして、子はさらに成長して嗜好にとどまらず価値観のうえでも親子のあいだで不一致がみられるようになっても、まだ親は子にたいし庇護を口実にして家産制支配的に親の価値観を強制しようとするのが世間一般の通例だといえましょう。

ところが、いよいよ子は経済的にも自立して親の家産制的支配も通用しなくなった段階で、こんどは子にたいして親の親であることへの〈甘え〉がはじまり、その〈甘え〉のレトリックとしてつかわれる言葉が、ほかならぬ〈孝行〉であります。つまり、もはや価値観のうえでの権威も家産制的支配も通用しなくなって、それでも親子の関係を親の優位という〈甘え〉において維持しようとするばあい、〈孝行〉というレトリックはピエテート支配のためのもっとも有効な手段となるのです。これは権力構造においてもまったくおなじことで、為政者がその経綸によって人民の恭順をつなぎとめることができなくなって、なおかつ為政者優位の関係維持をはかってつかうレトリックは、〈愛国心〉であり〈忠誠心〉であるのです。

2

〈甘え〉という問題についてもかんがえてみたいのですが、おおくの人によまれているらしい土居健郎の『甘えの構造』は、花崎によればいかがわしい本のようです。そのいかがわしさを花崎は、一九七〇年前後の全共闘、ニューレフト運動を学生たちの過度な〈甘え〉の例だ、と土居がのべている点をあげて指摘しています。しかし、これはいかがわしいどころか、きわめて悪質な見方であると私はおもいます。それで、『甘えの構造』の悪質さをあきらかにするため、すこしまわり道のようですけれども、かつて水俣病患者たちがチッソ島田社長らにどのような発言をしながらつめよったかを石牟礼道子が描写している、その描写を花崎が引用しているのを私もここで再引用してみます。

山本さんは自分の指を切って、社長におまえも切れ、といったり、いっしょにこれから墓参りに行こうじゃないかと誘ったりします。患者さんたちは、口々に「会社の幹部は一人ずつ上から順番に水銀を飲め」といったり、「結婚できない身となったから、あなたのお妾さんにしてくれ」と迫ったりします。こうした追及は、土居さんの眼鏡をとおして見れば、「甘え」の典型であるとされるでしょう。近代主義的な社会関係を正当な前提とすれば、つまりその前提を動かしがたく正当なものと考えれば、前近代的なむちゃくちゃな要求である。非合理的な無限責任を課する態度である。だから答えようがないと切って捨てられるものでしょう。よくてせいぜい、心情を汲もう、つまりがまんして言いたいだけ言わせてやろうという対応がでてくるだけでしょう。しかし、そういう受け止め方は浅薄であると同時に、差別であると私は思います。

患者さんたちの右のような態度は、なるほど伝統的な「ピエテート」（家族的「ピエテート」）に裏打ちされた態度です。ある「甘え－甘えられる」関係を想定し、希求しているように受け取れます。会社側は、まず「場違い」な訴えをしているという受け止め方をし、それからつぎに、「これは補償金を吊り上げるためのレトリックであろう」と解釈し、ますます警戒心をつよめ、下手なことは言うまいと口をつぐむ、ところが、患者さんたちのほうは、つぎのような哲学をもっている。すなわち、およそ人は他の人の悲哀や苦悩に対して「ピエテート」（敬虔）の感情を持つ存在であるはずだという哲学です。その琴線に触れるひびきをきかせてほしいというねがいから、この言葉を発している。つまり「共感」を追求しているのだとおもいます。

ここでしめされている花崎の思想も重要ですので引用がながくなりましたが、最後にでてくる〈共感〉という言葉は、花崎のこの論文の思想的核心となるもののようです。そして私もまた、

〈共感〉ということについては花崎におとらず最大限の重要性をみとめたいとおもっている者です。

ところがしかし、水俣病患者たちのあの切々たる発言についての私の解釈は、残念ながら花崎のそれとははなはだしくちがっているといわねばなりません。といいますのは、患者たちが島田社長にもとめているのはたしかに〈共感〉ではあるのですが、その内容を「およそ人は他の人の悲哀や苦悩に対して〈ピエテート〉（敬虔）の感情を持つ存在であるはずだという哲学」によって「その琴線に触れるひびきをきかせてほしいというねがいから、この言葉を発している」と解釈してはならぬとおもうからです。私の理解では、いまも患者たちがもとめつづけているのは、〈人間の罪〉についての〈共感〉にほかならない、およそ人間たるものは何が〈人間の罪〉であるかについて〈共感〉するところがあるはずだという確信、その確信にもとづいてあのような患者たちの発言はあったと私はおもうのです。

すなわち、戦慄すべき水俣病患者がつぎつぎに多数発生しているのを承知しながら水銀をながしつづけたというその〈罪〉についての〈共感〉を、「会社の幹部は一人ずつ上から順番に水銀を飲め」という表現によってもとめたのです。患者たちは、会社の幹部が水銀をのむはずがないことを百も承知のうえでのめという、それはおそるべき死を意味するがゆえに自分ではけっしてのまないが他人には平気でのませるという〈罪〉、それがいかにふかい〈罪〉であるかをしれということなのです。もちろんこれは〈甘え〉などでは断じてなくて、むしろ厳粛なる神の言葉のごときものとしてきくべきであります。もしそこに〈甘え〉があったとすれば、それはかえって会社側のほうにこそあった。花崎がかいているように、患者たちの発言を〈近代主義的な社会関係を正当な前提とすれば、つまりその前提を動かしがたく正当なものと考えれば、前近代的なむちゃくちゃな要求である〉とみなすならば、それこそ近代主義的社会関係すなわち資本主義的社会秩序に〈甘え〉、つぐないようもなくおかした〈人間の罪〉の承認をこばむものであります。そして、このばあい会社が〈甘え〉て庇護をもとめた〈社会秩序〉は、レトリックとして患者たちに強権的におしつけられたのです。

3

すこし本題からはずれますけれども、ひごろの私の文章を「レトリックのもてあそびである」と評する人がすくなくなくて私をなげかせています。しかしながら、私が言葉を大切にしなければならぬと一貫して主張しつづけていますのは、じつはレトリックから思想を解放しなければならぬということにつきる、といってさしつかえないのです。たとえば〈孝行〉〈忠義〉というばあい、かならずしも私はそれを思想的に無内容な言葉だとはおもっていません。たしかにそれらの言葉にはそれなりの思想性があることはみとめますけれども、見事な書体で扁額などにそれらの言葉がかかれているのをみますと、何をおもうて〈孝行〉〈忠義〉をいうのであるか、それはレトリックによる思想の停止宣言であるとしかおもえません。

レトリックに関連していまひとつ、道理と論理の区別の問題があります。普通には理性的であるとは論理的であることといわれ、そこから合理主義という言葉もうまれてきます。しかし、道理にかなうということもまた理性のはたらきである、というのが私の主張であります。花崎から直接にきいた話ですが、アイヌはたとえば熱湯を台所にながすとき「あついよ」と声をかけるという、これは感情ではなく道理にかなう理性のはたらきであるとみるべきです。花崎が〈共感〉ということをしきりにいうのは、おそらくアイヌのこういう理性に触発されてであろうと、これは私の想像ですけれども、彼が「人は他の人の悲哀や苦悩に対して〈ピエテート〉の感情を持つ存在であるはずだという哲学」というところをみるとそうおもえるのです。

しかし、水俣病患者たちの発言にたいする会社側の態度が、「まず『場違い』な訴えをしているという受け止め方をし、それからつぎに、『これは補償金を吊り上げるためのレトリックであろう』と解釈し、ますます警戒心をつよめ、下手なことは言うまいと口をつぐむ」という花崎の解釈は、私もそれが図星だとおもいますし、それは論理的であるというかぎりで会社側は理性的な判断をしたといえるかもしれません。

しかしながら、患者たちもまた理性をうしなって感情にはしっているのではけっしてなくて、おなじ理性でも道理に依拠した理性によって発言しているのです。つまり患者たちは、「会社のやってることは道にはずれているではないか」ということをいってるのです。ところが、理性的であるとは論理的であることでなければならぬというレトリックが、患者たちの道理にかなったきわめて理性的な発言を「むちゃくちゃである」といいきらせます。

4

水俣病患者たちには、〈甘える〉ことのできるいかなる庇護者もありませんでした。彼らがたよることができたのは、ただ道理だけだったのです。彼らは、直接チッソにたいしてのみならず、裁判所にたいしても環境庁にたいしても、訴えつづけているのはひたすら道理についてのみです。けれどもチッソは、裁判所や環境庁もふくむ権力体制の庇護に〈甘え〉て、おかした〈人間の罪〉の隠蔽に終始しています。そして、そのばあいのレトリック構造は〈正常なる社会秩序〉であるのですが、おなじレトリック構造がさらに顕著な形で姿をあらわしているのが三里塚であります。

一九七八年三月、空港管制塔が破壊されて政府の開港計画が挫折した直後、政府はいわゆる〈話し合い〉ということを提唱し、反対同盟はそれを公的には拒否しましたが、しばらくして反対同盟の一部幹部と政府とのあいだで秘密裏に〈話し合い〉がなされたことがありました。この秘密交渉は反対同盟とそれに連帯する諸勢力から猛烈な反撥をうけ、私自身もそういう形での対政府交渉には反対してまいりました。そして、秘密交渉は結局失敗におわりましたけれども、交渉の過程できわめて重要な問題点があきらかになったのです。それは、交渉のなかで政府は「空港周辺の正常化のために反対同盟はすべての支援勢力を排除せよ」という要求をだしたということです。

つまり、〈空港周辺の正常化〉とは何をいうのであるかについて、政府と反対同盟とはまったく正反対の見解をもっていることがあきらかになったのです。すなわち、政府にとっての〈正常なる状態〉とは、権力統治のまえに地域住民はなびきふしていなければならぬ、いいかえれば地域住民が国家権力によって完全に平定されている状態、もいちどいいかえれば、どのような暴政をおこなっても地域住民はけっして抵抗しない状態、たとえ抵抗しても国家権力は武力をもってたちまち鎮圧することができる状態、そういう状態をいうのです。

これにたいして反対同盟の百姓たちにとっての〈正常なる状態〉とは、たとえ国家権力といえども万人によって道理にはずれているとされる行為はゆるされない、もしそのような行為があれば地域住民は抵抗する自由が保証されている状態、そういう状態が地域にあるということでなければなりません。事実として、地域住民である百姓たちには事前にいかなる相談もなくて三里塚芝山の地域を空港建設地ときめてしまい、あとは札束と暴力をもって百姓たちをおっぱらい、抵抗する者を暴徒とみなして投獄するなど、そのような暴虐はゆるされない〈正常なる状態〉をもとめて、三里塚の百姓たちはたたかっているのです。

これを裏返していえば、古語に「匹夫も志をうばうべからず」というように、たとえ一人の百姓といえども国家権力と対等互角の立場であるはずで、したがって国家権力が武力と金力によって空港建設の既成事実をつみかさねて三里塚芝山の地域を強引に平定しようとするような、そのような暴政に泣寝入りすることなく抵抗してたたかってこそ〈健全で正常な日本人民〉であるではないか、ということであります。ですから、今後もし政府と反対同盟とのあいだで〈話し合い〉がなされるとすれば、たとえ国家権力といえども道理にはずれた〈人間の罪〉はゆるされない、ということで両者のあいだで合意がなりたったとき以外ではありえますまい。

三里塚闘争の実態は以上のとおりでありますが、一般論として統治者と被治者、雇用者と被傭者、教師と生徒、親と子など、いずれもさけがたく強者と弱者の関係であります。そして、強者は弱者にたいして本来的には庇護者であるべきはずですのに、実態としては平定者（支配者）としてふるまうのが体制となっています。つまり、弱者にたいする強者のホンネは平定（支配）でありながら、タテマエとして庇護者であるかのごとくふるまわねばならない、だから、強者はそのタテマエによって弱者をおびきよせます。

ところが弱者がそのタテマエを信用して強者に接近しようとすると、強者はこれを〈甘え〉としてしりぞけます。土居が一九七〇年前後の全共闘、ニューレフト運動を過度な〈甘え〉の例としてあげたというのは、まさにこの強者のペテンの弁であります。一九七〇年前後の学生運動の実態は、産業と政治が大学のタテマエである学問の自由へ干渉することを拒否し抵抗する運動でありました。したがってそれは、〈大学の健全で正常な状態〉の回復をめざす学生たちの運動であったにもかかわらず、政府と大学当局はホンネである平定意識まるだしの弾圧を強行したのでした。

このように、〈正常化〉というレトリックによって国家権力が人民を平定するやりかたの例を二、三あげてみれば、国会で議事進行の〈正常化〉ということを口実に野党勢力がきよめられていく過程は、野党はすこしくらい三里塚の百姓にみならえばいいのに、みごとに自民党に平定されて国家権力の構成要素になりさがっていることをしめしています。

また、裁判進行の〈正常化〉のためと称して弁護士の活動を制限する措置については、これは弁護士のありかたに問題があるのではないことはいうまでもなく、本来は国家権力にたいする批判者でなければならぬ裁判官が平定されて国家権力の奴婢になっていくという、おそるべき亡国の兆であるといわねばなりません。さらに目下の重大問題は、中学校や高等学校などの教育現場における〈正常化〉の強行であります。

この教育現場の荒廃はみのがせませんので、すこし私の意見をいわせてもらえば、教師と生徒の関係は、保護者＝強者と、被保護者＝弱者のそれであることはいうまでもなく、しかしそれが親と子の関係とちがっていますのは、野球でいえば教師は生徒にたいして監督でもコーチャーでもなくトレーナーでなければならないということです。もちろん親も子にたいしてトレーナーでもあるのですが、それは親もまた子の教師であるという面があるからです。ところが、平定の発想にもとづく教育行政とは教育の画一化にほかならず、それは個性を尊重するトレーナー的教育の圧殺にほかなりません。だから、いまもとめられているのは教師自身が教育行政によって平定されないことですけれども、もし平定に屈するとすれば、道理として教師と生徒は保護者と被保護者の関係ではなくなり、強者と弱者の関係だけがのこります。そうなれば、教師が生徒にピエテート意識をもとめるのは無理な注文というもので、たとえおさなくても生徒は弱者であることをも拒否しはじめ、そうであってこそ生徒にはのびのびと成長する〈正常〉さがあるといわねばなりません。

三里塚の百姓たちは政府・空港公団のまえになびきふし、労働者は政府・資本家の賃金政策に恭順し、一般市民は増税、物価高に泣寝入りし、学生は文部省の教育政策に盲従し、そのうえ政府が強行する戦争準備には歯止めがかからないとすれば、それほど日本人民がみごとに平定されたことはかつてなく、為政者にとってはまさに天下泰平でめでたしめでたしということでありましょう。しかし、このとき日本は亡国への道をまっしぐらにかけおりているということをしらねばならぬのです。

5

いうまでもなく、ただの人民は乱をけっしてこのまず、なによりも平穏無事をのぞみ、日々の生活に災のなからんことをと、そればかりが民百姓のねがいであるといってまちがいないとおもいます。人びとは他を侵さず侵されず、他を抑圧せず抑圧されず、他を加害せず加害されず、平和に日々をくらしていくことが万人のねがいであります。それも、すこしくらいの侵略や抑圧、加害ならば我慢もするというほど、人々は平和を愛しているのです。

しかしながら、侵略している者が侵略をみとめず、抑圧している者が抑圧をみとめず、加害している者が加害をみとめないばあい、すなわち人間が集団として生活するのに平和が維持される基本条件である自由と平等がそれらの公然たる行為によってあやうくされるばあい、ましてや特権をあたえられた一部の人は他を侵略し、抑圧し、加害してもよしとするような体制があるばあい、人びとは当面の平穏無事をもかなぐりすてて抵抗のたたかいにたちあがるのはさけがたいことといわねばなりません。なぜならば、その抵抗は侵略、抑圧、加害という基本的な〈人間の罪〉をゆるさないという人間性そのものの発露であるからです。そして、ここできわめて大事なことは、このような基本的な〈人間の罪〉についての〈共感〉が万人のあいだでかならず成立するという条件のもとで、人間の志の自由は保証され、いわゆる価値観の千差万別も平等に容認されるということです。

たとえば三里塚には、公然と党派名を名乗る集団が私でさえはっきりつかめない数ほど結集していますが、そのほかにも外向けには名乗りをあげていないグループやサークルとして活動している集団もすくなくありません。それらの党派はもちろんグループやサークルも、それぞれに独自の世界観をもってうごいています。ですから外目からみれば、ひろくもない三里塚でたがいに旗色のちがう集団がそれほどひしめきあっていて、どうして内輪もめがおこらないのかと不思議にみえるかもしれません。しかし、もちろん内輪喧嘩が皆無とはいいませんけれども、すくなくとも対外的には対立のない態勢がつくれているのはなぜかといえば、反対同盟とそれに連帯し結集する人びとは、侵略、抑圧、加害をおこなう行為は基本的な〈人間の罪〉をおかすことであるとの認識で完全な〈共感〉をかちとっているからです。つまり、そのような〈共感〉をかちとっているかぎりで、どのような世界観をもつことも自由であり、平等の権利も保証されるということです。だからこれによっていえますのは、人間の志の自由と魂の平等は〈人間の罪〉についての基本的な認識によって保証されるということが三里塚闘争において証明された、ということであります。

そこで、はじめにかきました親子の関係についてつづいてかんがえてみますと、すでに子はりっぱに成長して経済的にも価値観のうえでも親から完全に独立した状態になったとき、なおかつ親子は親子としての平和な関係はどのようにして維持できるかといえば、両者のあいだに何を〈人間の罪〉とするかで〈共感〉がなりたつばあいにかぎる、といえるとおもいます。たとえば〈忘恩〉はレトリックとしてではなく〈人間の罪〉であるということで親子のあいだの〈共感〉がなりたつとすれば、たとえ〈孝行〉という特殊な道徳的価値観の強制がなくても、両者のあいだは平和で積極的な親子関係として維持できるにちがいありません。

〈孝行〉というレトリックによる特殊な道徳的価値観の強制は、特権者としての親は子にたいして侵略、抑圧、加害をおこなってもよいという発想を背景にしています。おなじように〈愛国心〉〈忠誠心〉というレトリックは、国家権力が人民にたいしての侵略、抑圧、加害をすべて合法化してしまいます。説明するまでもなく現実はそのとおりになっていますが、それをすこしやわらかく〈公共利益〉というレトリックにきりかえ、さらに国家のする仕事はすべて〈公共利益〉のためであるというレトリックをあみだしました。しかしながら、〈公共利益〉をほんとうにレトリックでなくするためには、万人によって〈人間の罪〉とされるいかなる行為も排除される装置と努力が最大限になければなりません。だから三里塚の百姓は、「ここに空港をつくりたいから相談にのってくれまいか、といってきたのだったらあるいは相談にのったかもしれない」といっているのでして、このことは、〈公共利益〉というレトリックによる力の平定はゆるさない、という百姓たちの断乎たる決意の表明であります。

6

さて花崎論文によれば、鼎談『甘えと社会科学』のなかで、大塚久雄は注目すべき発言をしているようです。それは、古典古代の地中海周辺地域であるギリシャ、ローマの都市国家とその文化について、「その古い『ピエテート』とその上にたつ『家産制支配』をこわしたものは、集団的移動と戦争であった。その非情で過酷な社会においてキリスト教が成立し、拡大していった。

その意味では、キリスト教成立の母胎は、ふるい『ピエテート』がいったん否定される意識の土壌である」といっていることで、もっともこれは花崎の引用の再引用ですけれども、私は集団的移動と戦争が家産制的支配をこわしてふるいピエテート意識が崩壊し、そこにキリスト教が成立し拡大していったという大塚の指摘を、つまりふるい型の恭順、敬虔の意識が崩壊したというのは価値規準である権威がほろび、したがって価値観の混乱がうまれた、そしてその価値観混乱を土壌としてキリスト教が成立したのですが、それはあたらしい価値規準としての権威が成立したということではなく、その混乱を土壌にして〈人間の罪〉意識の普遍的〈共感〉の獲得をなしとげたのが原始キリスト教であった、という指摘であると解釈するのです。原始キリスト教の本領は疑問の余地なく〈人間の罪〉意識の召喚にあったことをおもいあわせますならば、大塚のこの指摘はあまりにも重大であるといわねばなりません。

ところがしかし、道理というならば〈人間の罪〉意識の普遍的〈共感〉こそが一切の形式的な恭順、敬虔の意識を不要にし、したがって人間の自由と平等と平和を保証する唯一の条件であるにもかかわらず、やはりキリスト教にも落し穴があったのでして、やがてキリスト教徒が教団をつくるにしたがって絶対的権威である神にたいする恭順、敬虔によって〈人間の罪〉も免罪されるという、あたらしいピエテート意識を復活させました。

わたしどもが普通にいうばあいの西欧文化圏は、ながいあいだ〈人間の罪〉の内容は神のさだめるところとされてきましたが、それの何であるかは神の権威にもとづくものではなく人間相互の約束ごとにすぎないと喝破したのが、いわゆる社会契約説によるジャン・ジャック・ルソーだったのではないでしょうか。ルソーのこの社会契約説はたいへんな〈人間の罪〉意識の逆転であり、同時にこの大逆転によって価値観の多様性が広汎にみとめられ、ということは人間の自由と平等と平和が保証されるたしかな道がひらかれたということができましょう。積極的に評価できる面としての近代文化は、まさにこのルソーによるあたらしい〈人間の罪〉意識の普遍的〈共感〉の獲得にあったといっていいのです。

ところがまたもや、この社会契約説にも落し穴があったのでして、人びとは約束ごとを条文化してそれをやぶるのが〈人間の罪〉だとすることを制度化し、その結果として、制度こそが権威であり権力機構であるということを定着されてしまいました。それが近代国家ですが、権力機構としての近代国家にたいする〈忠誠心〉は基本的な〈人間の罪〉を免罪するというおどろくべきことを公認します。すなわち国家のする侵略、抑圧、加害はすべて正当であるとされ、その国家への〈忠誠心〉にうらづけられた殺人、強盗、強姦その他いかなる罪業もことごとく美徳とされるのです。そのことがもっとも顕著にあらわれるのが戦争に際してでありますが、三里塚で警察機動隊員が日常的にどういうことをやっているか、それは公益事業の名による国家の仕事はすべて善であることを前提にし、それへの〈忠誠心〉を看板にすれば住民にたいするいかなるリンチ行為も賞されるのです。

7

〈人間の罪〉の意識は形式的なものであってはならず、あくまでも実質的でなければなりません。にもかかわらず、それを形式化するのが国家の法であります。ということは、何が〈人間の罪〉であるかは国家がきめることであるから、国家自体が〈人間の罪〉をおかすようなことは絶対にありえないという、おそるべき非原理の原則が確立されることになります。

わたしどもが戦争反対をいうばあいの根拠は、それが惨害をもたらすからではなく、侵略したりされたり、抑圧したりされたり、加害したりされたりという〈人間の罪〉をおかしてはならぬという、人間性のやみがたい発露としていうのであります。だからたとえば、まだ結着がついたとはいえない教科書問題についていえば、政府は〈侵略〉を〈進出〉とかきかえさせたことの〈まずさ〉を不精無精にみとめましたものの、国家としての日本が中国や朝鮮の人民、あるいは沖縄の人民にたいしてどのような〈人間の罪〉をおかしたか、そのことの認識はかたくなに拒否しています。が、それを批判する側のほうでも、そのことの〈罪〉をとがめるところまではいっていないようにおもえてなりません。「申訳ないことをした」とあやまるのは水俣病患者にたいするチッソの態度とかわらず、わたしどもは水俣病患者にならって、「日本の政府は一人ずつ上から順番に万人杭にはいれ」といってその〈人間の罪〉をとがめねばなりません。

国家は侵略、抑圧、加害をその名によっておこなってよいとすれば、国家の存在それ自体が〈罪〉とされねばなりません。それでも国家が〈罪〉をおかすことはありえないという原則がみとめられれば、あとは力によって天下を平定するのみが国家の使命ということになるでありましょう。もっといえば、力によって他を平定できる者にいかなる〈罪〉もありえないことになり、田中角栄はそのことを実証しようとしているようです。

だから、いまこそわたしどもはいわねばなりません。すなわち、人間の尊厳ということをいうばあい、人間には〈人間の罪〉の意識があるということをのぞいてはその根拠はないのです。それあるがゆえに人間は自由と平等を主張することができ、平和への希望ももてるというべきです。あるいは、いわゆる価値観の多様性も、〈人間の罪〉意識についての〈共感〉があってはじめて秩序がたもてるでありましょう。そして、その〈人間の罪〉意識はいかなる権威によって規定されるものではなく、ルソーにしたがってそれは人間相互の約束ごとにすぎないことをみとめながらも、私はただ人間相互の約束にとどめず、人間と自然とのあいだにも約束ごとがなければならないといいたいのであります。

してみれば〈人間の罪〉意識こそが根源的統一原理であります。

核エネルギー開発は犯罪である　論理と道理

1

「この『瓢鰻亭通信』創刊号の発刊日付は一九六二年五月になっていますね」

「そうだ、束の間のようだったけれども、あれからもう二三年にもなる。よくつづいたものだとおもう」

「その創刊号は『核戦争について博徒と語ること』という標題で、いまとおなじような対談形式の文章になっていますが、そういう標題でこの通信を発行するにいたった動機といいますか、その経緯はどういうことだったのですか」

「その話はこれまでに何度もしていることだし、またくりかえしてもおもしろくないだろう」

「通信を創刊した経緯はともかく、最初にとりあげたのが核戦争の問題であったということにはそれなりの理由があったでしょう」

「もちろん理由はあった。ひとつには、しばらく止っていた核爆発の実験をアメリカがその年に南太平洋で再開したこと、いまひとつは、そのまえに最初の核爆弾製造で中心的役割をはたしたといわれるオッペンハイマーが日本にやってきて、そのとき堀田善衛が科学者としてのオッペンハイマーの仕事を難詰する文章を朝日新聞にかいたのだが、その堀田論文に反駁してオッペンハイマーを擁護する文章を上坂冬子がおなじ朝日新聞にかいたのだ。その論争はそれっきりだったが、僕はその論争を非常に重大だとかんがえたので、あの創刊号の文章をかく気になった」

「そうでしたか。私はあの文章をよんでふかくかんがえさせられたものです」

ようやく瓦職人は、核エネルギーを開発する技術は人間の技術ではないという話をする気になったようである。

「いまよんでもあの文章は非常におもしろいとおもいますが、特にさわりとなるところは、博打の親分がつぎのような発言をするところでしょう。

もしわたしが大学の学長でしたら入学式でつぎのような訓辞をします。

「君たちは一〇年さきに、社会の指導的人物になる志をもって本大学に入学した。しかしそれ以前に、核戦争がおこらぬという保証はいまのところすこしもない。したがって君たちの志を達成する基本的な前提条件は、核戦争の防止でなければならない。それに有効な手段を、君たちが教室にはいるまえにとることを要請する」

また、わたしが銀行家であれば企業家にむかっていいます。

「今回あなたに融資する資金は、すくなくとも一〇年以上経営にやくだつでしょう。だからそれ以前に、核戦争がおこらないようにする有効な手段を、あなたがとらないならば、あなたを信用するわけにゆきません」

また、わたしが牧師ならば、花嫁と花婿につぎのような宣誓をもとめます。

「わたしたちは永久に愛しあうことを誓います。またこの永遠の愛をほろぼそうとするくわだてである核戦争には、有効なあらゆる手段をつくしてたたかうことを、かたく誓います」

また、わたしが証券会社の外務員ならばマネービルをする奥さんにむかって、苗木屋ならば植林をする農家に、大工ならば家をたてる律儀者に、それぞれにいう言葉があるというものです。

と。これはおもしろいというより、なかなか味のある発言だとおもいました」

「よくおぼえていてくれた。ところがあれからもう二〇年以上もたったけれども、まだ核戦争はおこっていない」

「そうです。広島、長崎以後に核兵器はまだ地球上では実戦につかわれていません。それは幸なことですけれども、博徒は予言としてああいう発言をしたのではないのですから、一〇年か二〇年あるいは五〇年といってもおかしくはないのでして、したがって現在でもあの発言は十分に有効であるといえましょう。それはそうですが私が疑問におもいますのは、博徒がいうところの『核戦争を防止するための有効な手段』とは具体的にはどういう手段のことなのか、そこのところがはっきりしていないことです」

「痛いところだ。しかし当時としては、署名運動とか示威行動とか、そういうことが常識的にかんがえられた核戦争を阻止する運動だった」

「当時にかぎらずいままでも、私たち人民が反核反戦の意志表示をする手段としては署名運動や示威行動、それをいろいろと趣向をかえてやっているのでして、数年まえには国民の絶対多数といっていい数の反核署名があつめられましたし、全国の各地で数十万の人びとが反核デモに参加しました。ヨーロッパ諸国では日本でよりはるかに大規模な反核運動が、しかも国境をなくして展開されているようです。にもかかわらず、核戦争の危機はますますふかまるばかりです」

「あやうい、ほんとにあやうい。日本国民の全体が、いや地球上にすむ人民の全体が核戦争はなんとしても避けねばならぬと真剣にかんがえている。そのことに疑問の余地はまったくないにもかかわらず、社会主義国も自由主義国も核軍拡に無反省に血道をあげている。いったい何が社会主義で何が自由主義なのか、つくづくとかんがえさせられる」

「しかし、反核反戦運動をする私どもの側にも反省しなければならぬところがあるとおもいませんか」

「もっと本気になって、さらに運動の規模をおおきくしなければならぬとおもう」

「本気になるとはどういうことでしょう。問題は、運動の中身にあるとおもうのです。私の感じでは、これまでのところ署名運動も示威行動も厳密な意味では〈訴え〉の運動である。それも〈強訴〉までもいかぬ〈哀訴〉でしかないということです」

「なんだって、君、そんな言方はないだろう。人びとが核兵器の廃絶をもとめて為政者の良心に真剣になって〈訴え〉ている。それを〈哀訴〉にすぎぬというのはひどいではないか」

「〈哀訴〉というのがひどいなら〈請願〉といってもいいでしょう。しかし、反核反戦運動の現状をみますと、『非核三原則を守れ』『トマホーク配置反対』といいましても、実質的には統治者にたいして被治者のする〈請願運動〉といってまちがいありますまい」

「いや、そうとはかぎらない。ある政党が『わが党が政権をにぎればかならず核兵器の廃絶をする』といって、その党への支持をもとめる形の運動もあるではないか」

「そういう運動といえども、やはり被治者から統治者にたいする〈請願運動〉をこえていません。そのことをもっともよくしめしていますのは、反核反戦デモが国会議事堂におしかけたときなど、共産党議員たちが白い手袋の手をふりながらご苦労さんと会釈をふりまいていて、あれはいつか統治者になるつもりの政党が被治者たちの〈請願〉にこたえている光景なのです」

「それは共産党にかぎらない。しかし、最近は地方自治体などで反核宣言をするところがふえているが、あれを君はどうみるか」

「やはり〈請願運動〉ですね。といいますのは、自治体が住民全体からの〈反核請願〉をうけたということの確認が〈反核宣言〉でして、だから自治体の首長も議員も宣言によってすこしも拘束されていないではありませんか」

「だとすれば、自治体の〈反核宣言〉は日本政府にとっての〈非核三原則〉とおなじことということになるのか」

「それはちがいます。統治者である政府が被治者である人民にたいして違反しないと固く約束したのが〈非核三原則〉ですから、自治体の〈反核宣言〉と同一にかんがえることはできません。しかし政府は、〈非核三原則〉を自治体の〈反核宣言〉とおなじものと、国民におもいこませようとしているのは事実であるといっていいでしょう」

「ふむ、いちいちもっとものようだけれども、しかし君のようにいうと、反核署名運動も示威行動も、あるいは自治体の反核宣言も、いくらやっても無駄だからやめたほうがいいということになってしまう」

「そんなことはありません。これまでの反核反戦のためのさまざまな形の運動は、ますます積極的に展開しなければなりませんが、いま必要なのは、運動の内容を〈請願〉から統治権力者を〈拘束強制〉する運動へと転換するということです」

「そうだ、そのとおりだ。しかし、そういう運動はいまもあるとおもう。比較的左翼の運動では、『核武装を許すな』『トマホーク配備を許すな』というスローガンになっていて、これはあきらかに〈請願〉ではない」

「そのとおり。しかしながら、〈許さぬ〉という運動がどのようにしたならば実効のある運動になりうるかということが問題です」

「それは力だ。つまり政治力だ」

「政治力といわれても意味が曖昧で、私にはどうもぴったりきません」

「はっきりいえば、左翼の連中は革命をかんがえている。革命によって支配権力を打倒しなければ反核反戦の運動は貫徹しないというのが彼らのかんがえだ」

「それでは、成功する見込みなしです」

「ということは、君は革命に反対なのか」

「いいえ、革命に反対ではありません。しかし、革命によって反戦反核を貫徹しようというかんがえかたには私は反対で、むしろ私は反戦反核を貫徹することによって革命は成就するだろうとかんがえるのです」

「ふむ、そこがとても大事なところかもしれんな」

「私のみるところでは、あなたがふかくかかわっている三里塚でも、じつはそのちがいゆえに困難がかさなっているようにおもえてなりません。つまり、とにかく革命をとあせっている連中の目には、百姓の当座の心を大切にする者たちは革命を避けているようにみえてしかたがない。逆に百姓の心を大切にする者たちからは、革命をいそぐ連中はかえって革命から遠ざかっているようにおもえるのです。あなたのドブロク裁判にしても、革命家たちにいわせれば、『ドブロク問題などは革命が成就すればいっぺんに片付くこと』にちがいありません」

「なにもドブロク問題をここで話題にしなくてもいいだろう。話をもとにもどして、われわれの反核反戦は〈陳情〉や〈請願〉ではなく統治者権力を〈拘束強制〉する運動でなければならない。しかしそれは、たとえば社会主義政党に力をつけてやって現統治権力を〈拘束強制〉させるという、そういう運動にはならぬだろう」

「それはやはり、〈陳情・請願〉の運動をこえないからです」

「だとすれば、どういう運動が直接に統治権力を〈拘束強制〉できるだろうか」

「それをこれからかんがえてみましょう」

「ふむ、君はいつの間にか瓦職人をやめてしまって、反核運動家になったようだな」

「いいえ、私は瓦職人として技術者のはしくれであるから、そういうことをかんがえるのです」

2

「それではもいちど、この通信創刊号の話にもどりますが、あの文中にいまひとつ大事なところがあります。

「……すこし前に、原爆の発明者の一人であるオッペンハイマーが日本にきたことがある。

そのとき僕は友人に、かって太陽の火をぬすんだプロメテウスが永遠に罰せられているように、天の火をぬすんだオッペンハイマーもまた永遠に罰せられねばならぬ、と語ったのだが、その友人は、オッペンハイマーが原爆を発明しなくても、いずれは誰かが発明したにちがいないから、それは必然であるといったものだ」

「それは、たしかにそのとおりでしょう」

「そうだ、それはそうにちがいないけれども、しかもなお、オッペンハイマーは罰せられねばならぬと僕はおもう。プロメテウスが太陽の火をぬすまなくてもいずれはたれかがぬすんだにちがいないからといって、プロメテウスをゆるすことはできぬではないか。そういう峻烈な精神が人間にあるということが、一面では人間の尊厳というものでなければならぬと僕は思う。だからそういう意味で、僕は古代ギリシャ人のヒューマニズムを尊重したいと思う」

と。こういう文章をかいた覚えはありますね」

「覚えがあるくらいではない。この通信の標題が瓢鰻亭となっているのも、そのヒューマニティからきているのだ」

「なるほど。天の火をぬすんだプロメテウスに大地を背負わせるという永遠の罰をあたえた古代ギリシャ人ヒューマニズムをよしとし、それを志としてこの『瓢鰻亭通信』は発刊されたというわけですね」
「それほど大袈裟にかまえたわけではないけれども、まあ、そういうことだった」
「しかし、プロメテウスに永遠の罰をあたえたというきびしさが古代ギリシャ人のヒューマニズムだというならば、なぜそれがヒューマニズムであるかの説明がなければなりますまい」
「君はなかなかしつこいねえ」
「そうですとも、大事なところをゆるがせにしないのが技術者なのですから」
「りっぱなことだ」
「私がおもいますに、プロメテウスが太陽の火をぬすんだということは、彼が太陽にいってオキをぬすんできたのではなくて、太陽にしかできなかった火をつくる技術をぬすんできたということでしょう」
「そうだ、そのとおりだ」
「ところが、古代ギリシャ人がプロメテウスを罰しようといったときには、すでにおおくの人たちも火をつくる技術を身につけていたとおもいます」
「そうにちがいない、僕もそうおもう」
「それなのに、なぜプロメテウスを罰しようといったのでしょう」
「火をつくる技術をみんなが身につけたということは、同時に火のおそろしさをみんながしったということだったからだろう」

「そうです。つまり、火を不用意にあつかえばとんでもない災事がおこるということを自分にいいきかせる、それがプロメテウスを永遠に罰するということなのです」

「そうか、自分にいいきかせるのか」

「プロメテウスがはじめて火をつくったのは、やはり摩擦によってだったにちがいありません。道具は木であったか石であったか、あるいは金属であったか、それはわかりませんけれども」

「道具はたぶん木だったろう」

「よく乾燥した木を継続的につよく摩擦させて火をつくることができるというのは、今様の言葉でいえば科学的技術でして、それは他にいいきかせておぼえさせることができます。なぜそれができるかといいますと、摩擦によって火が生ずるということには客観的な普遍性のある現象だからで、だから人間の理性にうったえて論理的に説明できます」

「そうして、たちまち万人は火をつくることができるようになったというわけだ」

「ところが、実際に誰かが火をつくるばあい、これから火をつくるのだと意識して身構えをするでしょう」

「火傷をするかもしれない、他に燃えうつるかもしれないという不安があるからな」

「いまはマッチでもライターでも危険のないようにつくられていますけれども、それでも十分に理性をはたらかせて用心をします。つまり、不手際のないようにと理性的に自分にいいきかせるのでして、そのばあいの理性は論理ではなく道理によると私はいいたいのです」

「まて、そこはなかなかむずかしいところで、火に手がふれると火傷をするし衣類にふれると燃えうつるということには客観的な必然性があるのだから、それは論理的に説明できねばならない。ということは、火には手や衣類をふれさせてはならぬというのも、論理的にいえることだろう。つまり、警告としてたとえ自分にいいきかせるのであっても、そのときはたらくのは論理的理性であるといえそうなものだ」

「それは他人としての自分、自分を対象化していいきかせているのでして、火傷をしたり衣類をこがしたりするのは『嫌だ』という他人ごとにはできない判断がさきにあり、それを論理的な判断というのは無理です。したがって、そういう判断にもとづいて理性的に自分にいいきかせる警告は論理ではなく道理によるというわけです」

「なるほど。とにかく『火傷をするのは嫌だ』『衣類をこがしては困る』という価値判断がまずあって、そういうことへの不安にたいして用心をするよう自分にいいきかせる理性は道理によると、そういうことだな。しかし、火傷をしたり衣類をこがしたりするのは、自分にとってだけでなく他人にとっても『嫌で困る』ことにちがいなく、あたりまえのことだけれどもそういう価値判断には普遍性があるといえる」

「そのとおりで、だからそこに罪という意識がうまれるのです」

「ふむ、罪という意識がねえ」

「火事になったら自分が困るように他人も困るにちがいないから滅多なところに煙草の吸殻を

すててはならない。かまわずにすてることを罪とするのです」

「でもねえ、僕が仕事の合間に一服の煙草を吸うのに火を不始末にしてはならないと気をつかうけれども、そのとき罪ということまでは意識しないよ」

「私だってそうでして、しかしそういうばあいにも罪の意識がなければならぬということの意味をこめて、プロメテウスを永遠に罰したということではありますまいか」

「あっ、そうか。火というもののおそろしさをしる人間が、それをどんな些細なことであつかうばあいも罪の意識をうしなわない。そこに人間の尊厳というものがあるので、言葉をかえればヒューマニズムがそれだろう。まして天の火をぬすむことである核エネルギーを開発する仕事は、あまりにも罪ふかい仕事であるとしらねばなるまい」

「まってください。核の問題は話を順序だててしようではありませんか」

「もちろん、そういうことになる」

「火については、プロメテウスが最初に火をつくる技術を開発したあと、その技術はたちまちのうちに万人に解放されましたが、なぜ急速に普及したかといいますと、同時にそれを消す技術も開発され普及したからです」

「そうだ、消すことのできない火をつくる技術が普及したらたいへんなことになる」

「水をかければ、あるいは密閉すれば火は消すことができるというのは、それをつくる技術におとらぬ重要な技術で、その技術は子供にもできるということが火をつくる技術の普及に決定的な意味をもったといえます」

「要するに、自分でつくったものだから自分で始末することができるという、そういう技術が子供にもできるからいいのだ」

「仮にです、核エネルギーを利用する技術が、プロメテウスの火のように万人へ解放されるとすれば、あえて私はその開発に反対しなくてもいいとおもいます」

「そんなことは君、とうていできる話ではないだろう。しかし百歩ゆずるとして、核エネルギーを利用する技術は誰かに独占されていても、たとえばスリーマイル島でのような事故がおこったばあい、ちかくに住んでいる人びとが自力で災事をこうむらないような技術を子供たちまでが身につけているとすれば、核エネルギー開発をみとめることもやむをえないかもしれん」

「つまり、技術は論理としての科学技術ではなく、道理としての人間技術でなければならぬということです」


（この項未完）

展望は民衆文化運動にある

野心を排して志を養おう

私がそもそもこの民衆文化運動フォーラムという企画に関心をもつというか、これは大事なことだと考えるようになったのは、社会主義の運動を文化運動としてとらえる、あるいは、エコロジーの運動でも文化運動として、というふうに考えないとどうも具合がわるいと思うからなんだな。やはりこれからの運動というものは、文化運動ということでしか展望は開けないと私は思う。というのは、階級闘争という場合、それは労働者階級が政治的に天下をとるということの以前に、なにより文化的に天下をとるたたかいがなければならないからで、それがなくての革命はやがて労働者、農民を裏切る結果になることを歴史は教えている。

最近痛切に感じることなんだが、三宅島の空港建設反対の運動があるでしょう、あれは文化闘争なんだな。逗子の森を守るたたかい、あれも文化闘争だな。三里塚の土地を守るたたかい、これも文化闘争なんだな。それから反原発のたたかいもそう。こういった民衆の反権力のたたかいは、みんな本質的には文化闘争なんだ。具体的に三宅島の反対闘争がもつ意味を考えてみればわかると思うんだが、じっさいに飛行場建設が拒否され、そのたたかいをつうじて平和な三宅島が建設されるならば、それはおそらく社会主義的なイメージによるのでなければならぬだろう。それは権力闘争としての階級闘争ではないかもしれないし、社会主義的な意識によるのではないかもしれんが結果的には、そうでなければ最終的な勝利というものはないといえると思う。

つまり、社会主義を文化として考えるということですな。反原発にしても、あれを政治闘争だというでしょう。政治闘争というのは、いうまでもなく力と力のたたかいなんだな。しかしそれでは民衆の側に勝ち目のないことがはっきりしている。文化闘争としての原発を考えれば、政治的な力としてただ反対、反対といってるだけじゃなくて、原発を必要としない状態でのわれわれにとってのエネルギーはどうあるべきか、どうつくるべきかを考えなければならないということになる。それが民衆の実力闘争としての文化運動なんだな。エコロジーならエコロジー的な発想で、みんなが納得できるようなかたちでの原発をなくする状態をつくれなければ、ほんとうの反原発の闘争にはなりえないんです。

国鉄の問題にしても、われわれは国鉄をひとつの文化として考えなくちゃあいかん。国鉄という、貨物なり人びとを輸送する機関というものが、人民にとってどういう役割をもっているか。それを利益追求の機関とすることが正しいのか。国鉄の労働者と住民が一体になって、われわれにとって国鉄とはどういうものであるかというところまで考えないといかん。どうなればわれわれは勝ったといえるのか、勝ったときの状態はどういうものかという展望がなければいけないんだ。

そうすると、文化とは何かという問題になってくるんだが、私は生活そのものの在り方、人間の生き方そのものが文化であると思っている。いいかえれば、人間が生きていく権利、自分たちの生きざまについての主張、それが文化なんだ。

ただ、その前にひとついっておかなければいけないのは、大衆文化というのがあるね。あれは風俗なんだ。風俗と文化は区別しなければいけない。松尾芭蕉のことばに「不易と流行」というのがあるが、いわば人間にとって不易なるものが文化なんだと私は思っている。大衆文学なんていうのは、ほんとうをいえば、風俗文学といいかえてもいいと思っとるんだ。ところがなぜ風俗というものが人びとに支持されるのかというと、それはね、人間はほんとうにおかしくなくても、くすぐられると笑うということがあるでしょう。あれなんだな。テレビやなんかのマスメディアの宣伝で、ほんとうはおかしくなくても笑わせられたり、ほんとうに美しいと思わなくても、美しいと思わされる。原発にしたって、くすぐられて、原発が必要だと思わされている。

そういうものに対する抵抗というのは、現実的な日常の生活のなかの文化としての抵抗でなければならん。それがほんとうの意味での政治的な意味をもつのだと思う。いままでの左翼の運動は、イデオロギーだけで、論理に対する論理のたたかいであったからだめになったというところがある。支配者は論理によって支配するが、人民は道理によってたたかう。論理に対しては道理によってたたかわなければならんのだよ。三宅島にしても、逗子にしても、三里塚にしても、彼らは論理によってたたかっておるのではなくて、道理によってたたかっておるんだ。そこを左翼の連中はどうも理解できないでいる。

ただ、生きざまそのものが文化だといったときに、どういう生き方で生きるか、そこのところがまだ明瞭になってない。われわれが文化運動ということをいう場合には、どのような生きざまをとるかが課題になってくる。それには、ひとつは「罪」という考え方がなければならんと思う。何が人間にとってほんとうに罪であるか。この罪というのは、人びとのあいだの社会的な約束事で決まるものなんだ。

ところが、それがいまはどうなっているかというと、国家が何が罪であるかを決めるようになっている。何が罪であるかを国家が決めるということは、逆にいえば、何が善であるかを国家が決めるということだな。かつてはそれを天皇が決めた。だから「天皇陛下万歳！」といえば、あとは何をしてもいいということがあったわけでしょう。南京大虐殺なんていうことができたのもそういう思想的背景があったからなんだ。それを、いままた中曾根自民党政権は復活させようとしている。

このごろの裁判、厚木の裁判にしろ、教科書の裁判にしろ、私のドブロク裁判にしろ、ことごとく国家にとって損になること、国家が困ることはしてはいけないということでしかない。しかし、はたしてそうであるか。そうなるとたいへんなことになる。これははっきりしている。

だから、われわれが文化という場合には、何が罪であるかを人民がおたがいに決めることが大事なんだと思う。人の物を盗むな、人を殺すな、国家の名によって人に殺人を命ずることは罪なんだとはっきりいうこと、それが文化闘争なんだ。日常生活のなかで道で小便してはならないというようなことも含めて、われわれのあいだの約束でしてはいけないことというのが、われわれが文化をいう場合の柱になると私は思っている。

もうひとつの柱は、自然と人間の関係、自然と人間のあいだの約束事というものですよ。日本の祭なんかでもそうだが、自然に対する約束事がいろいろあるんだな。ものの食べ方ひとつとっても、たとえば月見の季節になったらイモを食うとか、自然に対する作法というものがある。だから、遺伝子に手を加えるとか、男女の生み分けをするとか、核に手をつけて原発をつくるとかいうことは、すでにそれだけで犯罪であるんだな。事故が起きたときの被害が大きいとか何とかいうことではなくて、それ自体が罪であるということを全人民的な規模で宣言しなければならない。そういうことがわれわれの文化運動の基本にならなければならない。

この罪という考え方が、高度経済成長のあいだに見えにくくなっていったんだな。二、三年前だったと思うが、通産省のある若い官僚がこんなことをいっていたんだ。日本人にハングリー精神をもたせるという政策に成功したことが、高度経済成長の大きな原因である、と。これはいいかえれば、人びとを餓鬼道地獄に落としたということなんだな。食っても食っても腹いっぱいにならんという餓鬼道地獄だな。現状には絶対に満足しないで、もっといいものを、もっといいものを、と欲しがらせる。次にくるのは阿修羅道かもしれんな。

だから文化闘争は高度成長をよしとし、成り上がり者をよしとするような風潮に対する、あるいは権威とか権力に対する抵抗でなければならんのよ。そして、権威、権力に対する抵抗が文化闘争であるということは、権威、権力による文化革命は不可能であることを意味している。権力にはできない仕事なんだ。そのことは中国の文化大革命の失敗で実証されたといっていい。だから、権力を握ったのちに文化革命をやるんではなくて、文化大革命があって、しかるのちに政治革命があるはずなんだ。文化というのはあくまでも反権威、反権力であって、指紋押捺拒否の運動にしても、あれは反権力のたたかいで、きわめて重要な文化闘争なんだな。政治的な運動でもなければ、韓国との外交上の問題でもない。人間の権利の問題なんだ。われわれが文化運動というときも、一人ひとりの生きざまを確立して、そこでできる連帯から生まれてくる文化運動でなければいかん。

私が、大人は酒をつくれ、子どもはアメをつくれというのも、自分に必要なものは自分でつくれということなんだ。いまは銭があれば何でも買うてこれる。拝金主義なんだ。金があれば総理大臣にでもなれるということがあるだろう。それはやはり成り上がりの思想でね。そういう拝金主義じゃあだめなんだ。とりわけ最近は、株式だ、投資だと、マネーブームだが、これはいずれとんでもない破局をむかえることになると私は思うのよ。

それと知識は価値であるというようなことがあるね、いまは。そういう主知主義は拝金主義と同じことじゃと思うとるんだよ。知識そのものが情報というかたちで価値になって、それを売ったり買ったりしているわけでしょう。これは反文化的なことなんだな。生活から遊離している、自分の生きざまから遊離しているんだ。そこには志というものがないんだな。いまは知識人という人種が幅をきかせていて、とにかく私などの知らんようなことでもよく知っておるが、志というものがないんだ。知識とか情報というものをできるだけ多くもっているのは悪いことではない。銭もたくさんあるにこしたことはない。

しかし、そういうものは志に裏付けられてなければいかん。文化というものは、人間の志としての生きざまということもできるわけでね。志が表現されたものが文化なんだ。その志というのは野心とは違うんだな。野心というのは名声とか権力とかを求める。そうではないんだ。私は三里塚の自分の部屋にも、「野心を排して志を養う」と書いておいているんだが、野心でつくられたものは文化ではない。志でつくられたのが文化なんだ。

だから、この「民衆文化運動フォーラム」は、いままでの革命とか変革とかいうものの次元を超える、たいへんなことだと思うんだ、本当は。

かつてのヨーロッパのルネサンスや宗教改革に匹敵するような大きな仕事なんだ。たとえば社会主義理論フォーラムだと、社会主義についてのお説教であったり、エコロジーといえば、ひとつのできあいの概念をみんなにお説教したりするという風潮がある。そうではないのがわれわれの民衆文化運動なんだといわなければいけない。

たしかにいまのプログラムではまだそこまでいってないところもあるけれどもそれはやむをえないと思うのよ、最初は。私がいったことに対して、すぐに「そうだ！　そうだ！」ということにはならないと思うが、辛抱づよくやっていかねばならん。けれども、三宅島の運動、反原発の運動、水俣の運動、こういうのはみんな階級闘争ではあるかもしれんが、本来的にはそれは文化闘争なんだということから出発していけば、少しずつわかってくると思う。

仏教のことばに「盲亀《もうき》の浮木《ふぼく》」というのがある。盲の亀が洪水に流されているときに大きな浮木に助けられたという、まれにみること、まずありえないことに出くわすという話なんだな。いまはそういう時代だと思う。千載一遇のチャンスであると思う。革命といってもいいし、変革といってもいい。いままでの運動のいきづまりを、民衆文化運動という大運動できりひらいていこう。

（談）

父の手渡してくれたもの

前田　賤

1　祖父の証言

父（前田俊彦）の母、私の祖母の名はレイ。漢字は麗（うるわしい？と聞けば、なんの、うららかよ、と祖母）を当てるはずであったところを祖母の叔父が、当時字の読めない人が多かったこともあろうが、「人は字で名を呼ばん」と、レイになった。叔父は叔父で自分に付けられた名が厭で、近所に子どもが産まれ名付けを頼まれると自分の名をその子に付け、同字同名は紛らわしいと自分の方が（高瀬）深策と改名し、家の金を持って郷土出身の遠い縁につながる大臣（末松謙澄）を頼って東京に出、いささかの学問の後、北海道旭川で支長になる。

その叔父高瀬深策の養子となり後に長兄の死で結局は家督を継ぐこととなった祖母の兄、私の大叔父高瀬信一は、札幌農学校からアメリカに渡る。福岡県京都郡白川村のどんづまりの大田舎からである。「そんな昔にアメリカの大学とはすごいね」といえば、「何の、遊びにでも行っちょりましょうよ。金くれ金くればかりじゃったといいますもの」と祖母。その祖母と結婚した祖父前田俊一郎も大叔父と同じ維新後十年生れで共に代々の庄屋の家の子。

文明開化の遠波しぶきを浴びつつも家を出られぬ一人息子の祖父は、財産を増やさぬまでも減らさぬための当時の地主の常で教師となった。

嫁いで最初に祖母は、祖父の蔵書に驚く。実家も蔵書家であったが和綴じが大半で、祖父の書庫には皮張りの洋書がずらりと並ぶ。英国版の大判の地図帳を開いた祖母は夫に尋ねた。「このあたりではどのへんの地名が載っとりましょうか」、「若松が載っておる」。後年、私が開いたその頁には北九州は小倉も八幡もなく、北海道を示す地名はＥＺＯとあった。

次に驚いたのが俸給日。大八車を男衆に引かせて山高帽にステッキの大柄な祖父が官舎に戻ると、間もなく中学生がどやどやとやってくる。男衆を手伝って車から荷を降ろす、その荷の半分は本。しかも東京は丸善から取り寄せた。残り半分は菓子類。その頃だから蒸し饅頭や羊羹、それもろぶたを何段も。それから一斗缶は豆類。生徒たちの食べ捨てた豆殻は雨が降ると庭に浮き、「それはそれは縁の囲りは豆の筵《むしろ》でござんした」。

明治後期、日が一円の生活はかなり贅沢であったらしいのに三十円の月給はすぐになくなり、「お金がござんせん」と祖母が心配すれば「あそこの田を一枚売ることにしとる」と祖父。

われわれに至る浪費の癖は祖父に始まるのか？「いいやな、その前も、その前の前の代も灌漑用の溜池造り、用水路造りと、財産打ち込みよりましたそうな」

そしてわずかな残りも遣い果たすべく父のさまざまな試みがあった。

戦時中、父は農協の前身・産業組合で働いていた。ブドウ酒造りの技師であったその頃が一番幸せであったと母梅香は言う。戦後にそれが解体すると木工所を起こした。物資不足の頃、我が家で作る田植え機や手押しの除草機は作れば作るだけ売れた。学校制度が変わって新制中学校が新設され、机や椅子の注文が殺到した。村長選にも当選し、工場は木の香で満ち、働く人も沢山いた。三時のおやつに山と盛られた餡パン、その早食い競争で一番になったのは若者ではなく中年の職人さんだったりした。当時としてはめずらしかった、海や山へのピクニックもしょっちゅうであった。

ハイカラ好みの祖父のもとで舶来品を早くから知り、大正デモクラシー期に少年時代を送った父は、民芸運動も知っており、そこで「用美の追求」とやらを始める。生木の一枚板でテーブルを作り、後で出てくる反りやひび割れをどう埋めるか。しかし製材所で買う材料で作るそれはめったにそういうことは起らず、そこで最初から隙間を作り、これを美しく埋めてみることを職人さんたちと試行する。後で出てくる反りやひび割れの修繕を美にまで高めようとしたのであった。ところが、八幡製鐵所に納品した大型のテーブル（作業台？）が現場の高熱のため反りが出て返品。放漫経営もあって工場は閉鎖。次は石炭のブローカー、その次は炭鉱に坑木を納めると言って山から木を伐り出す。いずれも失敗した。

一九五〇年代後半はミジンコとクロレラの研究（父はそう言った）を始めた。父を知るたいていの人があれは何だったのかと言うその研究は、父にとっては余程気になる研究だったらしく、七〇年代にも試みたことがあり、要するに食物連鎖の、家庭ないし小地域での実現ということらしい。

田や溝で自然に発生するクロレラをミジンコが食う。それを小魚が食い、その小魚を大魚が食う。それを人間が食う、その前に一儲けをしようというのである。次に熱帯魚、あれは熱さえやればなんぼでも殖える。それも種類は豊富に、めずらしいものほど良い。水槽だ、空気の装置だ、その前に熱帯魚、という訳で、屋敷の中に温室が建つは、消毒だ何だと木製の大きな水槽の列はできるはで、それはまるで小型水族館のようであった。冬でも暖かい温室は私たち子どもにとってはとても嬉しい場所であった。しかし食物連鎖に狂いが生じ餌の絶対量が不足。そこで姉と私は、あらかじめ父の偵察済みのほどほどに汚い家庭排水口近くのドブ溝に発生するミジンコならぬ糸ミミズの採集に出る。バケツを自転車の荷台にくくりつける私たち二人の背後で祖母は言った。

「一頭の馬が狂うと千頭の馬が狂う」

2　名の由来

ずいぶん前になる。近くに住む年配の女性から「もうペンネームはおよしなさい」と言われたことがある。偽名でもペンネームでもない賤《しず》という私の名は父が付けたものである。小さい頃、私は私の名の由来を父に尋ねたことがある。「親がわが子に美しくあれとか真に生きよと願いを込めるのは当然だ。命が貴いのであって人が貴いのではない。だから君は賤でいいのだ」との答ともならぬ答だった。

中学生の頃から父は天皇制に疑問を持っており、階級制こそが人民に貧富の差をつくり、天皇という頂点があるからそれに対峙するところの卑賤がなければならず、それこそが差別の根源と確信し、反天皇制の思想活動に入る。それが治安維持法に触れて七年の刑を受けた。それはそれは過酷な拷問にあったと聞く。私はそういうことが理解できる年齢ではなかった。「じゃ、なぜ私が賤で姉ちゃんは民なの」、「アハハ、こればかりは授りもんじゃから次に女の子が産れるとは限らんし、まずは民ありだ」。その頃の女の子の名前は何とか子が多く、せめてヨかエがシズの後に欲しかった私は「何で賤子じゃなかったの」と不服であった。「君がちゃんと生きておれば、君が死んでから後の者が賤子さんと呼んでくれるんじゃ。藤原定子という人はもともと定じゃ。それが後に定子《さだこ》となり定子《ていし》とも呼ぶ。ま、贈名みたいなものじゃ」

今なら定子は天皇家の人でしょうと揶揄するところだが、辞書を引くのが大好きだった私は調べるほどに訳が分からなくなったものだった。

あとで、上野英信先生が『火を掘る日日』の中で、「男では負太郎、女では賤という名の人がいる。それぞれひとかどの見識のある親を持ったものだと、わたしは感服する」と書いているのを読んだことがあるが。

辞書と並んで私の大切な本に『牧野富太郎植物図鑑』があった。旧仮名遣いのそれは図版に色がないためか言葉での描写が延々とあり、私は長たらしいその説明文が大いに気に入っていた。その本は、わが家の縁側の柱に掛けてある寒暖計を一年間記録し続けた私への褒美であった。

秋ともなると、わが家の庭に生える大木の名をつけた「椋の実子供会」の子どもたちに、父はさまざまな提案をした。「この村で最初に花を咲かせた梅の木はどれか。蛍が一番多く見られるのはどこか」などと。そしてその記録をつけるように要求するのだった。

興味もなければ、それに意義を見いださない子どもにそんなことが長続きするはずもなく、学校を休みがちだった私のみが約束の褒美をもらうこととなったのであった。その褒美が私を植物採集に凝らせることとなり、熱中のあまり夕方になると発熱をきたし、翌朝、姉や弟が学校に行った後体調は回復し、また外に出る。今でいう不登校を繰返す私に父はもう一つ宝物をくれた。拡大鏡である。拡大された紫蘭の花の美しさに感動はするものの、ただ物を大きくして見るだけに物足らなさを覚えたちょうどその頃合いに、父は私の前に顕微鏡を置いた。そして両眼での観察と描写を同時にすることも教えてくれた。目には見えないものを見る。物体は複雑ではあるが実は簡単であり、簡単にみえて実はそうではないことに魅了されてしまった私に、今度は筒状の望遠鏡、あれは確かガリレイという名が付いていたと思うが、それを与えたのだ。

一九四九年から六年間、父は郷里の村で村長をした。当時の役場の職員で農業技師をなさっていた稲尾正和さんが父の初盆参りに来て下さり、少しお話をする機会を得た。「なにしろ村長さんはすることなすこと考えることが五十年は早かった。今思うとカントリーエレベーターですが、当時の私にそういうものを作れと言う。何の資料もないうえに、こっちは若造、村長の言うことさえ理解ができませんでした。河原で見つけた犬薄荷《いぬはっか》を指して、この土壌はハッカに適しとる、村の産物にしてはどうじゃろうか、と言う。今でこそミントちゅうてハーブが流行ってますが、何しろ食うことが先の時代でした」と。また稲尾さんは「一村一品どころか村の四里四方に豆腐屋あり鍛冶屋ありの自給自足を説いた村長だった」とおっしゃっていた。

当時、わが家はにわか料理屋になることもあった。村議会の忘年会だ、県の役人が来たよと何かにつけ宴会好きの父だった。そんな時は、近所の人が前日から手伝いに来て下さった。襖を取りはらった畳の間に並ぶのは何十人分もの懐石膳であったり、猫足の高足膳に添膳がつけられたり、それにのるとりどりの器の様が料理の品と共に今でも鮮やかに思い出される。

小学校の先生をしていらした定野保さんの話。「村長は子どもが好きだったから学芸会や運動会には必ず顔を出していました。よく麻雀もしましたよ。校長も教育長も一緒にです。徹夜になると腹が減る。そこで鶏をつぶしたり、池の鯉をとってきて料理をしたりもしたものでした」

麻雀をしていて村議会をすっぽかした有名な話もある。

3　浪費癖

私たち姉弟にも正しくその血が受け継がれている浪費癖は、祖母の言葉を借りると「手に糞がついちょるごと金を遣うてしまう」ものだったから、父はいつも手元不如意であった。たまたま今、手元に不如意と覚えていても父は、あの人にはこれが必要だと思えばこれを買わずにはおれない、そんな性質《たち》だったようだ。

過日、水俣病の患者さんたちと共に生活をしていらっしゃる伊東紀美代さんに聞いた話。「水俣で生活するんなら山羊を飼いなさいと前田さんはおっしゃいました。そして三頭も買って送ってきてくれたのです。長野県産の優良種を。後で知ったのですけれど、そのお金は前田さんの妹さんの森スミさんが出したのですって」

何しろ手に糞がついちょるのは洗ってきれいさっぱりなのだもの、身の程は知るべきだと思うのだが、この身の程というのが曲者で、実は父こそは金の価値を知っていたのだと、今の私は思う。

旧制中学校を卒業した父は高等学校の試験をエスケープし、しばらく行方をくらました上で非合法活動に入った。にもかかわらず父は祖母に仕送りを要求した。

若くして夫を亡くした祖母は、少しずつ財産を処分しながら四人の子供に並以上の教育を受けさせようとしていた。時には手元不如意のこともあり、ある時、約束よりも小額を送ったところ「はした金は受け取れぬ」と父はそっくりそれを送り返してきたという。

祖母に聞いた話を父に糺したところ、「当たり前じゃろう。屁の役にも立たん机上の学問に金を出すんやったら、命をかけちょる仕事には倍も三倍もだすのが道理じゃ」との答。なる程と納得するのに四十年もの歳月がかかった。

その倍も三倍もの金の工面はすべて女たちの手によってであった。ある時は祖母が、のちには母が、そして二人の叔母たちが。しかし財産のあるうちはよかった。窮乏の最中にあっても金を渡し続けた彼女らの父に対する不満の声を私はずいぶん耳にした。だが私は思う。あれは本当は不満ではなくある種の充足感を漏らしたのではなかろうかと。

父には誰彼をして金を出さしむる何かがあったようだ。誰彼の一人で最も身近な人が小林慎也さん。今年四月から梅光女学院大学（現・梅光学院大学）の教授で朝日新聞記者だった小林さんはそうでもなかったとおっしゃるが、証人がいる。「前田さんは外国に出る前に必ず小倉に寄って小林さんの所へ行く。それから博多ではKBCの川西到さん、西日本新聞の山下国誥さん。嘘じゃない。そうやって集めた金のうち三十万円はぼくがもろうたんですもん」と、写真家でルポライターの日野文雄さんが話してくれた。それを聞いて私は少し安心。なぜなら日本国中を車を運転して父と行動を共にしたことのある彼は、ある時私の弟の家に立ち寄った一瞬の隙に、数台のカメラと機材一式を盗まれたことがあり、長いこと弟はそのことを気に病んでいたのだ。充分とは言えずともいささかのつぐないができていたのかと、弟にそれを伝え互いに心の重荷を解いたのであった。

山羊の話であるが、飼えと言って三頭も送りつけられたのは伊東紀美代さんだけでなく、私が知っている限りでも五指に余る。四十年前ものその昔、父の村長時代、数頭ずつ何台かのリヤカーに乗せられた長野県産の血統書付きの山羊が一頭ずつ各家に降ろされ、最後にわが家の広い台所の土間に連れてこられた時の様子も昨日のように思い出される。

それから二十年後、私は私の意志で山羊を飼った。器量良しの「ハルミ」と名付けられたその山羊は何度も出産し、その度に養子縁組が調い、乳もよく出した。毎日二升を超える乳は家族が飲むには多すぎ、かといって少々匂いに癖のあるそれは、そのままでは近所の人には喜ばれず、いきおい私は乳製品の工夫をせざるを得なくなった。鶏も飼っていたからシュークリームなどミルクを大量に使う菓子類をはじめ乳酸飲料やヨーグルト、バターやチーズまでも試みた。

今私は、竹の子の皮をむく度に、食用部分に対して多すぎるゴミの山を前にして、山羊がいればいいなと思う。竹の子とその皮は「ハルミ」の大好物だった。土手や空地に繁る雑草を見ると山羊の餌になるのにと思う。

牛でもなく馬でもなく何故山羊かといえば、それは子供でも飼える、餌が身の周りに豊富であるからと父は言い、「それから先は飼うてからわかる」と。

飼うてみて、そしてそれがいなくなって私はわかった。山羊と鶏がいた頃、発芽した大根を根こそぎコオロギにやられるということはなかった。薬も肥料も要らなかった。虫や雑草は鶏や山羊の餌であったのだ。

生き物との生活は工場労働のように早出や夜勤はなく、ましてや残業もない。夜と昼と、そして季節があり、私や子どもたちはそれに敏感でなければならなかった。今日はここに、明日はあそこに山羊をつなごう、雨の日のためにはあそこのあの草を、そして乳搾りの時に山羊をおとなしくさせるにはこの草に限るといった知恵も必要であった。

4 「瓢鰻亭通信」

一九六二年五月、「瓢鰻亭通信」はガリ版刷りの小さな私信として発行され、当時、東京で予備校に通う私のところにも送られてきた。その頃、新しくできた友人で、カミュとか埴谷雄高などといった私の全く知らない知的な話題で私を驚かせていた人にそれを見せたところ、「すごい!」と叫んで一気に読み始めた。親の語るところを理解できない私は、予備校の屋上のあちこちに残る、その前々年の安保闘争が予備校生にまで波及したであろう落書の跡をなぞるばかりであった。

この通信は父のごく親しい人、そして話を聞いてもらいたいというか共に語り合いたい方へのもので、少部数からのはじまりであった。ところがそのもっとも親しく古くからの友人である朝日新聞社の森恭三さんから、「面白いから、もっと多くの人に読んでもらったら」と勧められた。当時失職していて百姓をしていた父に資金援助の申し出もあったと聞く。

一九六八年になって通信の発送の手伝いを私が引き継いだ時、発行部数は千を超えていた。印刷はすでに活版に替わっており、その仕事は北九州若松の山福印刷でなされていた。通信を読んで下さっていた山福康政さんの御好意にもかかわらず、その支払いは滞り気味であったようだ。

「この通信は商品ではありません。都合によって定価はつけてありますものの本来は無料で配付すべきもので、いわば乞食坊主が戸ごとの門前にたってよむ経のようなものがこの『瓢鰻亭通信』であります。志ある方々の喜捨によって、ささやかなこの通信をつづけていきたいと思っています」と、通信に同封する振込用紙に印刷されており、時には父が勝手に送りつける相手もいて、その数も少なくなかったのかもしれない。

出来上がった印刷物を手で四つ折りにし、封筒に入れ、糊づけの後、宛名書きの手を休めて私は思った。「ごちゃごちゃしちむずかしいこんなもの、読む人がいるのかしら」

ところが、世相は日韓条約反対、沖縄返還運動のうねりの中、学生運動の激しい時代であって、若い読者が急激に増えていた。学生に経済的余裕のない頃である。当然、喜捨は望めず、増え続ける郵送料に私は悲鳴をあげ、「郵政省を儲けさせる非国民」と父をからかった。父は父で「そうじゃ」と平気なものであった。

第二次大戦中の日本に「非国民」という言葉があったらしい。それは国家のあり方に反する者を指し、当時日本中の若者や若き父親を人殺しに狩りたてる戦争に反対する者は、真っ先にその名で呼ばれ牢にぶち込まれた。父もその一人であり、それ以前には反天皇制の闘いが、日本の法制度の中で最も悪法名高い治安維持法に触れ、七年の刑に服している。父は「非国民」こそが「愛国者」だという。

そんな中、通信発行の度ごとに過分な喜捨を下さる方々も多く、埴谷雄高、佐多稲子、山代邑、堀田善衛氏等々のお名前を筆跡共々鮮やかに思い出す。今にして思えば、六十年ほど昔の日本の冬の時代の酷しさをいずれも知っておられる方々である。

通信発行部数が二千を超えた頃、その読者の多くが若者であったことを思う時、その彼らは考えてみれば私と同世代に属することに気付いて驚く。そして思う。予備校の屋上のあの落書の主たちの中にもその一人はいたかも知れず、また今、永田町や霞ケ関の中枢に位置するものの中にも……と、思い至り、当時それに囲まれながら読むことをしなかった私は、最近になって父の著作を繙いてみる気になった。

「かんがえてみれば、権力と権威を志向するものはたとえ口では人民の味方だといっても、勝利のめどがたたないたたかいではかならず人民をみすてた。しかし私が『瓢鰻亭通信』を発行しだしたころ、つまり六〇年安保以後になって、日本の人民は権力と権威を志向するものの指導をうけなくても自分たちでたたかうということを、ぼつぼつはじめたといえるのではなかろうか」というのは『続瓢鰻亭通信』（土筆社刊）のあとがきにある一節である。

先週来、新聞の一面を賑わわせている日本の政治の混迷が話題になり、その時、最近私が父の本を読み始めたこと、それが意外と今的な示唆に満ちていることを友人に漏らすと、彼は言った。

「前田俊彦さんちゅう人は銀河の涯からやってきた宇宙人だと俺は思う。何か知らんがこんがらがった糸の固まり、それが一つや二つどころか、なんぼもなんぼもの固まりがさらにもつれ合ったどでかい大きなもつれ玉をぽんと俺たちの前に置いたんだと思う。それを今、俊彦さんが亡くなってはじめて、そのもつれ玉が見えてきたところじゃないかと思う。その一つを俺が解き始めるのを宇宙に帰った俊彦さんがニヤッと笑って見よる。そう思う」

「アンポ」つまり「日米安全保障条約」反対運動に始まる一九六〇年代は、日本のあちこちに住民運動や基地闘争の展開を見せた。ベトナム戦争が起こるや日本経済の成長に拍車がかかり、それに伴い全国各地は公害に侵され、自然は破壊され、弱者はより弱いところへ追いつめられようとしていた。

そのような状況の中、「このようにもまあ、よう、高歩きをしますことよ」と、祖母を嘆かせてなお、父は家にじっとしていることはなかった。

一九六六年、ベ平連(「ベトナムに平和を! 市民連合」)が発足するや、それに深く関わるようになり、そのことは、その運動を通じて多くの年若い友人を得るという、父にとってまことに幸福な結果をもたらしたのであった。そして、その親交はその後の父の全生涯を通じて結ばれていった。

　南ベトナムの全面降伏によりベトナム戦争の終結を迎えて間もなくの七七年、すでに十年間も続いている成田空港反対闘争の現地に父が移り住んだのは、還暦を越えた六十八歳の時のことであった。三里塚に居を構えてなお父は精力的に日本中を、いや世界中を駆け廻った。時に、私もそこここに呼び出されることとなり、それがアジア数カ国の旅になってしまったことさえあった。

　にもかかわらず、私は父が何処で何をしているのか、ちっとも知らなかった。また知ろうともしなかった。私は私の生活で精一杯、他を顧みるだけの余裕を持たぬ偏狭な毎日を送っていた。二十代の終り、乳飲み子を含む三人の娘を抱えて離婚した私は、親姉弟はもちろんいとこや二人の叔母たちからの援助がらみという体たらくではあるが、当時の母子家庭、特に離婚家庭への世間の風当りとやらと闘っていたのだ。

　身をかがめた生き方だけはしたくないと思う私は、依怙地に女の頑張りを続けていたのであった。

　そんな私のところに父は頻繁に戻ってきてくれた。たいがいが所用のついでの、それも遠回りもかなりな強引さのために、到着は夜中だったり、明け方近くだったり。しかも数人連れということさえ珍しくなかった。

　今か今かと待ち構えていた私の娘たちは、「ただいま」の声に飛び上がって喜んだ。

　さっそく料理が温められ、食器を整えての大宴会となり、その頃になると末娘は祖父の膝に寄りかかって眠ってしまうのが常だった。

5　ユーモア

行橋市長音寺から豊津町に父が移り住んだのは、一九六八年のことだった。それからおよそ十年の間、根拠地となるその家は竹林を裏手に控えた広い敷地の中、明治期の和風に大正期の明るい洋間を持つ大きな建物だった。

竹林を隔てた隣家に住む高校教師の中尾文一さんがその年の六月二日の夕方、慌ただしく駆込んできた。九州大学構内に米軍板付基地のＦ４ファントム機が墜落した。基地を持つ豊津町にとってもこれは只事ではないと、それを告げるや彼はバイクに飛び乗り駆け出して行った。

のどかな田舎町の豊津にナイキ基地ができたのはその三年前のこと。トラピスト修道院が移転してその跡にとんでもないものができると聞いて町民は立ち上がった。たちまち住民の三分の二の反対署名が集まり、小学校の講堂は町当局を呼んでの住民大会会場となり、外まで人であふれた。住民の要求は通るかに見えた。しかし、町の為政者の巧妙な手口、暴力に近い手口によって、従順な町民はあっけなくその署名を撤回させられてしまった。

その時に中心となった、父によれば「豊津の町に孫文あり」という中尾さんが、かつての仲間を呼び集めに走ったのであった。

彼は、二日後の六月四日、九大学長を先頭に教授学生ら五千人の抗議デモに共鳴した。各地に抗議行動が起こり、県内に基地を有する市町村も少なくなく、互いの連帯の必要があるとみた彼の活動はめざましく、年齢も仕事も思想も違う人々が昼夜の境なく集まる隣家に父は入りびたりであった。

そこでは集まった人がみな仲間。規約もなければ会費もない、時間がある人は時間を、金がある人は金を、車がある人は車を出す。ただし一つだけ、いかなる決定も全員の納得なしには下されないこと。これが約束のその会では抗議行動はもちろんのこと、交流会、講演会、時にはピクニックのようなこともやった。そこで多くのことを学んだ私はまた、それは父と行動を共にした唯一のできごととして記憶に残る。

その後の父に静かな日々が訪れたかというとそうではなく、執筆の合間の講演、ラジオ放送の録音、絶え間ない訪問者、家にいればいるで忙しい毎日であった。

「瓢鰻亭通信」が、そんなに長い期間ではなかったと思うが思想の科学社のどなたかのお世話で東京で印刷された時期もあった。その頃の、今や遅しと郵便配達のバイクの音を待つ父の落ち着かぬ顔を思い出す。小包みの荷を解くや、刷り上がった印刷物に丹念に目を通す。後の仕事は私に任せて、父は家を出る。

何日か経って戻ってきた父は、離れからの廊下を音をたてて私のところにやって来る。「飛ぶ鳥を落とす勢いもいいんじゃが、もっと慎重に物事を運べんか」と、一通の付箋の付いた封筒を私の前に置く。よく見れば、宛名が飛鳥井であるべきを飛井と乱雑な字で書かれたために、宛先人不明で返されてきた通信の一つであった。

父はユーモアを愛した。ユーモアはヒューマニティに通ずると。そのヒューマニティをもじったのが「瓢鰻亭」であった。

父の中学校時代からの友人、私が子どもの頃から親しんでいる高橋のおじさんこと高橋武種さんは、絵描きを目指していた芸術家で、生活が芸術そのもののような人で、おじさんと父との会話は実に楽しいものだった。絵の話はもちろん、映画、芝居、音楽、風俗、食べもの、どの話題にしろ一蘊蓄も二蘊蓄もあり、しかもユーモアたっぷり。おじさんは紅茶党で父はコーヒー党。二人の会話はどこか洒落て都会風であった。

先日、哲学者の花崎皋平さんのお話を聞く機会があり、「『瓢鰻亭通信』はじめ前田俊彦さんの多くの文章の中に百姓や田をつくることというのは沢山でてくるが、都市だとか、農村の都市化について批判しているものは見あたらないようだ」とおっしゃった時、私に思いあたることがあった。

父には身についた農作業の経験がないばかりか、都市育ちではないかと。私の祖父、つまり父の父前田俊一郎は教師だった。しかも二十七歳の時は旧制中学の校長で官舎に住んでいた。所は炭坑住宅の立ち並ぶ筑豊の町。たしか宮田町だと聞く。父は尋常小学校三年生で父親を失い、郷里の京都郡延永村（現行橋市）に一家と共に引き揚げ、そこで旧制豊津中学校を終え、すぐに東京に出る。考えてみれば、少年の頃の一時期と、戦後の十年間くらいしか郷里定住の期間はないのである。

6　千客万来

焼けてしまって確かめることもできなくなったが、哲学者で法政大学の学長だった谷川徹三さんが「瓢鰻亭」と揮毫《きごう》して下さったのはいつのことだったか。わが家の二間続きの離れの一室に程よい変色でその扁額は掛かっていた。その瓢鰻亭にどれほど多くの方々をお迎えしたことか。

一九七四年だったか七五年だったか、寒い季節の頃、アムネスティの重職にあるらしい吉永小百合の伯母にあたるという方が秘書を連れて見えた。ノーベル賞を受賞した佐藤栄作元首相にアムネスティ参加の要請をしているらしく、「なにしろ平和賞でございますものね」の彼女の言葉に父は膝を打った。

佐藤元首相といえば戦犯容疑を問われた岸信介元首相の弟で、第三次まで続いた内閣総理大臣をつとめた人。ベトナム戦争中であった当時の自民党政府は、アメリカの傀儡政府南ベトナムに莫大な支援金を送っていた。その時期の首相の「佐藤栄作にノーベル平和賞が贈られようとはこれいかに。じゃが平和賞をもろうたがうえは、アムネスティに加わるのは、これは道理じゃ」と破顔大笑の父であった。

彼女が何のために父を訪れてきたのか忘れてしまったが、それから間もなく佐藤栄作氏は亡くなり、真偽は確かめなかったが、その受賞者の死はアムネスティに入って間もなくのことと聞き、父は「殺されたんじゃ」と言った。冗談とも真顔ともつかぬ顔で。

ヒッピーが風俗となりはじめた頃から、ヒッチハイクの若者が一夜の宿を求めて立ち寄ることが多くなった。何日も旅を続ける彼らは垢にまみれており、風呂に入ってゆっくりすると柔らかい布団がなつかしいのか、去り難くて何日間も逗留する人もいた。「来たるを拒まず去るを追わず」の父は、そんな若者たちに一宿一飯の仁義だと、畑仕事を手伝わせるのであった。

柿、栗、みかんと果物の木も豊富で、竹の子なんかは縁の下から芽を出すような敷地であった。子どもらも含めて野良仕事大好き家族であったが、如何せん素人仕事、畑一畝作るのに綱を張り、茄子を植えるのに等間隔は物指しが要る父の指南で、都会育ちの若者が鎌、鍬を握る。野菜も雑草も見分けがつかぬ彼らの仕事のあとは、「してくれんほうがいいくらいです」と時々来てくれる手伝いの小母さんを困らせた。

来たるを拒まずどころか来たるを欲する父は、客は相伴あってこそと、珍しい客があると大勢の知人友人を呼び寄せるのが常だった。

中国文学者の竹内好さんが見えた時のこと。竹内さん訳の魯迅の作品が中学校の国語の教科書に載っていることを知って、父は近くの中学校の若い教師たちにも声をかけた。

豊津に住む父の友人たちはその日に備えて茸採りに行き、ついでに紅葉も狩ってきて床を飾る。

皿は呉須じゃ赤絵じゃと大の男共がうろうろと準備滞りなく、いざ酒盛りとなったその時。「あの、先生の訳された『故郷』の……」と、もてなしの茸の馳走は知るべくもなく、ましてや器の腐心には心及ばぬ年若い教師の質問が始まった。竹内さんと父との間でどんな会話が交わされたかは全く記憶にない私だが、「若いとはそういうもんじゃ」と十分若かった私に言った言葉を後年思い出すことが多くあった。

もともとが左利きで、幼い頃にずいぶんひどく筆と箸を矯正されたという父は、手先が器用で、包丁を握らせれば鰻も左手でさばいた。得意料理も二つや三つはあった。その一つがテールシチューである。今や高級料理の感がしなくもないそれは、もともとわが家の緊縮予算時のぜいたく料理であった。

輸入肉の大量に出廻る現在と違って、以前は家庭での肉料理の幅が限られていてテール、つまり牛の尻尾なんぞ食べる人は田舎にはいなかった。だから私たちは牛の尻尾や舌は只同然で手に入れることができた。野菜は裏庭に、近所に配ってなお余る程あり、時間さえかければ大御馳走になるテールシチューだった。

また海にも近く、魚介の類も父とよく市場まで買い出しに行ったものだった。

そうして迎えた客人に国分一太郎、野間宏、鶴見俊輔、真継伸彦、小田実、日高六郎、花崎皋平、もちろん吉川勇一といった方々があった。

7　出会い

一九六〇年代終り頃のことだと思う。『朝日ジャーナル』記者の初山有恒さんが数日間わが家に滞在されたことがあった。もちろん父の仕事の関係であり、例のごとく父は客をあちこち連れ廻り、出歩く毎日のある日、お茶を運ぶ台所から離れへの廊下の途中で二人の話し声が耳に入った。「あれはたいした女子《おなご》ですぞ」、「年の頃は三十代初めというところでしょうか」、「才色兼備とはあの人のための言葉じゃ」。

どうやらその日の訪問先は女性だったらしいと私は察した。ところが、さにあらず実は福岡県鞍手郡の筑豊文庫の上野英信さんを訪ねたと知ったのは、数日経ってからだった。

上野英信さんと父との最初の出会いがいつなのか、私は知らない。しかし、私が英信先生と親しく呼ばせていただくほどに筑豊文庫との行き来が深まったのは、その日から間もなくのことであった。そして件の女性、当時四十歳くらいだった晴子夫人は、父のお伴の運転手の私にまでも細やかな心配りをして下さり、がさつな私は美しくしとやかな年上の女性に対する礼を知らぬまま楽しい時間を過ごさせていただいた。

日本のエネルギー源であった石炭。それを採掘するため地底で働いた人々を記録し続ける英信先生の筑豊文庫はいつも人でいっぱいだった。先生が浄財を投げ出して集められた貴重な資料を、その計り知れぬ御苦労に思いを及ぼすことなく自在に活用する若者や研究者に門を広く開いておられたお二人は、相手がたとえ子どもであっても対等に、居合わせた誰彼に紹介して下さったものだった。

若い頃から九州を離れることの多かった父にとって、英信先生を通じて九州各地で活躍されている方々に出会えた幸は大きいものであった。作家の石牟礼道子さん、森崎和江さん、松下竜一さん、林えいだいさん、女性史研究家の河野信子さん、古い時代の炭坑画を描く山本作兵衛翁等々、数え上げれば切りがない。

英信先生と父は両切りの缶ピース愛喫者だったことを除くと、類似点はまるでないような気がする。先生は長身痩軀、父は長身肥満体。酒豪にして端正を崩さない先生、下戸で放言大笑崩れっぱなしの父。食に淡白な先生、美食で大食の父。坑夫を追い続けどこまでも穴を掘り進む先生、天性としか呼びようがない勘で穴を見つけ出しては飛び歩く父。

「およそ非人間的な圧制と重労働をしいられたばかりか、ついに非業の最後までしいられた彼ら無告の民の面影だけでも、せめて紙碑としてまとめたい」(『写真万葉録・筑豊』)という先生。その先生との親交深かった松下竜一さんは、「二人は本当のところ腹の底で相手のことを互いにどう思っていたか知りたかった」と言う。そのどちらをも近からず遠からず眺めておられたに違いない松下さんの言葉に深いものを感ずる私は、案外、彼はその解答を裡にしていて、しかしそれを言い切るには時が早いと、そう思っている、そんな気がしてならない。

人権（或は生あるものすべて、そしてそれと共にあるもの）としての環境問題闘争である豊前火力反対運動の中心であった松下さんを、父は「体は竜《たつ》のおとしごじゃが魂は竜《りゅう》じゃ」と評していた。竜には沢山のお仲間がいて、トクさんこと梶原得三郎さんは家族ぐるみのお付き合いらしく、正月の休みに私も仲間を連れて松下さんのお宅を訪ねたことがあった。その時彼は下駄をつっかけて私たちを梶原さんの家に案内してくれた。そこで松下さんは梶原さんが出してくれた菓子を自分のもののように私たちに勧め、自分は「あんトーフステーキ作っちくれんか」と梶原さんの奥さんの和嘉子さんに言うのだった。

言語障害に陥った父が、「梶原」は出なくても「トクさん」は言えた。トクさんが持ってきてくれたニンニクの蜂蜜漬けは、その瓶の色が美しいと父はしばらく枕元に置いていた。

父を知る人の多くがよく口にする交友関係の広さは、上野晴子さんによれば「何しろ全国区ですもの」ということになる。

父は若者が好きだった。一度知り合うと千年の知己にしてしまう術があるらしい父は、動けば動くほどに知り合いが増えた。西日本新聞社が主催する「あすの西日本を考える三〇人委員会」が一九七一年に発足し、それに加わった父は九州・山口にさらに多くの知人を得た。島根大学の守田志郎さん、島原鉄道の宮崎康平さん、元宮崎県知事の黒木博さんの名前などよく耳にしたものだった。

とりわけ湯布院の村おこしの先駆者中谷健太郎さんとは長い関係が続き、中谷さんからの墨跡鮮やかなお便りを病気療養中の父は引出しにいつも入れていた。

そして退院後、真っ先に出かけた先は湯布院であった。

8　餅好き

父は美食家であった。そして無類の餅好きでもあった。「歳の数ほど餅が食える」が自慢のたねで、年の暮れは必ず戻ってきて、わが家の雑煮を食べるのが慣わしだった。賑やかな大晦日はいつものことだが、一九八六年のその日は特別だった。

米国留学中の私の長女（芳）が帰国し、東京で大学生活を送っている次女（愛世）、家にいる中三の末娘（伸子）と三人の孫たちが久々に顔を揃え、それぞれの友人の男女も大勢集って、あっちもこっちも若者であふれていた。飛び交う話に口をはさみながら、私は並べた重箱の仕上げを急ぐ。

「紅白歌合戦」が佳境に入ったあたりで十六畳の居間に全員が集まる。年越し蕎麦の準備である。用意していた三十個の蕎麦玉はたちまちなくなり、最初の除夜の鐘を聞くと一斉に立ち上がる。近くの寺に鐘撞きに出かけるのだ。

それに加わらない父を残し、鐘撞きの後はさらに足を延ばして、お稲荷さんと呼ぶ町の小さなお宮に参る。

町の老若男女が現れては立ち去っていく。そこでは大きな焚き火を囲んで各人各様、旧知のだれそれと挨拶を交わし、かつては自分も経験したことのある巫女をねぎらったり、御神酒を注いでもらう巫女の手をからかったりと、故郷の町ののびやかな年の始まりを楽しむのだった。

それから三三五五、もう一度わが家に集まる。そして、ここからが本番、ドンチャン騒ぎが始まるというのが恒例のこととなっていた。

じゃんけん勝負に百人一首、トランプに麻雀と、大いに遊び、大いに飲み食うという若者に混ざって、父は決して負けてはいなかった。

夜も更けてきたところで私が奥の座敷に布団をのべて再び部屋に戻ると、麻雀パイを置いて父は「俺はもう、引っ込もう」と言った。

父の体調の悪いのを深く知らない長女は、駆け引きができない性格のため、負け続ける父の麻雀が気の毒なのと同時に、父が若者に遠慮して座を抜けるのではないかと気遣って、「もう一勝負を」としきりに勧めていたのだった。

一年間働きずくめの私は、この日のこの時が一番幸せであった。父もその幸せの中にいた。少々疲れた私は炬燵の中の足をかき分けて横になった。

叩き起こされ、急ぎ支度をして車に乗り込むと父はすでに座席に坐っていた。そこで初めて私は父が一睡もしていないことを知った。「急げ、急げ、日の出に間に合わない」と、連ねた車は一台も落伍することなく、田んぼに落ちることもなく無事海辺についた。そこで初日の出に感動し、一同解散。

嵐の後は家族だけとなり、落花狼藉の後片づけと雑煮の準備を整える私を除いて、それぞれ部屋に引きとった。時間を見計らって私はみんなを呼んだ。それから一同揃って遅い正月の膳についた。

重箱の蓋が開けられ、屠蘇の盃を手に父の挨拶を受けていよいよ雑煮となる。最初に父の椀には、選んでおいたなるべく小さめの丸餅を盛る。次のお代わりからが私の作戦となる。「これでなんぼ食うたか?」。私は真面目に答えるふりをして、椀の回数と中の餅の数をさり気なくごまかす。あらかじめ数を数えて用意していた餅が終りとなる頃に私は言う。「やったよ、父さん、これで二十個は食べたね」と。

「うむ、二十も食えば歳の数も同然じゃ」と、箸を置く。鍋の中にはいくつか雑煮を残したまま全員大いに満足であった。

明くる二日はこれまた年中行事で、親族の集まりが姉の家であり、これにも父は欠かさず顔を出す。三日は知人に会うと言って家を出、戻ってきたのは四日の夜で、それも従妹の家での集まりの宴が果てた頃のことであった。

さすがの私も心配になってきた。帰りの車の中で「晩年は静かな日々を過ごしたらどう?」と、最近の父の「瓢鰻亭通信」に書かれた「晩年」を強調して言う私に、「血が騒ぐんじゃ」と平気なものであった。

後になって、悔やんでも悔やみきれない大事に至ったのは、それから数時間後、五日未明のことであった。父の倒れる大きな音は、隣室に休む末娘を飛び上がらせ、その振動は畳を伝って私の枕を震わせた。

9　病床で

この程上梓された追悼録『瓢鰻まんだら ― 追悼・前田俊彦』（農文協刊、一九九四年）の中で、数学者の福富節男さんの文章に、次のような一節がある。「一過性脳虚血のあと、一年後までに脳梗塞を起こす確率が大きいという話を聞いたのは、前田さんが九州で発作を起して入院してからずっと後のことであった」と。しかもその前兆は必ず顕れるということを私が知ったのも、後になってからのことであった。二年前の正月にも、こういうことがあった。

「あのなあ、手が萎えるんじゃが」と父が言った。「えっ、手がどうなるん？」と問い返す私の前で腕を廻し、右手を上げ、指を開いたり閉じたり、何度かそれを繰り返したあと、首をひねって「いや、何ともないなあ」と。

一瞬、いやな予感がしたものの、「じゃあ！」と、大きな目をぐるりと廻し、いつもの調子で例の、片手を小さく挙げる別れの仕草に「いってらっしゃい」と、私は父をそのまま送りだしてしまったのである。

三里塚「瓢鰻亭」での父の身の周りのお世話して下さっている吉澤茂さんから急の報せを受けたのは、それから間もなくのことであった。

駆けつけた東京・江古田の鈴木病院で真っ先に目に入ったのは、点滴の装置と、白ずくめのベッドに鼻まで埋まった父の顔であった。目は閉じられている。私は恐る恐るベッドの端に沿って頭の方へ近づいた。すると父は、パッと目を開き私の顔を見てニヤッと笑った。

「いやあ、吉川くんたちは大袈裟だから、こんなことになってしもうて」と、まるで自分は病気でも何でもないのに無理に入院させられたかのような言い方である。

新幹線が関ケ原付近で積雪にあい、立ち往生の末、ようやくたどり着いた私は、父の照れた顔に赤味がさすのを見て、心からほっとした。

荷物を置くや、せかせか動き廻る私を父はまあまあと手で制し、ともかく坐れと言う。そして枕の下から小さな手帳を出すとベッドに起き上がり、今度の件では誰それに、どのように世話になったと、事細かに語り始めた。父にしてはめったにないことである。しかし、そのほとんどに面識のない私はただ頷くだけであった。

お世話になっている一番は、ベ平連時代からの古いお付き合いの吉川勇一さん。その吉川さんが間もなく病院に来て下さった。挨拶もそこそこに彼は新聞の小さな切り抜きを取り出し、「すでにお聞き及びのことだと思いますが……」と、件の一過性何とやらの父の病名と症状についての雑誌か新聞かの記事を示し、これまでの父の容態について明快に説明してくれた。論理だった彼の話しぶりはいつも私に安心感を抱かせてくださる。

父の回復は早かった。私が付添ってから検温、投薬、制限付きの食事以外は何もすることがなく、四六時中音楽をかけていて、マヘリア・ジャクソンのカセットテープなんぞは伸びてしまうほどで、手紙や新聞を読んだ後、二人で長話になるのが決まりだった。

話の終りは必ず、どこそこの美術館は何の催し物をやっており、何とか画廊には誰々の絵があり、落語は今、何がかかっているはずだとなってしまう。何度もそれが繰り返されると私はだんだん腹が立ってくる。

部屋はナースステーションの向かいの個室、付添いの要るほどの病人じゃなし、治ったら芝居でも映画でも好きなだけ行けばいいでしょう、私は忙しいのに飛んで来たのよ。と、内心の私の怒鳴り声を聞いたかのように、父は顔を上げると、笑って言った。「行って来いよ」。そういうことだったのか。たちまち私は納得した。

当時、私の娘二人は大学生。末娘は思春期のむずかしい年頃。本屋の経営とて気の許せないのに、一人で生活を支える単親には、子どもたちとの付き合いだって楽じゃない。いきおい私は孤軍奮闘やむなく、髪振り乱しての毎日。父の目にはその様子はよろしからず映っていたのだ。

そうとわかれば話は早く、会いたい人、行きたい所、見たいものがいっぱいある東京の十日間はあっという間に過ぎた。

帰宅してすぐ姉（平野民）を訪ねて報告する。いつも私の留守を一手に引き受けてくれる彼女は「あんたにばかり父さんの世話をさせて悪いわね。せめて旅費の半分くらいを出さんと悪いんやけど」と言う。顔を上げられない私は、それを聞いて「あっ」と気付くことがあった。

ベッドの上で父が開いたあの手帳。あれに書き込まれた数々の名は、実は私が訪ねて行って礼を述べるなり、せめて電話なりで挨拶をすべき方々であったのだ。そのくらいのことはしてほしいとの、父のささやかな願いがあったのだ。

10 リハビリ

思考が言葉にならないもどかしさに、父は膝を叩いて「ええっくそ!」と口惜しがった。

脳梗塞で倒れた直後は娘の名はおろか自分の名も言えず、そのあまりの変化にうろたえた私は本を探した。医学書、闘病体験記、看病日記、この三点を読んで私はある覚悟をせざるを得なかった。しかし父の方はそうはいかなかった。

リハビリテーション―治療段階を終えた疾病や外傷の後遺症を持つ人に対して、医学的、心理的な指導や機能訓練を施し、機能訓練、社会復帰をはかること(『広辞苑』)―は体、特に四肢に関する限り大して問題はなく、というより辛抱強い父は療養士の指導には従順で、失した機能を取り戻すより残る左半身の機能を最大限引き出す訓練に励んだ。

問題は言語であった。個人が有する言語体系というものはその個人の思想であり、生き方であり、人そのものであることを、父のこの回復訓練を通じて私は思い知らされた。

絵カードがあり、患者の前に広げたそれに描かれているものを、言葉にして口に発する訓練でのこと。犬の絵カードを示され「これは何ですか」との質問に「イヌ」。唇をゆがめてようやく音を口にする。そして何枚かのカードの後にまた同じもの、「これは何ですか」。父はしばらく考えて「ドッグ」。「そうですね、英語ではそう言いますね」。同じことがもう一度繰り返されて三回目。「ドッグズ」。父は目を輝かせて答えた。確かに犬は二匹描かれている。「前田さん、これは犬です。イヌ」。父の困惑はここで頂点に達する。療養士は患者のプレッシャーを考えて正解を言ってはならないのだそうで、父はそのことがプレッシャーであった。

やや複雑な絵になり、線描きで山を表す曲線が紙面の上部に三本、左端に木が二本、やや中央から右上部に向かって消える道を示す線が二本ある西洋紙半分くらいのカードで、「この絵の説明をして下さい」と言われた父は、「ズジャ」と答え、私は仰天し、療養士は理解不能で、もう一度解答を要求する。「コウリョウタルフウケイジャ」。絞り出すような言葉に私は了解した。まずこれは絵ではなく図であること。そして何と荒寥たる風景であることかと。女が赤ん坊を抱いている図では、「ミドリゴがソノハハオヤのテにイダカレテオル」。犬を連れている男の図では「クサリにツナガレタイヌが……」となる。最初に発する主語が必ず小さいもの、弱いもので、通常の期待と違っているため、父は複雑な図になるほどに表現の構築に苦しまざるを得ない。

門司労災病院を退院した父に、ありがたいことにこの表現を文字にする努力を共にしてくれる三人の若者が待っていた。

絵描きの岩村誠さんは彼自身も表現者として、父の発するどんな言葉をも大切にし、その言葉の不十分さを埋める作業に長い時間を惜しまない。人格の尊重というか、人間の尊厳に対する節度を目のあたりにした思いであった。

人は道理に生き、世は民主主義でなければならぬと信ずる父は、森羅万象ことごとくと折り合いをつけて生きていく人間のあり方を模索し、これをもう一度文章化しなければ死んでも死にきれぬとばかりに訓練に励む。

左手で原稿用紙の枡目に一字一字をはめ込むように書いた文を、明らかな誤字、脱字にも一切の訂正を加えずワープロに打ち込む農業青年の宗裕さん。プリントアウトしたその文章を、それぞれ私も含めた五人が持って集まる。教師の松井重典さんはそれを声にして読む。すると父はたちまち顔を赤くして表現の拙さに気がつく。

その作業の合間には彼らは父を外に連れ出す。映画や講演会、ドライブから小旅行へと、そして一九八九年八月にはとうとう北海道にまで連れ出すことに成功した。そこでは広尾の三親牧場と花崎皋平さんにお世話になる。折からの世界先住民会議にも参加し、そこでなつかしい人々と再会することができた。

「—— もうこれ以上の世間の役にたつこともなくただ齢を重ねるばかりと思っていたところです。ところが先日のこと北海道の旅にでて —— これも私にとっては無理だと思いましたが ——

行ってみて驚くほどの旧知の知人たちに会い、このことは従来の私の考えていたことに猛烈な反省を迫り――」と九月十七日の傘寿の祝いに見えた方々に礼状を出し、「瓢鰻亭通信」復刊に意欲を湧かせ、ついに一号を出すまでに回復した。そして東京、三里塚へも出かけ、復刊一号に満足を覚えず二号にとりかかったところで、ピースボートの世界一周旅行の話が持ち上がった。渋る父を私は励ました。「どうせ拾った命じゃないの、若者と遊んできたら?」。十一月にギリシャを出航し、大西洋を抜けパナマを通ってハワイ沖で父は三たび倒れた。

11 わが家燃ゆ

日豊線行橋駅にほど近い私の職場、子どもの本専門店「ひまわり書店」に電話が入ったのはその日の夕方四時頃であった。

半身不随の父のために通ってくれているヘルパーさんからの声は至極呑気な調子で、一時半に寄ったが留守で、今また寄ったら戸が閉まったままで……と。

そんなはずはない、いるはずだと思わず声を荒げる私。たまたま来店していた友人の宗裕さんは事態を察し、家の鍵を探す私を置いて表へ飛び出して行った。

十五分が過ぎ、再びの電話は「雨戸の外からやけど、もう臭うんよう。中からパチパチ音がするんよう。消防署に連絡はしたけ、すぐに帰って!」と。同じ人からのもの。

私は店を出る前に二カ所に電話を入れた。その一つは東京の作家の吉川勇一さん宅で、「御様子はわかりませんけれど、どうかしっかりなさって」の言葉に励まされて、私は帰途についた。今川土手沿いの道を豊津に向かう途中、左手前方、わが家の方向の、山のむこうから空に向かって一本の白い煙がまっすぐ立ちのぼっていくのが見え、その煙の筋に目は釘付けになり、私は悟った。父はいま昇天したのだと。すると、それを真ん中に、辺りの景色がピタリと止まった。そして私は思った。これは大きな大きなスクリーンなのだ。幻像なのだ。と、次の瞬間、首ががくんと揺れて胸に強い衝撃が走った。気がつくと、車の前輪が土手の草をなぎたおし、危ない所で止まっていた。

郡部に通ずる主要な幹線である川沿いのその道は、なぜかその時に限って、前後に車の影は見えず、誰もいない一本道を私は再び車を走らせはじめた。後悔にうちのめされながら。

昨晩は宗裕さんが外泊先に父を迎えに行って下さり、遅い夕食を三人でとりながらつい話し込んでしまい、就寝は夜中の二時を過ぎていた。翌朝、私は少々寝坊をし、朝食の用意だ、父のための昼食作りだ、洗濯だ、とバタバタ走り回っては、父の着替えを急かし、用便にと追い立て、食事もそこそこに家を飛び出した。そして裏口の扉を閉めたとたんに内側からロックが掛かった。しまった父を閉じ込めてしまった。

先の台風で大破した古い家を、不自由な父が快適に過ごせるよう小さく建て替えたばかりで、まだ引っ越しも完了していない新しい我が家は、一昨日来雨戸が閉まったままだった。だけどまあ、雨戸を繰るのはリハビリを兼ねた父の仕事だしと、ともかく職場へ急ぎ車に乗ったものの、引き返した方がよいのではないかとしきりに思うのだった。

朝の通勤時はUターンの場所が思うにまかせず、一旦昼に戻るつもりが、今日はヘルパーさんが食事時から二時間程来てくれるはずだと気付き、じゃあ時間をずらせてと、とかくしているうちに先の電話がかかってきたのであった。

一九九三年四月十六日。その日、父前田俊彦は八十三歳の命を閉じた。

12 追悼集

四月十六日は父の一周忌であった。

九州の住民運動の関わりで最後まで御迷惑をおかけした村田久さんを中心に、「瓢鰻亭・前田俊彦をしのぶ集い」を命日のその日に計画して下さり、早くから準備が進められた。

賑やかなことの好きな人であったことから楽しい集いにしよう、ドブロク・パーティーにしようということになり、料理の相談に地元行橋市で料亭「三楽庵」を経営する門田芳雄さんをお訪ねした。話を聞いて下さった門田さんは「わかりました。そういうことでしたら花の四月は庭でやりましょう。ガーデンパーティーを」、「百人を超える人数ですが」、「二百人が三百人でも結構。雨が降ったらテントも張れます。樋《とい》もつけますよ」。

会費制のささやかな宴会のつもりが、予算も尋ねず、「やりましょう」という言葉に、私は驚いた。「これは町おこし村おこしです。精一杯やらせていただきます」とテル子夫人。世話人一同、痛く感じ入り「よろしくおねがい致します」。

鬼籍に入って一年、父が夢に現れたのは二度しかない。が、しきりと思い出される会話がある。祖母からその祖父母の話を昔語りに聞いて育った私は、ある時父に「人は二百年は生きるのよね」と言った。「そんなもんじゃない。何億年も生き続けておる」と向き直り、「じゃから、事を成すにあたって百年後を見なければならん。しかし、そうは言っても長くは生きられんし、物心つくと言うか志を持ったら五十年先を見越した仕事をして欲しいんじゃ」、「まさか、百年一日の如き昔ならいざしらず、日進月歩の時代、三年後も分からんよ」、「そんなら聞くが、君は子どもを産んで育てるに、この子の将来、少なくともこの子の五十歳はどうあって欲しいとの思いがあって今の毎日を過ごしておるんじゃなかろうか」。

一九九二年三月、父は遅れた賀状にかえての挨拶状を出した。「ごぶさたしてます。去年は『自由、平等、人権』の年なら、今年は永遠なる『人権』を実のあるものしたい」。言葉も体もままならぬ身で表したこの短い文面に、私は理解に苦しんだ。

「しのぶ会」の第一部で岡邦俊弁護士の基調講演「どぶろく裁判の意味するもの」を聴き、それがわかった。岡先生は、父が一九八三年に国税庁の役人に招待状を送り、自分が造った酒の利き酒会を催し、翌年酒税法違反で起訴されたいわゆる「どぶろく裁判」をこう説明した。「自ら飲むための『どぶろく作り』は、何ら他人に迷惑や危害を及ぼすものではない。このような事柄については自分に決定権があり、自分の責任で行うことができるはずである。これを『私事に関する自己決定権』という。この決定権は、『生きざまの自由権』ともいうべきもので……」（『前田俊彦追悼文集』）

父の言う基本的人権、人間の個別性は「絶対に普遍化できないというかぎりで、それは絶対に大事なことであるはず」なのだ。そういうことであったのだ。私には遊んでいるとしか思えなかった公然酒造りは。いやもろもろのことは。長年の胸のつかえ――私は普通に育てられたかった、父は家にいて欲しかった――が一気に消えいった。

そして何故父が三里塚に住み、そこで百姓と共に成田空港廃港運動をたたかったかがわかった。

私は今日のこの集いを開いて下さった多くの方に感謝の気持で一杯になった。そればかりか、昨年十月九日は東京でも集まりを持っていただいた。追悼集は六月に『ひろば』で特集を、九月はピースボートの若い仲間から『ええい、くそっ』が、そして此度の十六日には二冊が同時に刊行された。一冊は『瓢鰻まんだら――追悼・前田俊彦』、原爆の図で知られる丸木位里・俊夫妻の絵が表紙を飾る美しいこの本は、長年お世話になり続けた作家の吉川勇一さん、物理学者の高木仁三郎さん、元朝日新聞記者の小林慎也さんのお骨折りになるもの。もう一冊の『前田俊彦追悼文集』、これは最後の、「瓢鰻亭通信」。読者に呼びかけて寄せていただいた原稿を「通信」編集に携わっていた松井重典さんと宗裕さんが仲間とワープロ打ちして出来上がったもの。

ドブロク・パーティーの「三楽庵」の庭は、父が最後に過ごした豊津町の、「百姓館」の進利行さんたちによる光富神楽で闌《た》け、篝火のむこうで、裃袴姿の「吉四六劇団」の野呂佑吉さんの「瓢鰻亭」をしのぶ口上があった。いや、あれは父かもしれない。

「人はその志において自由であり、その魂において平等である」という父の言葉があるが、私は「私自身における権力的なるもの権威的なるものの否定でなければならないと思っている」という言葉とともに、しみじみと噛みしめているところである。

初出一覧

底流の声	「西日本新聞」一九七一年五月二二日
わがこころざし	「朝日新聞」一九七二年三月二一〜二五日
	『わが思索　わが風土』朝日新聞社、一九七二年一一月
森恭三の死を悼む	「瓢鰻亭通信」七期一七号、一九八四年五月一〇日
天下に大乱の兆あり	『展望』一九七一年八月号
百姓は田をつくる	『農業協同組合』一九七一年九月号
都市変革の可能性	『市民』一九七二年一月号
主の思想	『ジュリスト』一九七三年五月二五日号
〈里〉を守る権利	『エコノミスト』一九七三年九月一一日号
人民が権力者を裁く	「草の根通信」一九七四年一月一三日号
異なる文明の対決	『朝日ジャーナル』一九七三年八月一七日号
人民は〈穀つぶし〉ではない	「瓢鰻亭通信」五期二七号、一九七四年一二月五日
百姓による農業復興の思想	『現代農業』一九七五年九月号
〈隠れ思想〉を掘り起こす	『現代農業』一九七六年四〜七月号
農は仕事であって事業ではない	『農業の論理とは何か』三一書房、一九七六年六月
戸村委員長逝く	『新日本文学』一九八〇年一月号

魚たちへの罪　『世界』一九八〇年七月号
パラオ人民の文化　「朝日新聞」一九八一年四月一六～一七日
わが抵抗のドブロク　『思想の科学』一九八二年一〇月号
人間の罪について　「瓢鰻亭通信」七期一四号、一九八三年二月一〇日
核エネルギー開発は犯罪である　「瓢鰻亭通信」八期五号、一九八五年九月一〇日
展望は民衆文化運動にある　『新日本文学』一九八六年一一・一二月号

＊

父の手渡してくれたもの　「西日本新聞」一九九四年四月一三～三〇日掲載分に加筆

瓢鰻亭前田俊彦　略年譜

（敬称略）

一九〇九年　明治四三年九月一七日、福岡県宮田町で生まれる。実家は延永村（現行橋市）長音寺。父俊一郎は鞍手中学校校長。俊彦が八歳の時、三九歳で死去。母レイ。

一九二一年　延永尋常小学校卒業。豊津中学入学。

一九二六年　豊津中学卒業。上京。

一九二九年　全協系労働組合運動に関わる。

一九三一年　日本共産党に入党。大阪へ移動。森恭三らと出会う。

一九三二年　京都で治安維持法違反により逮捕され、拷問にあい背中に三〇センチの傷を負う。懲役七年の実刑判決。

一九三五年　弟英俊、非合法活動で入獄中、監禁と拷問にあい、衰弱して出獄、二一歳で死去（英俊は豊津中学卒業後、受験のため上京していたが、俊彦に会うため大阪で途中下車、そのまま非合法活動に入っていた）。

一九三九年　保釈処分となり、門司市に住む。小山梅香と結婚。

一九四〇年　「流言蜚語」の罪で検挙される。禁固一〇カ月。

一九四一年　釈放。延永村へ帰る。福岡県農業会で、電波探知器の製作に必要な酒石酸をとるために、葡萄酒醸造の技師となる。長女民誕生。

一九四三年　賤誕生。
一九四四年　述彦誕生。
一九四五年　敗戦を延永村で迎える。
一九四六年　家具木工所を始める。
一九四七年　二・一ゼネスト中止により、共産党から距離をおくようになり、離党。
一九四九年　四〇歳。延永村村長に当選。伴比古誕生。
一九五〇年　キジア台風後の長音寺川の中の杭を、壊れた橋の跡だとして、新しい橋（共存橋）を架けさせる。
一九五三年　二〜三月、米の供出割当てが過重だと行橋税務署に申し入れたが拒否され、農民大会を開き県知事に申し入れたが、再度拒否された。このため辞表を出す。村民は村長の顔をつぶすなと、米を集め、割当てを達成した。このことを通して、善政は民主主義ではない、結局農民を弾圧したのだとさとる。
八月二九日、二期目当選。
一九五四年　一〇月一〇日、一町八村合併により行橋市誕生。村長を辞める。
その後、県農業委員を三年間務める。
家具木工所の経営が不振となり、廃業。熱帯魚や鯉の飼育、ミジンコの室内大量培養、山羊飼育、炭坑用坑木の販売など、次々と手がけるが、いずれも失敗。
一九六二年　五三歳。五月、「瓢鰻亭通信」第一期の発行開始（六二年七月まで四号）。
七月二八日、「瓢鰻亭通信」第二期の発行開始（六四年一月まで一一号）。

一九六三年　九月、行橋市市議会議員選挙に立候補。落選。

一九六六年　六月、上京、新宿区百人町の木賃宿に滞在。日比谷図書館へ通う。「ベトナムに平和を！市民連合（ベ平連）」の東京事務所を訪ね、小田実、開高健、鶴見俊輔、吉川勇一らとデモに参加。
八月三一日、「瓢鰻亭通信」第三期の発行開始（六七年八月まで一二号＋号外一）。

一九六七年　帰郷。一一月一日、「瓢鰻亭通信」第四期の発行開始（七〇年一一月まで三一号）。

一九六八年　春、豊津町錦町へ移る。六月二日、九州大学に米軍のファントムが墜落。隣家の中尾文一らと「米軍基地の築城移転に反対する豊津町民の会」のメンバーとなる。

一九六九年　三月、ベ平連の九州一周キャラバンに参加。大村収容所へデモ。五月二五日、母レイ死去、八〇歳。九月三〇日、**『瓢鰻亭通信』**土筆社刊（第一期、第二期分などを収録）。

一九七〇年　『朝日ジャーナル』三月一日号に「商品の運命」を書く。五月三一日、朝日ジャーナル編**『三里塚』**三一書房刊（座談会「土と人間と運動と」収録）。
一〇～一二月、『朝日ジャーナル』に「瓢鰻亭の天国歴訪」を一〇回連載。
一二月一日、「瓢鰻亭通信」第五期の発行開始（七五年八月まで三〇号）。

一九七一年　三月、西日本新聞社主催の「あすの西日本を考える三〇人委員会」に参加、里の思想を積極的に説く。
『朝日ジャーナル』三月五日号に「何を滅ぼして空港をつくるのか」を書く。五月一五日、**『わが農業』**創刊（七九年二月まで二一号）。
七月三一日、朝日ジャーナル編**『闘う三里塚』**三一書房刊（「何を滅ぼして空港をつくるのか」、「瓢鰻亭の天国歴訪　たたかう三里塚の人民天国」、「同　『野ごころ』の旅をおえて」三編収録）。

九月一九日、第二次強制代執行が行われている三里塚へ行く。一一月三〇日、『**根拠地の思想から里の思想へ**』太平出版社刊（「瓢鰻亭の天国歴訪1～10」などを収録）。

一九七二年　三月、朝日新聞に「わが思索　わが風土」を五回連載。『展望』四～八月号に「日本語と思想」を五回連載。

九月二〇日、『**九州自治州への提言**』西日本新聞社刊（三〇人委員会での発言）。一一月一〇日、『**わが思索　わが風土**』朝日新聞社刊（「わがこころざし」収録）。

一九七三年　二月、延永小学校の校歌を作詞。『農業協同組合』一二月号～七四年五月号に、「百姓と農業」を一六回連載。

六月、松下竜一らの環境権訴訟をすすめる会主催「環境権シンポジウム」の講師になり、「客の思想」について話す。

一九七四年　三月二五日～四月六日、朝日新聞「日記から」に「ミジンコ」を一二回連載。

一一月、三〇人委員会阿蘇スコーレ大学シンポジウムに出席、文化は酒から始まると述べる。

一九七五年　四月二二日～五月九日、第二次日本文化界友好訪華団に安藤彦太郎（団長）、吉川勇一、日高六郎、福富節男らと参加。副団長を務める。

一〇月一八日、『**続瓢鰻亭通信**』土筆社刊（第三期、第四期分などを収録）。

一〇月、水俣病「にせ患者発言」で調査団を結成。水俣へ行く。

一九七六年　一月、『一同』創刊に参加。一月二〇日「瓢鰻亭通信」第六期の発行開始（七九年一〇月ま

で一〇号＋号外二）。二月、九州を巡る旅行。『現代農業』四〜七月号に「隠れ思想を掘り起こす」を四回連載。

五月、「三里塚廃港要求宣言の会」の代表となる。事務局長は鎌田慧。

六月一〇日、安藤彦太郎編『**現代史への挑戦　中国の思想と科学技術**』時事通信社刊（「レディメードとオーダーメード」収録）。

一九七七年　六月三〇日、安達生恒編『**講座　農を生きる1　農業の論理**《すじみち》**とは何か**』三一書房刊（「農は仕事であって事業ではない」収録）。

六八歳。五月五日、三里塚闘争連帯労農合宿所に永住の覚悟で住み込む。『三里塚情報』（労農合宿所発行）に「忙月忙日」を連載。中川柿園著『土に生きる心』（鵬和出版）に解説「生産者の自由復権としての農業復権」を書く。

一九七八年　「瓢鰻亭通信」第六期二号を発行（千葉県山武郡芝山町横堀一九五一－一）。

二月二五日、前田俊彦編著『**三里塚廃港への論理**』柘植書房刊（「序にかえて　三里塚闘争は勝利する」と「鉄塔撤去は開港を困難にした」を収録）。

九月一六日、三里塚瓢鰻亭を開く（千葉県山武郡芝山町菱田突戸七九七）。「瓢鰻亭」の字は戸村一作が書いた。

一〇月一日、次女賤、行橋市にこどもの本専門店ひまわり書店を開店。

一九七九年　二月二〇日、通信第六期七号「暖衣飽食の『生ける屍』『死せる魂』」を書く。

一九八〇年　一月一〇日、「瓢鰻亭通信」第七期の発行開始（八四年七月まで一七号＋号外一）。『新日本文学』一月号に「戸村委員長逝く」を書く。『世界』七月号に「魚たちへの罪」を書く。

一九八一年　七二歳。春、パラオ（ベラウ）へ行く。四月一六〜一七日、朝日新聞に「パラオ人民の文化」を二回連載。

四月三〇日、前田俊彦編『**ドブロクをつくろう**』農文協刊。八〜九月、ラルザック、フランクフルト、ポーランドへ行く。

一一月一八日、ドブロクを仕込む。一二月九日にも仕込む。

一二月一九日、清酒一〇リットルなどを税務署に差し押さえられる。

一二月二〇日、国税庁長官に招待状を送り、「三里塚誉」の利き酒会を開く。

一九八二年　一二月二一日、東京国税局が酒税法違反の疑いで手入れ。

『エコノミスト』一月二三日号に「ドブロクをつくってなにがわるい」（インタビュー）。六月一日、「どぶろく文化」を創刊。七月二〇日、ドブロク公然密造の件で、千葉地検の聴取を受ける。

一九八三年　六月、参院選比例代表区に無党派市民連合から立候補。落選。九月、「フォト&ニュース ひろば」発行人となる。「前田のじいさんが行く」を断続連載。

九月二〜一五日、第一回ピースボートに乗船。船内でドブロクをつくる。一一月、パキスタンへ行く。

一九八四年　七五歳。一月三一日、酒税法違反で起訴される。二月一五日、「どぶろく文化」四号に「おわびと御挨拶　『起訴』されてうれしい」を書く。

二月一五日、ドブロクを仕込む。二七日、収税官吏に差し押さえられる。四月二八日、追起訴される。五月七日、千葉地裁でドブロク裁判第一回公判。六月五日、上野本牧亭で地球寄席に出演。

一九八五年

一月五日、「瓢鰻亭通信」第八期を発行開始（八六年一一月まで八号＋号外二）。

一九八六年

一月一一日、一過性脳虚血症により三里塚瓢鰻亭で倒れる。豊津へ帰る。七月一日、三里塚へ戻る。一〇月、快気祝い。一二月八日、伊藤ルイの出版記念会に三里塚誉を持ってかけつけるが、博多駅で一本が爆発する。

三月二六日、ドブロク裁判判決。有罪。罰金三〇万円。ただちに控訴。

九月二九日、東京高裁が控訴棄却。上告。

一九八七年

一〇月二一日、高木仁三郎との対談『**森と里の思想**』七つ森書館刊。『新日本文学』一一・一二月号に「展望は民衆文化運動にある」を書く。

一一月一五日、前田俊彦編『**ええじゃないかドブロク**』三一書房刊。

一九八九年

七八歳。正月、豊津の自宅で雑煮餅を二〇個食べる。一月五日、脳梗塞発病。右半身不随、言語機能障害。

リハビリを続ける。四月二日、築城基地F15配備反対「人間の鎖」行動に車椅子で参加。八月、PP21主催の世界先住民会議（札幌）に参加。九月一七日、傘寿の祝いが豊津の自宅で開かれる。一〇月、東京で傘寿を祝う会に出席。三年ぶりに三里塚現地集会に参加。

一二月一四日、最高裁が上告棄却。

一九九〇年

四月一日、「瓢鰻亭通信」第九期の発行開始（九三年六月まで二号＋号外三）。

一一月、ピースボートに車椅子で乗船。

一二月一七日、ハワイ沖で脳膜内出血で倒れる。二三日、広島で下船、手術。

一九九一年　一月、門司労災病院へ転院。三月、九州労災病院へ転院。九月、豊津の自宅が台風19号で半壊。建て替えに着手。

一九九二年　一二月、自宅が新築完成。勝山町のあしかびの家退院。

一九九三年　四月一日、**『朝日ジャーナルの時代　1959〜1992』**朝日新聞社刊（「何を滅ぼして空港をつくるのか」71と、「特集・連合赤軍事件の意味するもの　座談会　人間・革命・粛正」72収録）。

四月一六日、自宅火災により死去。八三歳。四月一八日、豊津町の浄土寺で葬儀。四十九日の後、行橋市長音寺の墓地に葬られる。

＊

六月二四日、「瓢鰻亭通信」第九期二号が、遺稿を整理し発行される。同日、号外三号として、前田賤「瓢鰻亭通信終刊のごあいさつ」。

九月、前田俊彦追悼文編集委員会**『ええい、くそっ　一九九三　追悼・前田俊彦』**が刊行される。

一九九四年　四月一三〜三〇日、前田賤、西日本新聞に「父の手渡してくれたもの」を一二回連載。四月一六日、行橋市コスメイトなどで、「瓢鰻亭前田俊彦をしのぶ集い」が開かれる。**『瓢鰻まんだら　追悼・前田俊彦』**が農文協から刊行される。**『前田俊彦追悼文集』**（瓢鰻亭通信編集部編）が発行される。

一九九六年　四月一三日、第三回瓢鰻亭忌ドブロク祭を豊津町の新瓢鰻亭で開く。七月一〇日、瓢鰻亭ひまわりこども開店。三里塚瓢鰻亭、取り壊される。

一九九八年	四月一一日、第五回瓢鰻亭忌ドブロク祭。瓢たん鰻の会発足、「フォーラム前田俊彦の世界」。
二〇〇一年	三月二〇日、「ドブロク祭通信」発刊。四月一五日、第八回瓢鰻亭忌ドブロク祭で展示と「前田俊彦を語る」。
二〇〇三年	一月、地域通貨「ひょうたん村」発足、通貨単位は「ドブロク」。四月一二日、第一〇回瓢鰻亭忌ドブロク祭。四月一六日『**百姓は米をつくらず田をつくる**』海鳥社刊。

編集後記

新木安利

二〇〇〇年の三月、前田賤《しず》さんから、四月一六日の第七回ドブロク祭で前田俊彦に関する展示をやりたいから手伝って、と頼まれました。それはおそらく、僕が一九九八年一〇月の「松下竜一　その仕事展」に関わって、松下さんの年譜作りを手伝ったということを伝え聞いてのことだったろうと想像しています。

早速出かけて行きましたが、自宅にあったものは火事で焼失してしまったということです。一九九四年の「瓢鰻亭前田俊彦をしのぶ集い」で展示された写真（吉澤茂さん編集）が多数ありました。野口愛世《なるよ》さん（賤さんの次女）の家の押入れから段ボールの箱を幾つか取り出しましたが、これは三里塚から送り返されて来たもので、自宅新築のため移動させていたものです。写真やカセットテープ、原稿、一九七〇年ごろの新聞のスクラップ、田中正造の写真などがありました。別の箱からは「瓢鰻亭通信」の第五〜九期のものが出てきました。北海道の花崎皋平さんからもファイルをお借りしました。五期以後のものは僕もファイルしているので、三人のファイルを付き合わせれば通信と著書は何とか揃うと思われました（第一〜四期は本になっています。五期の二四号がありません)。

祭当日の朝、花崎さんから「わが農業」のファイルが届きました。瓢鰻亭ギャラリーに、写真のパネルを時系列に並べ、俊彦さんの書いたものをできるだけ集め、語録をつくって展示しました。

一カ月の準備では満足なことはできなかったので、展示が終わってからも収集を続けました。僕は一応図書館人なので、福岡県立図書館に行って俊彦さんの文献を調べ、コピーを取りました。福岡県立図書館にない資料は他の県立図書館や公共図書館、国会図書館、大学図書館などからコピーを取りよせました。古本屋を回って著書を集めました。某書店では『九州自治州への提言』が、なんと二八〇〇円で売られていました(買いました)。結局集まった資料は、約二〇〇点です。さらに語録をつくろうと抜書きを続け、「瓢鰻亭前田俊彦の志　年譜と語録」というノートをつくりました。二〇〇一年のドブロク祭で、展示はようやく完成し、「前田俊彦を語る」という旗立て(祭の分科会)も開きました。これは「ドブロク祭通信」二号に載せました。

二〇〇三年、俊彦さんが亡くなって一〇年を迎えるにあたり、本を出そうということになりました。(後で知りましたが、賤さんとしては、ドブロク祭は一〇回で一区切りにしたい意向で、本はそのまとめというつもりがあったようです。)

第一案として、第五期から第九期までをまとめ、『続続瓢鰻亭通信』とすることを考えましたが、そうとう分厚いものになりそうで(また「前田俊彦全集」を企画している出版社もあると聞いていましたので）、今回は断念しました。第二案は、『農業協同組合』に一九七三年二月から一六回連載した「百姓と農業」をまとめるということを考えました。これは連載終了後、湯布院の亀の井別荘にこもり、本にまとめようとして果たせなかったという経緯があり、そういう意味では俊彦さんの意に満たないものだったのかもしれません。第三案として、対談集も考えました。上野英信、むのたけじ、甲田寿彦、森直弘、菊池昌典、なだいなだ、見田宗介、森恭三、高畠通敏、板谷翠、羽仁五郎、石牟礼道子、星野芳郎、真継伸彦、小田実、柴田翔、山代巴、穀内定爾、戸村一作、鎌田慧、竹内芳郎、日高六郎、針生一郎さんたちとの対談もしくは座談があります。

第四案として、その他の資料からエッセンスを選び、俊彦さんの全体像が浮かび上がるようにしようと思いました。先のノートが役に立ちました。すでに刊行された本（年譜参照）に収録されているものは極力ダブらないようにしましたが、「わがこころざし」（新聞連載時は「わが思索　わが風土」）は初期の俊彦さんのことを知るためには欠かせませんでした。戦前の獄中生活、戦時中葡萄酒を造っていたこと、村長時代のこと、通信発行の志、農業のこと、里の思想、客の思想、水俣のこと、三里塚のこと、隠れ思想のこと、反核・反原発のこと、ドブロクのことなど、網羅的に二一編を集め（それでも、べ平連のこと、ピースボートのことなどが手薄です）、『百姓は米をつくらず田をつくる』を編みました。このタイトルが決まった時、一句できたね、とぼくは愛世さんに言ったのでした。

また、賤さんが一周忌に書いた「父の手渡したくれたもの」を収めました。

年譜は、『瓢鰻まんだら――追悼・前田俊彦』に掲載されたものに、そうとう増補しました。が、略年譜です。

なお、表記についてですが、明らかな誤字・誤植などは改めましたが、不適切と思われる語句についていては、作品の価値と作者がすでに故人となっている点から、原文を尊重し初出時のままとしました。術語や強調の記号はこの本として統一することにしました。

一読して思うのは、前田俊彦という人は、時流というか〈風雲〉に惑わされず、人間の本来性を求め続け、そこから逸脱し倒錯している現代社会を〈創造的に否定〉した、つまり状況を耕し続けたのだ、ということです。俊彦さんのいわゆる〈田をつくる〉ということです。

ある人の言うには、資本主義・競争原理というのはガンのようなものなのだそうであります。人間は地球・自然にとってガンなのだと言う人もいます。ガン細胞は増殖し、転移を繰り返し、ついには自分の宿主を食い尽くして宿主共々死に至るのだということです。俊彦さんは麻薬中毒のようだと言っています。なるほど現代はそのような状況なのかもしれません。いずれにしろ、「二つの文化の衝突」ということだと思います。自然の中で足ることを知る文化と、自然を破壊し足ることを知らぬ文化の二つです。

現代の商品文明の麻薬性は、万人から〈する〉価値としての自在をうばわねばやまぬところにあります。ひらたくいえば、現代商品は万人に〈なんにもしなくてもいい〉ということをおしつけています。いちいち例をあげるまでもありませんが、あらゆる商品がそうであり、あげくには投票をすればあとはなんにもしなくても革命ができるようにいう商品政党まであらわれています。いってみれば、民主主義までが商品化されてしまいました。

（「いまひとつの阿片　二」、「瓢鰻亭通信」第五期二三号、一九七四年三月五日）

分業生産のシステムの中で、人々はただ自分の専門分野だけにかまけていて、他の分野とはお金でやりとりするだけである。お金があれば、消費者として、いくらでも物＝商品は手に入る。いつのまにか便利で楽な生活に飼いならされていく。人間の欲望は無辺だから、お金は本来の交換機能を逸脱して富と権力のステイタスになり、エコノミック・アニマルは増長し、侵略を始める。王侯貴族のように何もしなくてもいいことを自由・解放と思い込み（倒錯し）、人間の本来的な〈する自由〉を失っている、しかもそのことに無自覚である、という二重の陥穽に陥っている。こんな麻薬中毒のような、怠慢にして傲慢な、横着にして阿漕な状態は極めて不自然で特異な状態であり、長く続くはずがないのです。続くとすればそれはどこかで誰かが歪みのあおりを食っているからです。

こういうヴァニティーフェアというか〈餓鬼道地獄〉に対して、俊彦さんは、〈農〉と言ったのです。何にしろ病気は早期発見・早期治療が原則ですが、俊彦さんはかねてより、次のように

〈陳述〉していたのでした。

生活とは人間がもっとも人間らしく生きることなのだ。ちかごろややもすればそれを消費的に何不足ないくらしとかんがえがちだけれども、ほんとうは人間は生産的な動物であり、自分にほしいものは自分がすきなように自分でつくることができる生き方、それが人間的な生活でなければならない。そしてそれがまさに農業であるのではないか

（「瓢鰻亭の天国歴訪一　石井養鶏農協の共同経営天国」、『朝日ジャーナル』一九七〇年一〇月二五日号

『根拠地の思想から里の思想へ』太平出版社、一九七一年）

文化はタネをまくことから始まる。私はとくに、文化は酒から始まると思う。だから固有の文化、独自の文化を生むには、酒をめいめいが自分の飲み分くらいは自由自在につくるべしと主張したい。酒づくりほど自然や環境を大切にするものはない。酒ばかりではない、タバコもつくれ、ミソも自慢できるものをつくれ。自分で工夫し、ヒタイに汗して、他人に安心してすすめられるものを自前でつくる——こういう運動から文化がうまれるのだ。

（あすの西日本を考える三〇人委員会　阿蘇スコーレ大学シンポジウム

「魅力ある地方都市をどうつくるか」の報告、「西日本新聞」一九七四年一二月一日）

これは百姓の自前の思想とでもいうべきものです。自分でつくったものへの愛着と自負、それを通して人々が交流する。ここからドブロク造りが出てくるのは自然なことです。人々はそれぞれの一隅を照らすと同時に、分担生産として他の分野とも交通し、相互扶助による自分たちの社会をつくる、これを俊彦さんは民主主義とよんだのです。権威主義を排し、どれい根性を排し、足ることを知り、自由で自立した人間の共同原理が社会をつくる、という基本に戻ろうとした。俊彦さんの言葉では、そこで生産し、そこで生活し、そこに骨を埋めるべき〈里〉、ということになります。そして、「展望は民衆文化運動にある」と言ったのです。〈ドブロク〉はそのシンボルだったのだと思います。

一九九八年には「瓢たん鰻の会」が発足し、二カ月に一度、俊彦さんの文章や、宮沢賢治、中村雄二郎や柄谷行人の文章などを読んでいます。二〇〇一年から「ドブロク祭通信」も発行されています。二〇〇三年には、地域通貨「ひょうたん村」も発足しました。通貨単位は「ドブロク」です。瓢鰻亭忌ドブロク祭は今年で一〇回になります。そういう意味では、俊彦さんの志は受け継がれている、というか、志を同じくする人はいるのだ、ということになると思います。それは当然のことです。なぜなら俊彦さんの言っていることは人間として真っ当なことなのだから、と素樸な田舎者である僕は思っています。

二〇〇三年三月

百姓《ひゃくしょう》は米《こめ》をつくらず田《た》をつくる

■

2003年4月16日　第1刷発行

■

著者　前田《まえだ》俊彦《としひこ》

編者　新木《あらき》安利《やすとし》

発行者　西　俊明

発行所　有限会社海鳥社

〒810-0074 福岡市中央区大手門3丁目6番13号

電話092(771)0132　FAX092(771)2546

http://www.kaichosha-f.co.jp

印刷・製本　有限会社九州コンピュータ印刷

ISBN4-87415-436-0

[定価はカバーに表示]